ZHU 竹
YI 已
WORKS 著

First Frast

唯唉

江苏凤凰文艺出版社
JIANGSU PHOENIX LITERATURE AND
ART PUBLISHING

目录 First Frost

宜荷大学
南芜大学

她只希望自己能够拥有足够的勇气

希望能够奋不顾身一次

希望能够不考虑任何事情地

去

询问

那个人

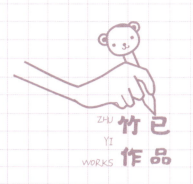

ZHU 竹已
YI
WORKS 作品

梦醒时见鬼

第一章
堕落街头牌

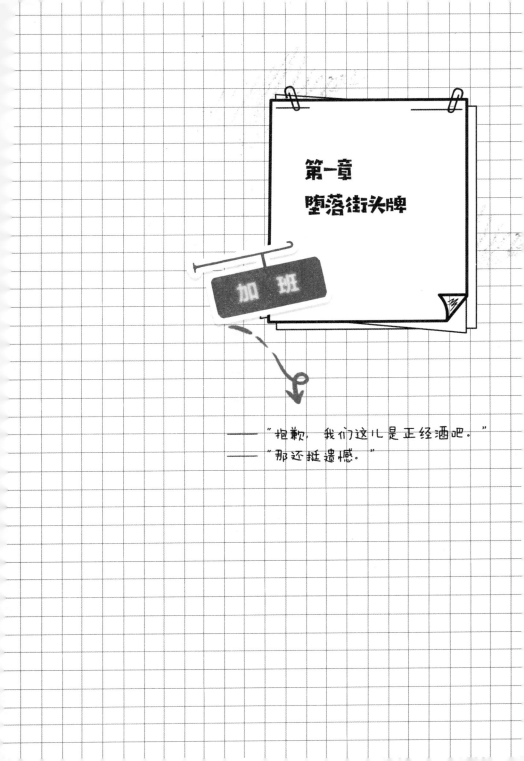

加班

—— "抱歉，我们这儿是正经酒吧。"
—— "那还挺遗憾。"

难得的休息日，温以凡熬夜看了一部恐怖电影。

诡异感全靠背景音乐和尖叫声堆砌，全程没有让人胆战心惊的画面，平淡如白开水。出于强迫症，她几乎是强撑着眼皮看完的。

结束字幕一出现，温以凡甚至有了种解脱的感觉。她闭上眼，思绪瞬间被困意缠绕。即将坠入梦境时，突然间，房门被重重拍打了一下。

嘭的一声——

温以凡立刻睁开眼，顺着从窗帘缝隙掉进来的月光，看向房门。

从外边，能清晰听到男人醉酒时浑浊的嗓音，以及跌跌撞撞往另一个方向走的脚步声。之后是门被打开又关上的声音，阻隔了大半的动静。

又盯着门好几秒，直至彻底安静下来后，温以凡才放松了精神。她抿了抿唇，后知后觉地来了火。

这周都第几回了？

睡意一被打断，温以凡很难再入睡。她翻了个身，再度合了眼，百无聊赖地分出点精力去回忆刚刚的电影。

唔。好像是个鬼片？还是个自以为能吓到人的低成本烂片……迷迷糊糊之际，温以凡脑海莫名浮起了电影里的鬼脸。

三秒后，她猛地爬起来，打开床头的台灯。

整个后半夜，温以凡都睡得不太踏实。半睡半醒间，总觉得旁边有张血淋淋的鬼脸正盯着她看。直到天彻底亮起来了，她才勉强睡了过去。

"看了个恐怖片。"

"叫啥？"

"《梦醒时见鬼》。"

钟思乔明显看过这个电影，一噎："这也算恐怖片？"

"看完我就睡了。"温以凡当没听见她的话，扯过一旁的毛巾，把脸上的水珠子擦干，"结果半夜突然醒了，然后还真像电影里演的那样，见到鬼了。"

"……"

"我就跟鬼打了一晚上的架。"

钟思乔有些无语："你怎么突然跟我扯这么限制级的话题？"

温以凡挑眉："怎么就限制级了？"

"什么架要打一个晚上？"

"……"

"行了，别嫖鬼了。姐姐带你去嫖男人。"钟思乔笑眯眯地说，"帅气的，鲜活的，热腾腾的，男人。"

"那我还是嫖鬼吧。"拿起手机，温以凡走出厕所，"至少不花钱，免费。"

钟思乔："谁说要花钱了，男人咱也可以白嫖啊。"

温以凡："嗯？"

"咱可以用眼睛嫖。"

"……"

挂了电话，温以凡再次在微信上跟房东说起昨晚的情况。随即，她犹豫着补了一句，合同到期之后，可能不会再续租的话。

两个月前，她从宜荷搬来南芜市。

现居住的房子是钟思乔帮忙找的，没有什么大问题。唯一的不便就是，这是个群租房。房东将一个八十平方米的房子改装成独立的三个房间，每个房间带一个厕所。所以没有厨房、阳台等设施，但胜在价格便宜。

温以凡对住处没有太大的要求。况且这儿交通便利，四周也热闹。她还考虑过干脆长租下来。直到某天，她出门的时候恰好碰上隔壁的男人，渐渐地便演变成了现在的状况。

不知不觉间，太阳下了山，狭小的房间内被一层暗色覆盖。万家灯火陆陆续续燃起，整座城市用另一种方式被点亮，夜市也逐渐热闹起来。见时间差不多了，温以凡换了身衣服，而后简单化了个妆。

钟思乔不停在微信上轰炸她。

扯过衣帽架上的小包，温以凡用语音回了句"现在出门"。她走出去，往对面看了一眼，不由自主走快了些，走到楼梯间下楼。两人约好在地铁站会合。

准备去的地方是钟思乔今天提到的酒吧，位置在上安广场的对面。穿过一个垭口，就能看到接连不断的一连串霓虹灯，点缀在每个店面的招牌之上。只有夜晚才会热闹起来的地方，这里是南芜市出了名的酒吧街，被人称作堕落街。

因为没来过，两人找了半天，终于在一个小角落看到了这家酒吧。

名字还挺有意思，叫"加班"。招牌格外简单，纯黑色的底，字体四方工整，发出纯白色的光。在一堆色彩斑斓而又张牙舞爪的霓虹灯里，低调得像是开在这儿的一家小发廊。

"这想法还挺好，"温以凡盯着看了须臾，点评道，"在酒吧街开发廊，想来这儿钓妹子的，就可以先来这里做个造型。"

钟思乔嘴角抽了一下，扯着她往里走："别胡说。"

出乎意料，里头并不如温以凡所想的那般冷清。她们来得算早，还没到高峰时间，但店里的位置已经零零散散被占据了大半。

舞台上有个抱吉他的女人，低着眼唱歌，氛围抒情和缓。吧台前，调酒师染着一头黄发，此时像耍杂技一样丢着调酒壶，轻松又熟稔。

找了个位子坐下，温以凡点了杯最便宜的酒。钟思乔往四周看了一圈，有些失望："老板是不是不在啊，我没看到长得帅的啊。"

温以凡托着腮，漫不经心地道："可能就是那个调酒小哥。"

"放屁！"钟思乔明显无法接受，"我那个常年泡堕落街的同事可说，这酒吧的老板可以说是堕落街头牌了。"

"说不定是自称的。"

"？"

注意到钟思乔不善的眼神，温以凡坐直了些，强调了一句："就，说不定。"

钟思乔哼了一声。

两人有一搭没一搭地聊了一阵。钟思乔提起中午的事情："对了，我今天遇到的是我高一的副班长。他大学也上的南大，好像还跟桑延一个宿舍，不过我没怎么见过他。"

听到这个名字，温以凡稍怔。

"说起来，你还记得——"说着，钟思乔的视线随意一瞥，忽地定在吧台，"哎，你看十点钟方向，是不是'堕落街头牌'来了？"

同时，温以凡听到有个人喊了声"延哥"。她顺着望去。不知从什么时候开始，调酒师的旁边站了个男人。

酒吧内光线昏沉。他半倚桌沿，整个人背对吧台，脑袋稍侧，似是在跟调酒师说话，穿着件纯黑色的冲锋衣，身材挺直而又高大，此时微微弓着身子，也比旁边的调酒师高一截，眼眸漆黑，唇角微扯着，略显玩世不恭。

顶上的彩色转盘灯闪过，落了几道痕迹在他脸上，温以凡在这一瞬间把他认了出来。

"我去。"大概是跟她有一样的发现，钟思乔语调一扬，十分震惊地说，"姐妹儿，这头牌是桑延啊！"

"……"

"怎么我一提他就见着人了…你还记得他不？你转学之前，他还追过你……"

听到这句话，温以凡的睫毛颤动了一下。

正好一个服务员路过，温以凡有些不自在，想出声打断时，耳边忽然传来一声惊呼。她抬头，就见服务员似乎是被人撞到了，手中的托盘略微倾斜，搁在上边的酒杯随之歪倒——朝着她的方向。

酒水夹杂着冰块，掉落至她的左肩，顺势滑下。她今天穿了件宽松的毛衣，此时大半边衣服被淋湿，寒意渗透进去，冻得人头皮发麻。

温以凡倒抽了一口气，条件反射般地站了起来。店内音响声大，但这动静也不算小。像是被吓到，服务员整张脸都白了，连声道歉。

钟思乔也站起身，帮温以凡把衣服上的冰块拍掉，皱眉道："没事吧？"

"没事儿，"温以凡声音不受控制地发颤，但也没生气，看向服务员，"不用再道歉了，以后注意点就行。"

随后她又对钟思乔说："我去卫生间处理一下。"

说完，她稍抬眼睑，意外地撞入一道视线之中。深邃，淡漠而又隐晦不明。

定格两秒，温以凡收回视线，往女厕的方向走去。找了个隔间，她把毛衣脱掉，里头只剩一件贴身的打底衫。所幸是隔了层毛衣，没被打湿多少。

温以凡抱着毛衣走到洗手台，用纸巾沾了点水，勉强把身上的酒水擦干净。

大致处理好后，温以凡走了出去。余光瞥见走廊处站着个人，她下意识看过去，脚步一顿。

男人斜靠墙，嘴里咬了根烟，眼睑懒懒耷拉着，神色闲散又淡。与之前不同的是，他的外套已经脱了下来，就这么松松地被他拎着。身上只剩一件黑色的 T 恤。

距离最后一次见面，已经过了六年。不确定他有没有认出自己，温以凡也不知道该不该打声招呼。挣扎了不到一秒，她低下眼，干脆装作也没认出来，硬着头皮继续往外走。

暗色简约的装修风格，大理石瓷砖上的条纹不规则向外蔓延，倒映着光。在这儿还能听到女歌手的歌声，很轻，带着缠绵和缱绻。

越来越近，即将从他旁边走过，在这个时候——

"喂。"他似有若无地冒出了一声，听起来懒洋洋的。

温以凡停了下来，正要看过去。毫无防备，桑延倏然将手上的外套兜头扔了过来，遮挡了她大半的视野。温以凡愣了一下，立刻伸手扯下，有些莫名。

桑延仍未抬头，低睫，把烟掐灭在旁边的垃圾桶上。

两人谁都没有主动说话。似乎过了很久，实际上也不过几秒的光景。桑延缓慢地掀起眼皮，与她的目光对上。眉目间带着疏离。

"谈谈。"他说。

好些年没见，从最后一次见面至今，没有任何联系，淡薄到让温以凡几乎要忘了这个人的存在。但也记得，两人的最后一次对话，并不太愉快。他们并不是能让他在看到自己狼狈糟糕时，会过来慰问帮助的关系。

温以凡的第一反应就是，对方认错人了。但脑海里又浮起了另一个念头——也可能这几年桑延逐渐成熟，心胸变得宽广起来。早已不把从前那些事情当回事，不计前嫌，只当是再见到老同学时的客套。

温以凡收回思绪，把外套递给他，眼里带着疑惑和询问。

桑延没接，目光从她手上掠过。而后，他淡声说："我是这家酒吧的老板。"

温以凡的手定在半空中，反应有些迟钝。一时间也不太清楚，他这话的意思是在自我介绍，还是在炫耀他现在混得如此之好，年纪轻轻就已经出人头地，当上了老板。

在这样的状况下，她居然还分心，神游想起了钟思乔的话。

——这酒吧的老板可以说是堕落街头牌了。

视线不免往他的脸上多扫了几眼。乌发朗眉，瞳仁是纯粹的黑，在这光线下更显薄凉。退去了当年的桀骜感，青涩的五官变得硬朗利落。身材高瘦挺拔，一身黑衣也没敛住他的轻狂傲慢，恣意而又矜贵。

说是头牌，似乎也，名不虚传。

桑延又缓缓吐了两个字，将她拉回了神。

"姓桑。"

"……"

这是在告诉她，他的姓氏？所以就是，没认出她，在自我介绍的意思。

温以凡明白了情况，平静地说："有什么事儿吗？"

"很抱歉。因为我们这边的失误，给您造成了困扰和不便。"桑延说，"您有什么需求的话，可以告诉我。另外，您今晚在店内的消费全部免单，希望不会影响您的好心情。"

他一口一个"您"字，温以凡却是没听出有几分尊敬。语气仍像从前一样。说话像是在敷衍，懒懒的，听起来冷冰冰又欠揍。

温以凡摇头，客气道："不用了。没关系。"

这话一出，桑延眉目舒展开来，似是松了一口气。可能是觉得她好说话，他的语气也温和了些，颔首道："那先失陪了。"话毕，他收回眼，抬脚往外走。

温以凡的手里还拿着他的外套，下意识喊："桑——"

桑延回头。

对上他视线的同时，她忽然意识到他们现在是陌生人，"延"字就卡在嗓子眼里不进不出。脑子一卡壳，温以凡也不知道该如何称呼他。

气氛寂静到尴尬。慌忙无措之际，空白被刚刚神游的内容取代，浮现起两个字眼。她盯着他的脸，慢一拍似的接上："头牌。"

"……"

四目对视。

世界再度安静下来。在这几近静止的画面中，温以凡似乎看到，他的眉心微不可察地跳动了一下。

"……"

嗯？

她刚刚说了什么。

桑头牌。

桑、头、牌。

哦。

桑……

啊啊啊啊啊啊啊啊！

桑头牌啊啊啊啊啊！！！

"……"温以凡的呼吸停住，差点维持不住表情。她完全不敢去看桑延的表情，抿了抿唇，再次把衣服递向他："你的衣服。"

最好的解决方式，就是跟她以往的做法一样，当没觉得不妥，什么事情都没有发生过。直接将这段小插曲略过。

但桑延并没有给她这个机会。他撇头，缓慢重复："桑、头、牌？"

温以凡装没听懂："什么？"

沉默片刻。桑延看她，有些诧异，仿若才明白过来。他拖腔拉调地啊了一声，唇角微弯，一副"果然如此"的模样："抱歉，我们这儿是正经酒吧。"

"……"言外之意大概就是，我自知是绝色，但没考虑过这方面的服务，请你自重点。

温以凡想解释几句，又觉得没法解释清。她暗暗吐了口气，懒得挣扎。反正以后不会见面了，她干脆破罐子破摔，顺着他的话惋惜道：

"是吗？那还挺遗憾。"

"……"桑延的表情仿佛僵了一瞬，却像是她的错觉。

温以凡眼一眨，就见他的神色依旧古井无波，毫无变化。她没太在意，礼貌性地笑了笑，再度提起："你的衣服。"

桑延仍然没有要接过来的意思。接下来的十来秒，温以凡诡异地察觉到他盯着她嘴角的弧度，眼神直白而又若有所思。就这么停住——

"穿我的衣服，"桑延顿了顿，忽地笑了，"不挺开心的吗？"

温以凡："？"

"虽然我不太清楚，但我本人好像比这酒吧出名？"他不正经地挑了挑眉，话里多了几分了然，仿佛在给她台阶下，"拿回去当个纪念吧。"

"……"

"他真这么说的？"钟思乔再三确认，爆笑出声，"牛啊，他怎么不直接说让你拿回去裱起来？"

温以凡慢慢道："他就是这个意思。"

钟思乔忍着笑，象征性安慰了几句："别太在意。可能这种情况太多了，桑延就直接默认你来这是为了看他。"

"你把咱俩来这儿的目的忘了？"

"啊？"

"不是'嫖'吗？"温以凡说，"'看'这个字怎么配得上他的言行举止。"

"……"

钟思乔又开始笑。

温以凡也笑："行了，你悠着点。等他走了再笑，他还坐那儿呢。"

此时吧台前的高脚凳已经坐满，桑延占了最边上的位置。他端起桌上的透明杯子，慢条斯理地喝了口酒，表情从容自在，像个纨绔不羁的大少爷。

见状，钟思乔总算收敛。

恰好把酒水弄洒的服务员过来了。这服务员是个男生，年纪看着不大，脸上还带着婴儿肥。他手端托盘，动作谨慎地上了酒。而后，把刚刚温以凡付的钱返还，压在夹着小票的文件夹板下面。

"这是您的酒。"

温以凡看着钱："这是……"

没等她问完，服务员忙解释，神色略显不安："对不起，刚刚是我的错。老板已经交代下来了，您这桌免单。"

温以凡这才想起桑延的话，一顿，下意识就是拒绝："没事儿，不用。钱拿回去吧。"

服务员摇头："除了这事，您还有什么需要的话，可以随时叫我。"

他的态度很坚决，温以凡也没坚持。她拿起放在一旁的外套："我刚刚去洗手间的时候，在走廊捡到了这件外套。可能是哪个顾客不小心落下了。"

服务员连忙接过："好的，谢谢您。"

等他走后，钟思乔朝她眨眨眼："怎么回事？"

温以凡简单解释了一下。

钟思乔瞪大眼："那他都这么说了，你咋还要给钱？"

"人开店也不容易，"温以凡抿了口酒，"没必要因为这点事儿就拿他几百块钱。"

"你怎么还担心富二代创业苦，这少爷有钱也不是一天两天的事情了。"钟思乔说，"不过，他还真不记得你了啊？"

温以凡合理推测："应该是没认出来吧。"

"没认出来？"钟思乔觉得荒唐，脱口而出，"不是，你难道不知道自己长什么样吗？名字里有个'凡'就真觉得自己平平无奇了？"

"……"温以凡差点呛到，无言又好笑，"你这语气我还以为你在骂我。"

也难怪钟思乔会觉得这回答不可理喻，因为温以凡是真长得漂亮。跟她温和的性格完全不符，她的长相极其妖艳，漂亮到带了攻击性。那双狐狸眼像是来勾人魂的，眼尾略略上挑，举手投足间皆是风情，坐在这暗沉的酒吧里，像是自带光一样。

钟思乔一直觉得她光靠这张脸就能红得发家致富，哪知最后却去当了辛苦的新闻记者。

"而且你现在跟高中的时候也没什么区别啊，就是头发比那会儿短了——"瞅见桑延那边的动静，钟思乔瞬间改了口，"好吧，也有可能。"

"……"

"他这条件，这几年泡过的妹也不可能少，说不定就有几个跟你差不多类型的。"

闻言，温以凡支着下巴，往桑延的方向看。这次，他的旁边多了个女人。像是不怕冷，女人穿着贴身的短裙，露出两条白皙笔直的腿。她半靠吧台，歪着头给他敬酒，巧笑嫣然，玲珑曲线随着动作被勾勒得清晰明了。

桑延抬眼看她，似笑非笑。在这氛围的烘托下，也多了几分调情的意味。

这话题来得短暂，很快，钟思乔就说起了别的事情。注意力被她的声音拉回，温以凡收回目光，跟她继续聊了起来。

半晌，女歌手结束了最后一首歌。察觉到时间，温以凡问道："快十点了，我们走吧？"

钟思乔："行。"

两人起身往外走。钟思乔挽住温以凡的手臂，边看手机边说："向朗刚跟我说他下个月回国，下回我们找他一起来吧。去个能蹦迪的，这个有点儿没劲。"

温以凡应了声："好啊。"

临走前，她又往吧台看了一眼。桑延还坐在原来的位置，旁边的女人似乎又换了一个。他的脸上仍然没带情绪，像是对什么事情都漠不关心。跟她意外地重逢，也真像他所表现出来的那般，只是碰到了一个素未谋面的陌生人罢了。

温以凡恍了神，莫名想起他们断去联系之前，最后见的那一面。

冷寂的夜晚，无月。浓雾暗云压迫小城，细雨如毛绒，扑簌簌坠下。窄巷里，唯一的路灯闪烁，飞蚁义无反顾往里撞。

少年发梢湿漉漉的，睫毛也沾了水珠。肤色白净，眼里的光被浇熄。一切都像是虚幻。

她不记得自己当时是什么心情。只记得，桑延声音沙哑，最后喊了她一声："温以凡。"而后低眼自嘲，"我也没那么差吧。"

也记得，他折去一身骄傲，将自己视为，让人避之若浼的污秽。

"放心，"他笑，"我不会再缠着你。"

自从把酒洒在顾客身上，余卓整个晚上都过得不踏实。做事儿小心翼翼的，唯恐再犯了相同的错误，再度点燃老板刚退去的火气。

等这桌顾客走后，他上前收拾桌子。将酒杯回收，余卓一批文件夹板，底下压着的几张红色大洋顺势被带过。他的动作停住，又注意到软椅下方掉了条手链。

余卓伸手捡起，面色沉重地走回吧台。他把托盘往里推，对黄毛调酒师说："小何哥，K11 的客人掉了东西。"

何明博接过，抬头说："对了，你刚拿过来的那衣服，我看着咋这么像延哥的？"

"啊，我不知道，说是在厕所捡的。"想到钱的事情，余卓抓了抓脑袋，"哥，延哥刚交代我这桌免单，但退还的钱，K11 没拿走。我要不要跟他说啊？"

何明博瞥他："去认错。"

"……"余卓蒙了，觉得自己有必要解释一下，"哥，不是我想吞了这钱，是 K11 没拿走。我还跟她说了好几遍的。"

拿了个透明袋子装手链，何明博笑道："延哥可没这么讲道理。"

"……"

好像也是。

虽是这么想，但余卓上楼去找桑延的时候，还是没忍住垂死挣扎一番。一晚上都见桑延在吧台前的位置，也不知道是什么时候上二楼的。此时，他坐在卡座区最靠里的位置，面上情绪淡淡的。

不知听没听进他的这番说辞，桑延没出声，散漫地把玩着手里的透明杯子。氛围近似冰封，余卓硬着头皮出声缓和："这可能不是付的酒钱，我刚听到这两位客人在说……"

说到这，他突然意识到接下来的话不太对劲儿，支吾起来："但周围挺吵的，我听得不太清楚，所以我也不是很肯定……就、就是……"

跟桑延冷淡的眉眼一撞上，余卓打了个激灵，说话顿时顺畅："我听到这客人的朋友问她，来这个酒吧是不是为了来看延哥您的，她说不是。"

桑延的眼睫微动。

余卓："然后，她说，是、是为了嫖……"

桑延："……"

桑延："？"

"所以这个可能是给您的嫖资……"

"……"

外头比来时更冷，唯一能保暖的毛衣已经湿透，被温以凡放进袋子里。走到家门前，她觉得身体都快不是自己的了。

温以凡把门打开，又下意识往对面看了一眼。这个时间，对门的男人估计还没回来。往常大多是两三点，她已经陷入沉睡时，他才会带着笑路过她的门前，不怀好意地敲打两下门板。力道很重，在深夜里像是雷鸣。

而后他便回了自己的房子。什么事儿都不干，令人恼怒，却又没法采取什么措施来解决。

温以凡跟房东说了好几次这个状况，但似乎没有任何成效。

锁了门，温以凡烧了壶水，顺带给钟思乔发了条微信："到家了。"

钟思乔家离上安远，这会儿还在地铁上："这么快？我还有好几个站。"

钟思乔："欸。"

钟思乔："我刚刚一吹风，又想起桑延今晚的行为。"

钟思乔："你说，桑延是不是怕你会冷，才给你扔的外套？然后他又不好意思说，就掰扯了一个那样的理由？"

温以凡从衣柜里翻出换洗衣物。瞥见这句话，她停下动作："说点儿靠谱的。"

钟思乔："？"

钟思乔："我这话哪里不靠谱！！！"

温以凡："他是来解决问题的。"

温以凡："所以估计是怕我因此冻出病，找他讹医药费吧。"

钟思乔："……"

钟思乔："那他找别人给你件外套不就得了。"

温以凡："这么冷的天，这不是一件容易事。"

钟思乔："？"

温以凡提醒："他可能借不到。"

钟思乔："……"

恰好弹出电量不足的提醒，温以凡把手机放到桌上充电，进了浴室。将脸上的妆一点点卸掉，她盯着镜子里的脸，动作突然顿住。前不久见到的那双带了陌生的眉眼，在脑子里一闪而过。温以凡垂眸，心不在焉地把化妆棉扔进垃圾桶。

不谈现在，就是以前最熟悉的时候，温以凡也不算很了解桑延。所以她也分不太清，他是装作认不出她，抑或者是真没把她认出来。像个抛硬币猜正反的游戏，没有蛛丝马迹可循，也无从猜测，仅能凭借运气得到结果。

毕竟在她看来，这两种可能性，都是他能做出来的事情。

吹干头发，温以凡习惯性地打开电脑写了会儿新闻稿。直到有了困意，她才回到床上，伸手拿起桌上的手机。

在她进浴室没多久，钟思乔又发来几条消息："万事皆有可能嘛，就算没有，咱也能脑补一下让自己爽爽。"

钟思乔："我还挺好奇，你现在见到桑延是啥感觉。"

后头还跟了一个八卦兮兮的表情。

温以凡想了想："确实是挺帅的。"

钟思乔："……"

钟思乔："没啦？"

温以凡："别的还没想到，想到了再告诉你。"

温以凡："我先睡了，好困。"

平心而论，要说真没什么感觉是骗人的。但她觉得没什么好说的，提起来了又要扯一堆，有那时间不如多睡点觉。她把手机扔开，开始酝酿睡意。

这一觉，温以凡还是毫无例外地睡得极差。一直处于半睡半醒的状态，被光怪陆离的梦缠绕。觉得下一秒就要挣脱，彻底入睡时，就被隔壁那个傻 × 一巴掌拍门上吵醒。

把被子从头顶扯下，温以凡浑身上下都觉得窝火。

温以凡的脾气是公认的好，遇上任何事情都能不慌不忙地解决，外露的情绪很少有波动特别大的时候。但可能是人总要有个发泄的渠道，所以她的起床气极其严重，被人吵醒会失了理智。

更别说在这种，她觉得自己下一秒就要彻底睡着的情况。

温以凡尝试让自己冷静下来，只期盼外头的人能像平时那样，拍几下午，温以凡被一通电话吵醒。因为熬夜和睡眠不足，她的脑袋像被针扎了似的，细细密密发疼。她有些烦躁，磨蹭地拿起手机，按了接听。

那头响起发小钟思乔低低的声音："我晚点给你打回去。"

"……"

温以凡的眼皮动了动，脑子宕机了两秒。忽地打个电话来把她吵醒。这就算了。居然不是正片，只是个预告。

她的起床气瞬间炸裂，脱口而出："你是不是存……"话还没说完，电话已经被挂断。

拳头像是打在了棉花上，温以凡睁眼，闷闷地泄了气。又在床上躺了一阵子，她拿起手机，看了眼现在的时间。

临近下午两点了。温以凡没再赖床，扯了件外套套上，出了被窝。

走进厕所，温以凡正刷着牙，手机再度响起来。她腾出手滑动了一下屏幕，直接开了外放。

钟思乔先出了声："我去，刚遇到高中同学了，我顶着大油头还没化妆，尴尬死了！"

"哪那么容易死，"温以凡嘴里全是泡沫，含混不清道，"你这不是碰瓷吗？"

"……"钟思乔沉默三秒，懒得跟她计较，"今晚出来玩不？温记者。您都连着加班一周了，再不找点乐子我怕你猝死。"

"嗯。去哪？"

"要不就去你单位那边？不知道你去过没，我同事说那儿有家酒吧，老板长得贼——"钟思乔说，"欸，你那边怎么一直有水声？你在洗碗？"

温以凡："洗漱。"

钟思乔惊了："你刚醒啊？"

温以凡温暾地嗯了一声。

"这都两点了，就算是午休也结束了。"钟思乔觉得奇怪，"你昨晚干吗去了？"

下就赶紧滚。哪知这次他像是中了邪一样，敲门声持续不断，嘴里还打着酒嗝："还没醒吗？漂亮姐姐，帮个忙吧，我家厕所坏了…来你这洗个澡……"

温以凡了闭眼，起身把相机翻出来，调整好位置，对着门的方向录像。而后，她拿起手机，直接拨打了110，清晰地把地址和情况报出。

这么一折腾，她仅存的睡意也消失得一干二净。

半夜，独自一人居住，门外有醉酒的男人骚扰。温以凡觉得这种情况下，自己应该是害怕的。但这个时候，她只觉得火大和疲倦，没有精力去分给其他情绪。

因为一直得不到反应，在民警来之前，男人已经回了家。

温以凡把拍下来的片段给民警看，并要求到派出所解决这个事情。既然已经闹到报警了，她也没想过要和解，打算这事过后就搬走。录像里，门被拍得直震，还伴随着男人不清醒的声音。看着就瘆人。

民警敲响了对面的门。过了好一会儿，男人才打开门，不耐烦道："谁啊！"

在这样的天气，他只穿着件贴身的短袖，露出手臂上威风凛凛的虎文身。身材很壮，肌肉一块块凸起，就像是一堵墙。

"我们接到报警，"民警说，"举报你半夜骚扰邻居。"

"什么骚扰？"男人沉默了几秒，装作不清醒的模样，语气也没刚刚那么冲了，"警察同志，我刚喝完酒回来呢，可能喝醉敲错门了吧。就是个误会。"

民警板着脸："人家还提供了视频，你敲错门还喊着要去人家里洗澡啊？别在这跟我扯淡。赶紧的，跟我们上派出所。"

男人又解释了几句，见没有用处，很快就放弃。他抬起头，目光幽深，盯着站在民警后头的温以凡。

温以凡抱臂靠着门沿，面无表情地回视他。眼里情绪很冷，没半点儿畏惧，反倒像是在盯着什么脏东西。

到了派出所，男人咬死说自己就是喝醉了胡言乱语，温以凡在另一边明确说了这段时间的情况。但这事儿没给她造成财务上的损失，勉强来算也只能说是影响了她的生活，导致她精神敏感又衰弱。到最后，男人被罚了几百块钱加拘留五天，就这么结束了。

出派出所前，其中一个老民警好心提醒她，让她不要住群租房。不单是这方面的问题，还有其他的安全隐患。之前因为某个群租房用电超负荷引起火灾，南芜政府已经开始重视这个事情了，等政策批下来，也要开始管理了。

温以凡点头，道了声谢。外头天已经亮了，她干脆直接回了台里。

回南芜之后，温以凡通过社招，往南芜电视台都市频道《传达》栏目投了简历。

《传达》是台里的一档民生新闻栏目，以报道本市以及周边城镇的民生新闻为主，主旨在于"关注百姓生活，传达百姓声音"。

温以凡觉得自己这情况还挺需要被关注的，一边胡乱想着要不要把这件事情当个选题报上去，一边进了办公室。里头灯亮着，但没人。

她到茶水间泡了杯咖啡，这会儿实在没什么精神，连早餐都没胃口吃。但她也睡不着，刷了刷新闻 App 便开始写稿。一整天下来过得浑浑噩噩。

新来的实习生付壮跟她一块外出采访时，表情一直欲言又止的，最后还是没忍住说："以凡姐，我是不是哪儿做错了？"

温以凡才意识到自己这起床气持续了快一天。直到熬到交上去的新闻上单，温以凡头一回没选择加班，直接收拾东西走人。

夜里气温低，寒风仿若锋利的冰刃，刮过耳际。没走几步，温以凡就收到了钟思乔的消息。

钟思乔："温以凡，我死了。"

"……"

温以凡："？"

钟思乔："我真的要死了！！！"

钟思乔："我的手链不见了！"

钟思乔："我男神送我的！我都没戴过几次呢呜呜呜呜呜！"

温以凡："没找着吗？"

钟思乔："对，嘤嘤。"

钟思乔："我今早在公司才发现不见的，我还以为在家里，但刚刚回家之后也没找到。"

钟思乔："但我感觉是落在桑延那酒吧了。"

钟思乔："你下班之后帮我去问一下吧，我这儿离上安太远了。"

温以凡："行。"

温以凡："你也别太着急了。"

温以凡脑子像生锈了似的，迟钝地思考着方向，而后才重新抬了脚。所幸堕落街离得并不远，走个七八分钟就能到。

再往里，找到"加班"酒吧。她走了进去。

跟昨晚的风格不同，圆台上的位置被摇滚乐队占据，音乐声重到让人耳朵发麻。酒吧内灯光昏沉，气氛高昂，五光十色的灯光飞速划过。

温以凡走到吧台前，里边还是上回那个黄毛调酒师。温以凡喊住他："您好。"

调酒师露出个笑容："晚上好，女士。想喝点什么？"

温以凡摇了摇头，直白地提了来意："我昨天跟朋友过来的时候，掉了一条手链，不知道你们有没有捡到？"

听到这话，调酒师似是认出她了，立刻点头："有的，您稍等一下。"

"好的，麻烦您了。"

温以凡站在原地等。看着调酒师拉开一侧的抽屉，在里头翻了翻。随后又拉开另一侧，又翻了翻。他的动作突然停住，抬头朝某个方向招手，喊了声："余卓。"

被唤作"余卓"的服务员走过来："欸。小何哥，怎么了？"

温以凡看过去，一眼认出是昨天往她身上洒了酒的服务员。

调酒师纳闷道："昨天你捡到的手链，我不是收这儿了吗，咋没找到？"

"啊？那手链……"余卓也蒙，又突然想起，"噢，对了。延哥下来拿衣服的时候，把那手链也拿走了。"

"……"

以为自己听错，温以凡一愣，没忍住出声道："什么？"

余卓下意识重复："被延哥拿了。"

"……"

这次温以凡听得一清二楚，还有点儿不敢相信。一个开了这么大一家酒吧的老板，居然，这么明目张胆地将客人不小心遗落的财产据为己有。

调酒师显然不知道这件事儿，一脸莫名其妙："延哥怎么会拿？那他去哪了？刚刚不是还在吗？"

余卓像个天然呆："我不知道啊。"

安静片刻。

调酒师有些尴尬地看回温以凡："抱歉，我们这儿的失物一般是老板在管。要不您先留一下联系方式，或者您稍微等等，我现在联系一下老板。"

温以凡不想在这儿待太久，觉得明天过来拿也一样："没关系，我留联系方式吧。"

"好的。"调酒师从旁边抽了张名片给她，"您写在上面吧。"

温以凡低头往上面写了一串号码，递回给他："那麻烦您再帮忙找找。如果找到了，打这个号码就可以——"

话还没说完，名片突然被人从身后抽走。

温以凡猝不及防地回头，就见桑延站在她身后，距离靠得很近，像是要将她禁锢。他生得瘦高俊朗，此时微侧着头，轻描淡写地往名片上扫了两眼。而后，与她的目光对上。

灯红酒绿的场景，震耳欲聋的音乐，以及烟草与檀木混杂的香气。

男人眉眼天生带冷意，此刻却掺了点吊儿郎当。熟悉而又陌生的眼神，像是把她认出来了。

倏忽间，他的唇角一松，似笑非笑道："不死心啊？"

没懂他的话，温以凡怔住。

桑延随手把名片扔回她面前，慢慢站直，与她拉开距离。

"特地过来留联系方式的？"

他的声音不轻不重，却像平地一声惊雷，在一瞬间点醒了温以凡，昨天晚上她来这儿的时候，跟桑延说出了怎样的话。

——抱歉，我们这儿是正经酒吧。

——那还挺遗憾。

"……"

温以凡微抿唇，铺天盖地的窘迫感将她占据。

所幸是周围吵闹，调酒师完全没听到桑延的话，只纳闷道："哥，你干吗呢？"而后，他指指抽屉，将声音拉高，"你有看到放在这儿的手链吗？"

闻声，桑延轻瞥一眼。

调酒师解释："这位客人昨晚在我们店里消费，遗落了一条手链。余卓捡到，我……"说到这，他一顿，改口，"你不是给收起来了？"

桑延坐到高脚凳上，懒洋洋地啊了一声。

调酒师："那你给收哪了？"

桑延收回视线，神色漫不经心："没见过。"

"……"调酒师一噎，似是被他的反复无常弄到无言。

与此同时，有两个年轻女人到吧台点酒。像是看到救星一样，调酒师给桑延丢了句"老板你招待一下，我先工作"，随后立刻转头去招呼那两人。

余卓也不知何时已经从这块区域离开，此时只剩下他俩。尽管是在拥挤喧嚣的场合，但也跟独处没多大差别。毕竟调酒师说了那样的话。两人一站一坐，氛围像与周围断了线，有些诡异。

桑延拿了个干净的透明杯子，自顾自地往里倒酒，直至半满。下一刻，他把杯子推到她面前。温以凡意外地看过去。

男人黑发细碎散落额前，眼睫似鸦羽，面容在这光线下半明半暗。他的手里还拎着半听啤酒，挑了挑眉："要我怎么招待？"

这回温以凡是真有了种错觉，自己真是来嫖的。她沉默了须臾，没碰那酒："不用了，谢谢。"

冷场。

估计桑延也因为调酒师的解释而尴尬，没再提起联系方式的事情。想着这是他的地盘，温以凡决定给他留个面子，也没主动说。

她扯回原来的事情："你们这儿的失物都是老板在管？"

桑延笑："谁跟你说的？"

温以凡往调酒师的方向指了指。桑延顺着望去，手上力道放松，忽地将易拉罐磕到吧台上。

"何明博。"

何明博下意识抬头："欸！咋了哥？"

桑延不咸不淡道："我什么时候闲到连失物这种破事儿都管了？"

"……"何明博明显没反应过来，再加上他还忙着，便只说了句，"哥。你等等，我先给客人调完这杯酒。"

桑延这态度实在说不上好。温以凡抿了抿唇，把名片放到酒杯旁边："那我把联系方式留在这，你们找到了直接打这个电话就可以，我会过来拿的。谢谢。"

桑延眼都不抬，敷衍般地嗯了一声。温以凡也不知道，如果他对待任何一个客人都是这样，这家酒吧是怎么经营起来的。

也可能只对她如此。或许是因她先前的言辞感到不悦；或许是对从前的事情还耿耿于怀，装作不认得她，见到她也不想给任何好脸色。

今天凌晨去了趟派出所，后又因采访跑了三个地方。回去要跟房东沟通提前退租，再考虑新住处的事情，还得防备着隔壁那男人的报复。

一大堆事情等着她。相较起来，桑延这态度，好像也算不上什么。

但不知为何，可能是因残存的那点起床气，温以凡莫名觉得有点儿闷。她轻声补了句："是很重要的东西，麻烦你们了。"

她正准备离开。

桑延："等会儿。"

温以凡动作停住。

桑延喉结滚了滚，又喊了声："何明博，你磨蹭什么？"

何明博："啊？"

"人东西落这儿了。"桑延看他，一字一顿道，"不找？"

"……"

桑延都放出这话了，何明博只能不死心地再次翻找。这回很神奇地在靠下边的柜子里找到了。他松了口气，立刻递给她："是这条吗？"

温以凡接过："对的，谢谢您。"

何明博往桑延的方向看了眼，摸了摸后脑勺："不用不用。耽误您那么多时间，我们还觉得抱歉。"

桑延继续喝酒，没说话。

温以凡点头，道了再见便离开。

外头又湿又冷，人也少。一路望过去冷清而空荡。温以凡冷到不想碰手机，飞速在微信上跟钟思乔说了句"手链找到了"，便把手揣回兜里。她吸了下鼻子，莫名走了神。

思绪渐渐被记忆见缝插针地填满。因为刚刚那个恶劣又有些熟悉的桑延，她想起了他们第一次遇见的场景。

……

高一开学当天，温以凡迟到了。

到学校之后，她连宿舍都来不及回，让大伯替她把行李放到宿管阿姨那儿，之后便匆匆地跑向高一所在的 A 栋教学楼，爬到四楼。

穿过一条走廊，往内侧的区域走。路过校用饮水机时，她第一次见到了桑延。

少年长身鹤立，穿着蓝白色条纹的校服，书包松松地挎着。五官俊朗矜贵，表情很淡，看着有些难以接近。

跟她的状态完全不同。像是不知道已经打铃了，他在那儿接水，看上去优哉游哉的。

温以凡急着回班，但只知道她所在的班级在这栋楼的四层，不知道具体位置。她不想在这上边浪费时间，停下脚步，打算问个路："同学。"

桑延松开开关，水流声随之断掉。他慢吞吞地把瓶盖拧好，侧眸看了过来。只一眼便收回，并没有要搭理她的意思。

那会儿温以凡还不认识他，只觉得这人不惧迟到，在上课时间还能大摇大摆地在这打水，没半点新生的谨慎和惶恐，更像个游历江湖多年的老油条。

所以她犹豫几秒，改了口："……学长？"

桑延扬眉，再度看过来。

"请问一下，"温以凡说，"你知道高一十七班在哪儿吗？"

这次桑延没再一副爱搭不理的模样。他抬了抬下巴，十分仁慈地出了声："往前走，右转。"

温以凡点头，等着他接下来的话。但桑延没再开口，温以凡也没听到类似"就到了"这样的结束语。怕他还没说完，出于谨慎，她硬着头皮又问："然后呢？"

"然后？"桑延抬脚往前走，语气闲散又欠打，"然后自己看门牌上的班号，难不成还要学长一个一个地报给你听吗——"

他拖着尾音，咬着字说："学、妹。"

"……"

温以凡好脾气地道了声谢。

按照他说的方向走，一右转，就看到了高一十五班的门牌。再往前，最靠里的就是十七班。温以凡加快步伐，到门口细声喊："报告。"

讲台上的班主任看向她，垂眸看了眼名单，问道："桑延？"

温以凡摇头："老师，我叫温以凡。"

"以凡啊。"班主任又看向名单，有些诧异，"名单上就剩你和桑延没来了，我看这名更像个女孩儿，以为是你。"

没等班主任让她进来，温以凡身后又冒出个男声："报告。"

顺着声音，她下意识转头，就见刚给她指路的"学长"站在她的身后。

两人之间只差两步的距离，拉近后，她才察觉到他长得很高。这距离看他脸还得仰头。气息冷然，平添了几分压迫。带着似有若无的檀木香。

他的情绪淡淡，很没诚意地说："对不起老师，我迟到了。"

"你俩先进来吧，位置在那。"班主任指了指教室里仅剩的两个位置，顺带问，"怎么第一天就迟到了？你俩一块来的？"

班主任指的方向是最靠里那组的最后一排，两个位置并排连着。

温以凡老老实实回话："不是一块来的。我家里人早上还有别的事情，送我过来的时候就有点迟了。再加上我不太认得路，所以就来晚了。"

"这样啊。"班主任点点头，看向桑延，"你呢？"

"我爸不知道我已经高一了，"桑延径直走到靠外侧的位置，把书包搁到桌上，懒洋洋地说，"把我送初中那边去了。"

"……"

鸦雀无声。

又在顷刻间，被大片的笑声覆盖。静谧的教室热闹起来，温以凡的唇角也悄悄弯起。

"那以后你爸送你过来时，提醒着他点。"班主任跟着乐了，"行了，你俩坐吧。"

桑延点头应了声。拉开椅子，他正想坐下，突然注意到站在不远处的温以凡。他的动作顿住："你要坐外边还是里边？"

两人视线对上。温以凡连忙敛了笑意，迟疑道："里边吧。"

教室的空间不大，课桌被分成了四组，每组七排两列。最后一排没剩多大空间，椅子挤压墙壁，进去的话得让外侧的人腾个位置出来。

桑延没说话，往外走了一步，给她让了位。

讲台上的班主任又开始发言："我再自我介绍一遍吧，我是你们接下来一年的班主任，也是你们班的化学老师。"说着她拍了拍黑板，"这是我的名字。"

黑板上工工整整地写着"章文虹"三个字，以及一个电话号码。温以凡从书包里拿出纸笔，认真记了下来。

过了一会儿，前桌男生的身体忽地往后靠，手肘搭在桑延的桌子上。他似乎认识桑延，不甚明显地转头，嬉皮笑脸道："桑姑娘，你这名儿确实还挺女孩儿的。"

"……"

温以凡愣了下，顿时想起刚进教室时章文虹说的话。

——名单上就剩你和桑延没来了，我看这名更像个女孩儿。

闻言，温以凡的注意力落到了桑延身上。他人生得高大，坐在这狭窄的位置上，长腿都塞不进课桌，束手束脚。其中一条干脆支在外侧。眼睑耷拉着，总给人一种睡不醒又有些不耐烦的感觉，此时正面无表情地看着男生。

"这可不是我说的啊，刚刚老师说的。但她这么一说，我再细想你那名字，确实能把我迷得神魂颠倒。"男生强忍着笑，"要是你是个女的，我一定泡你。"

桑延上下扫视他，而后慢条斯理道："苏浩安，你自己心里没点儿数？"

苏浩安："啥？"

"我是个女的我就看得上癞蛤蟆了？"

"……"苏浩安瞬间黑脸，沉默了三秒，"赶紧滚。"

温以凡分神听着他俩的对话，有点儿想笑。这语气还让她联想起，刚刚桑延自称学长喊她学妹的事情。她顿了顿，在心里嘀咕了句"不要脸"。

此时章文虹被另一个老师叫出去。没了镇场子的人，教室里的叽叽喳喳声逐渐增大。

"还有，我这名呢，"桑延还没完，继续扯，"是我老爹翻了七天七夜的《中华大词典》，开了百八十次家庭会议，之后再三挑选——"

温以凡托着腮帮子，思绪渐渐放空，逐字逐句地听着他的话。就听他停了几秒，吊儿郎当地把话说完："才选出的一个最爷们儿的字。"

吵闹至极的背景音带来了安全感，温以凡盯着笔记本上的字眼，微微叹息了一声，低不可闻地点评："结果还没我的爷们儿。"

"……"

苏浩安嘲讽地"哈"了一声："那你怎么不直接叫桑爷们儿呢？"

温以凡莫名被戳中了笑点，低头无声地笑。过了好半晌，她忽然察觉到，旁边的桑延一直没回应苏浩安的话。

沉默无言。这会儿倒是安静得像不存在一样。

她下意识看向桑延。这才发现，不知什么时候开始，桑延的目光已经挪到她的身上。漆黑微冷的眉眼，星星点点的阳光落在他的眼角，也没染出几分柔和来。

直白不收敛，带了点审视的意味。

温以凡心里咯噔一声。

"……"

什么情况？不会听见她刚刚的话了吧……不会吧？不至于吧？

还没等她得出结论，桑延指尖轻敲桌沿，悠悠道："啊，对。还没来得及问。"

温以凡呼吸一窒，捏紧手中的笔。

"新同桌？"桑延偏头，略显傲慢地说，"你叫什么名儿？"

第二章
没跟你说

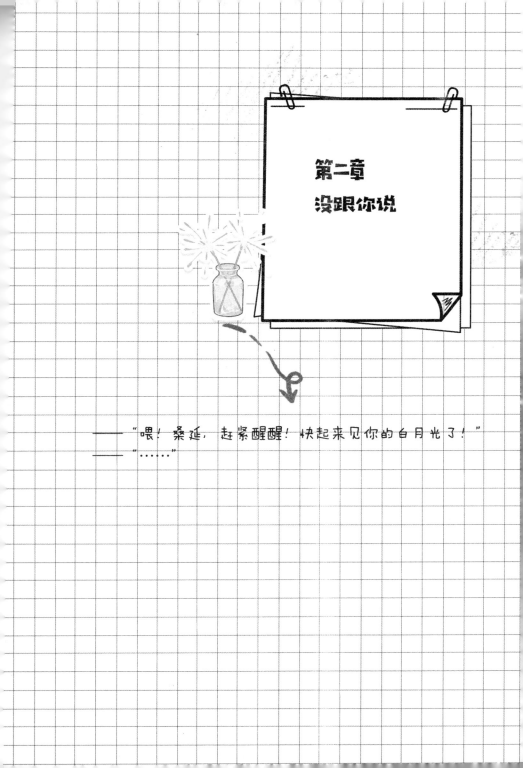

—— "喂！桑延，赶紧醒醒！快起来见你的白月光了！"

—— "……"

温以凡还隐约记得，当时自己若无其事地把名字报出后，桑延只是拖着腔调"啊"了声，之后也没再说什么。

现在想起，她莫名还能脑补出他当时的心路历程，大概先是——"我倒要听听你的名字有多爷们儿"，再到——"温以凡？"，最后到——"噢，也不过如此"。

那高傲到不可一世的模样，跟现在几乎相差无几。

但也许是因为年纪增长，他不像少年时那般喜形于色；也或许仅仅是因为多年未见，两人间变得陌生。比起从前，他身上的冷漠近乎要涵盖所有情绪。

恰好到了地铁站，温以凡边从包里翻着地铁卡，边拿出手机。看到钟思乔的微信，她随手回复了几句。

而后，温以凡突然记起自己的微信里，好像是有桑延这一号人物的。

前两年用微信的人多起来后，温以凡也注册了个账号。当时她直接选了通信录导入，手机里还有桑延的号码，所以也向他发了好友申请。

那边大概也是顺手点了同意。从添加到现在，两人一句话都没说过。

不过温以凡觉得，他通过的时候，应该不知道这个人是她。因为她那时候早已换成宜荷的号码了。

想到这，温以凡点开通信录，拉到"S"那一栏，找到桑延。点进桑延的头像，扫了眼他空荡荡的朋友圈，很快就退出。

一条朋友圈都没有。估计是把她屏蔽，又或者是早把她删了？还是说她加的这个人压根就不是桑延。人家可能也早就把手机号换了。

温以凡在删除键上犹豫了几秒，还是选择了退出。毕竟不太肯定，她也没有删人的习惯，让他无声无息地"躺列"，好像也碍不了什么事。

回到家，温以凡先给房东打了个电话，商量退租的事情。

这个房东人很好，因为多次听她说了这个情况，也同情她一个姑娘在外头住，很快就同意了。说是她如果想现在搬的话，押金和提前交的房租都可以退还给她。

温以凡感激地道了声谢。

解决完这一茬，温以凡打开电脑，开始逛租房网站。逛一圈下来，都没找到合适的房子。

因为南芜的房子实在是不好找。一线城市，一房一厅家具齐全，近上安，治安好。按温以凡目前看到的，房租一个月最便宜也得三四千。这对于她目前的经济情况来说，确实是困难。

温以凡有些头疼，干脆跟钟思乔说了一声："乔乔，我打算搬家。"

温以凡："你有空的时候，帮我问问你朋友那还有没有合适的出租房。"

很快，钟思乔就打了通电话过来，温以凡接起。

钟思乔觉得奇怪，单刀直入道："怎么回事？怎么突然要搬家，你当时不是交了三个月的房租吗？"

"邻居骚扰。"温以凡言简意赅，平静地把今天发生的事情叙述一遍，"我今天凌晨报警，跟他闹到派出所去了。现在他被拘留五天，我怕他之后会报复，还是早点搬比较好。"

"……"钟思乔蒙了，半天才反应过来，"你没事吧？这事你怎么没跟我说过？"

"没什么事儿，他之前也没什么太过激的行为，就敲敲门。去派出所的时候都三四点了，而且有警察在，很安全，没必要让你跑一趟。"

温以凡说，"你过来多远啊，还三更半夜的。"

"对不起啊。"钟思乔很内疚，"我之前还觉得这房子挺好的，便宜又离你单位近……"

"你道什么歉，没你帮我找地方住，我说不定就得露宿街头了。"温以凡失笑，"而且我也觉得这房子很好呀，要是没这邻居我都打算长租了。"

"唉，那你打算怎么办？这段时间要不要先来我家住啊？"

"不用，你嫂子不是刚生了二胎吗？"温以凡说，"我去了，怕会让他们不自在，也怕给他们添麻烦。真没事儿，我找到房子就搬了。"

钟思乔家里人多。除了一个结了婚的哥哥，还有个在读高中的妹妹，都还跟父母住在一块。平时她下班之后，还要帮着照顾妹妹和侄子。

知道自己家的情况，钟思乔也没再提，又叹了口气。

"那你要不去你妈那儿？"

"我没跟她说我回南芜了，而且她那儿也没地儿给我住。"没等她再问，温以凡就转了话锋，"要是在我这邻居出来前我还没找到房子，我就去你那住几天。"

钟思乔这才稍稍放下心："行啊。"

温以凡扯开话题，半开玩笑："想想还有点后悔这一时的冲动，我今天看到我这邻居的腿有水桶那么粗，看着拿刀砍都得砍半小时。"

"……"钟思乔忍不住吐槽，"你这说得也太吓人了。"

"所以我这不是怕吗？"温以凡慢腾腾地说，"要是他怀恨在心，之后想报复我，说不定还会出现这样一种可能——"

"什么？"

"我拿着把电锯都不一定能打过他。"

"……"

挂了电话，温以凡打开另一个租房网站，又扫了一遍。看了半天也没看到合适的，她干脆关掉电脑，起身去洗澡。

搬家这事儿，说急也急不来。要是病急乱投医找了个新住处，又出了别的问题，那也没有丝毫意义。反倒又耗费精力又耗费物力的。温以凡不太想麻烦人，但要是短时间内找不到房子，她也只能先去钟思乔那儿住一段时间了。

隔天就是 2013 年的最后一天。南芜市政府联合南芜广电举办了个跨年烟火秀，分了两个观赏区，分别是淮竹湾度假区和东九广场。门票是免费的，但需要通过线上平台提前预约抽签。只有预约了，并且中签了的市民才能参与。

先前钟思乔预约时，选的是淮竹湾观赏区，中签之后还邀请了她一块去。

温以凡没浪费她的名额。这活动前两周台里就批下来了，温以凡照例要加班，去现场做直播。但跟钟思乔去的地方不同，她去的是东九广场。

温以凡跟台里申请了采访车。一行人提前过去做准备，开车的是带她的老师钱卫华。除了他俩，付壮也一块跟了过去，外加一个老记者甄玉充当出镜记者。

到那儿的时候，距离烟火秀开始还有好一段时间。

广场有 ABC 三个出入口，划分成三个不互通的观赏区域。现场来的人已经不少了，此时正在门口出示入场券和身份证，陆陆续续进场。

他们只是台里分配下来的其中一组，被分到了 A 区域。除了他们，还有不少其他电视台和报社的记者到来。

找到个合适的拍摄点，钱卫华开始调试设备。这算是比较大型的活动，现场人多且杂，没有固定座位，什么职业、哪个年龄段的都有。可能是看到摄像头觉得新奇，周围渐渐围了一圈人，窸窸窣窣地对着这边说话。

广场被海水和夜色笼罩，远处高楼鳞次栉比，射出五彩斑斓的光带。海风染上低温，湿而潮，发了狠地扑面袭来，顺着缝隙钻入骨子里。

温以凡还没重新彻底适应南芜这湿冷天气，再加上今天刚来了例假，这会儿又开始难受。她从包里翻出口罩戴上。

又站了一会儿，温以凡看了眼时间，打算趁空闲的时候去趟洗手间。钱卫华和甄玉还在跟导播室沟通，她也没打扰他们，直接跟付壮说了一声。

顺着路标走了一百来米，总算看到了公共厕所。隔壁还有个破旧的小凉亭，里头满满当当地坐着人，或休息，或等待。厕所空间并不大，女生队伍已经排到门外五米了。男厕门口倒是一个人都没有。

两边对比鲜明。

温以凡认命地过去排队。她百无聊赖地拿出手机刷了会儿微博，没多久，就听到不远处传来了浅浅的对话声。

其中一个声音还有些熟悉，温以凡顺着望去。

凉亭靠外的小空地，灯光白亮，有些刺目。她稍稍眯起眼，视野变清晰的同时，在那块区域再次看到昨天刚见过的桑延。

还有种出了幻觉的感觉。

从这个角度，只能看到他的侧脸。男人表情漠然，虚靠着凉亭，穿着件军绿色的挡风外套，显得肩宽腿长。他用纸巾擦着手，看着像是刚从厕所里出来。

身子稍稍弓着，跟坐在旁边长凳上的中年女人说话。

女人抬头瞥他：“好了？”

桑延：“嗯。”

女人站起来：“那你在这等只只吧，她还在那排队。我要先去找你爸了。”

“……”桑延动作一停，缓缓抬起眼皮，“上个厕所也要人等？”

“这不是人多吗？”女人说，“而且我跟你爸过二人世界，你跟着干什么？”

“所以你叫我来干什么？”桑延气笑了，“给你带孩子？”

女人拍了拍他的手臂，似是有些欣慰：“你要早有这觉悟，你妈我也不用总像现在这样绞尽脑汁掰扯理由了。"

桑延："……"

临走之前，女人又说了一句："对了，你顺便跟你妹谈谈心，我看她最近压力好像很大，这段时间都瘦一圈了。"

桑延扯了下唇角，要笑不笑道："我跟她谈心？"

女人："嗯，怎么了？"

"我跟她不光年龄有代沟——"桑延从口袋拿出手机，语气闲闲的，"性别也有。所以这事儿还是交给您吧。"

沉默三秒。

女人只说了十个字："我现在喊不动你了是吧？"

"……"

等女人走后，温以凡才意识到自己一直在听他们说话。队伍在此刻前挪，她收回注意力，顺势往前走了几步。这个位置也看不到后头的桑延了。

过了大约一分钟，钟思乔给她发了三条消息。

首先是一张图片。

钟思乔："我惊了。"

钟思乔："我之前客套给他群发的祝福消息，他从来没回过，我还以为他不用这微信了。"

温以凡点开图片来看，是钟思乔跟桑延的聊天记录。

桑延发来一条消息，看上去像是群发的，只有四个字："新年快乐。"

见状，温以凡下意识退出聊天窗，扫了眼未读消息，没有看到桑延。但她通信录里桑延的头像跟截图里是一样的，所以应该没加错。

那她怎么没收到群发消息……他总不会那么小心眼，故意不发给她吧？

还是说不是群发的？

但没多久前，他还在自己眼皮底下被他母亲教训，也没见他有这么多闲工夫一条一条给人发祝福短信。

想了片刻，温以凡觉得最大的可能性，就是如之前所想的那般——他已经把她删了。

这么一想，她顺势联想到自己通信录里那些杂七杂八的人，干脆也编辑了一条群发消息，借此把那些已经把她拉黑的人清掉。

发出去没多久，立刻有十几条回应。温以凡从下至上，一一点开，偶尔回复几句。点到最上边一条的时候，温以凡愣了一下。

因为她惊悚地发现，回消息的人是她心血来潮想群发的导火索，是她刚刚误以为早已把她删除的人，此时还站在她几米远的位置。

他只发了一个符号。

桑延："？"

"……"

温以凡的眉心一跳，内心莫名惊了一下。

这……怎么还……诈尸了？？？

而且甩个问号是什么意思？

温以凡视线上挪，盯着自己发出去那五个字。

——新年快乐呀！

一时间温以凡有种不识字了的感觉。她这发的应该是祝福语，而不是什么污言秽语吧……还别说，这单甩个问号的行为还挺唬人的，温以凡隔着屏幕都被他震慑到了。

这反应就像是看到了一个老死不相往来的人一样，不管对方说了什么，就算是祝福消息，也要甩个问号来撑一下。

温以凡犹疑地在对话框输入："你知道我是……"

还没敲完，她用余光注意到，身旁有人跟她擦肩而过。温以凡下意识抬眼，发现桑延走到她前方一米左右的位置，在一个女生旁边停下。

女生身材细瘦，安静地低着头，像是在看手机。联想起桑延跟他母亲的对话，这个应该是他妹妹。

温以凡对这小姑娘还有点印象。高中的时候她见过，名叫桑稚，比桑延小了六七岁。那会儿她个头还小小的，生得像个瓷娃娃，温以凡跟她说话还得弯下腰来。现在都长得跟她差不多高了。

桑延懒懒地道："小鬼。"

桑稚抬头："干吗？"

桑延："听说你最近压力很大？"

桑稚很敷衍："没有。"

桑延自顾自地继续说："因为快高考了？"

温以凡跟他们之间只隔了一个人。

这距离，他们说话就像是在面前放电视剧一样，清晰无比。她不想刻意去听，但声音依然源源不断地传入她的耳中——

"说了没有。"

"想那么多干什么，"像是要把母亲交代下来的任务贯彻落实，桑延慢悠悠地说，"你哥我当初不学习，不也考上南芜大学了？况且，就算你资质不行，咱家也有钱让你去复读。"

"你不学习？你以为我不记得了吗？"桑稚瞅他，语气开始烦了，"放心吧，你当时拼死拼活才考上南芜大学，我闭着眼都能上。"

"……"

"还有，"吐槽完这点，桑稚又道，"我今天听妈妈说，你把工作辞了？"

"……"

"肯定不是吧？"

桑延侧头："有你什么事？"

桑稚也开始自顾自地说："你是不是被炒了不好意思说啊？"

没等桑延再开口，他的手机响了起来。他低眼看去，突然说了句："我说话你听不进，那就让你'亲哥'来安慰你几句？"

"什——"可能是看到来电显示，桑稚瞬间消了音，过了几秒才低声说，"不要。"

之后桑延也没多说，走回凉亭那边接电话去了。

安静下来。

虽然有些话温以凡也没太听懂，但这近距离被迫偷听认识的人说话的事情，还是让她有点不自在。所幸是脸上还戴着个口罩，给了她几分安全感。

温以凡重新点亮屏幕。注意到在输入框还未发送的话，又觉得不太妥当，伸手全部删掉。她想委婉地确认对方是不是知道这是她的微信，思来想去，最后也谨慎地只回了个问号。

大概是还在打电话，那头没立刻回复。盯着看了两秒，温以凡突然意识到了一个问题。就算桑延真把她屏蔽了，但她的朋友圈，可没有，屏蔽，桑延。

"……"

这么一想，温以凡立刻点开自己的朋友圈。

这段时间事情太多，上一条朋友圈已经是两个多月前了。当时还在宜荷市，好像是跟同事去清吧时一块发的。

温以凡的目光定住，映入眼帘的是一张她跟前同事们的自拍照。

照片里的其他人露出牙齿，笑得灿烂，摆出各种拍照姿势。温以凡坐在左下方的位置，皮肤白到像是曝光过度，只温和地看着镜头，嘴唇弯起浅浅的弧度。

五官极为清晰。

……

队伍渐渐排进厕所里，恰好同时有几人从隔间出来，轮到了她。温以凡回过神，把手机放回口袋，顺着往里走。

片刻后，温以凡走了出去。洗手台是男女共用的，在男女厕中间，两三米宽。温以凡打开水龙头，大脑有些乱。

所以之前在酒吧，他就是在装不认识自己。

群发祝福也是刻意不给她发。看到她的消息头一反应就是撑。

温以凡抬头，通过面前的镜子，她能见到还站在原来位置的桑延。看上去已经打完了电话，他单手插兜，另一只手把玩着手机。

也不知道有没有回她消息。

下一刻，温以凡看到桑稚也从厕所里出来了，走到旁边的洗手台。但水龙头可能是坏了，打开也不出水。

温以凡刚好用完了，给她腾位："你用这个吧。"

桑稚立刻说："谢谢。"

视线对上温以凡时，她似是愣了一下。温以凡没注意到，收回眼，边掏出手机边往外走。点亮，界面还停在跟桑延的聊天窗。

他这次连半个标点符号都没施舍给她。温以凡明白了原因，沉默了一会儿，没忍住在对话框输入了句"咱俩要不互删吧"。

很快又删掉。

瞥见他俩刚对着来的两个问号，温以凡一顿，突然觉得这个聊天记录火药味十足，有种"傻×就你会甩问号吗"的意思，但她本意并不是想要跟他争吵，温以凡不想在节日里闹得不快，想着该怎么退让。

她敲了一个字——"那"。

盯着桑延发来的问号以及自己发出去的"快乐"两字，她迟疑着继续敲。

"不快乐也行。"

"……"

发送成功之后，温以凡也离桑延所在的位置越来越近。隔空擦肩而过之际，她不自在地垂下头，用余光看到他似乎点开了微信。

男人长睫低垂，盯着屏幕上的内容。不知是不是错觉，温以凡似乎听到他轻嗤了一声，她的后背一僵。

继续走了好一段路，直到拉开距离了，温以凡这不知从何而来的心虚感才总算消退。她重新看向屏幕，如她所料，依然没有回复。

她叹息了一声，没工夫再想这个事情。觉得自己去的时间有点长，温以凡不敢再拖，快步回到拍摄点。

跟她离开时区别不大。广场内弄了装饰，植物以及小建筑上都缠了一圈彩色灯带，带了过节的氛围。周围人来人往，有工作人员在维持秩序，望过去都喜气洋洋的。

一切前期准备都已经就绪，只等着新一年的到来。

钱卫华和甄玉正聊着天。付壮站在他俩旁边，极为乖巧地听着，不发一言。见温以凡回来了，他立刻小心翼翼地凑过来。

付壮是前两周新招的实习生，今年大四。人不如其名，个头不高且瘦，像根竹竿。长了张正太脸，却十分违和地有着一副低音炮："姐，你要是再晚来一步。"

温以凡还以为出什么事了："怎么了？"

付壮沉痛道："你可能就只能看到我被冻死的尸体。"

"……"温以凡点头，"那谢谢你了，我正缺选题呢。"

"在你眼里，我居然只是个选题！"付壮控诉她，冻得哆哆嗦嗦，声音却精神，"我去，太冷了，这风吹得我鼻涕都出来了。"

温以凡看他。这年纪的男生大多要风度不要温度，付壮也不例外。他只穿了件牛仔外套，看着完全没有抗冻的效果，嘴唇都冻紫了。况且他还瘦，仿若下一秒就要被这海风吹垮。

"海边本来就会冷些，以后出来跑新闻穿多点。"说着，温以凡从口袋里拿了个暖宝宝给他，"放口袋里暖暖手。"

"欸，不用。"付壮没想过要拿她东西，"姐，你自己拿着吧，你一女孩子肯定比我更冷。"

"但我口袋里已经有俩了。"温以凡说，"这个没地方放。"

"……"

这回付壮毫无负担地接过，顺带扯了个话题："对了姐，你之前看过烟火秀吗？"

温以凡嗯了一声："不过没看过这么大型的。"

付壮："对着这玩意儿许愿有用吗？"

温以凡："没有。"

"……"付壮嘀嘀咕咕，"我就只许个，明年能找到女朋友的愿望。"

温以凡笑："那更没有了。"

"以凡姐，你咋这样！"付壮嚷嚷道，"那我许个，再长高五厘米的愿望总行了吧！男生二十了还能不能再长高啊……"

这回温以凡没打击他。

说到这，付壮忽地指了指某个方向："哎，就那样差不多，我的梦想就是长这么高。比他矮半个头我都心满意足。"

温以凡看了过去，瞬间缄默。

非常巧，付壮指的人是桑延。也不知道是该说他们太有缘分，还是该说他阴魂不散。

他站在距离这十来米的位置，整个人倚着栏杆，外套被风吹得鼓起，下颚微敛，漫不经心地玩着手机。刚跟他在一块的桑稚已经不知道去哪了。

"他这完全就是我理想中的身材。"付壮感叹，"今天能不能在上天和烟火的见证下，把我的头安到他的身体上？"

温以凡挪回视线，好笑道："你怎么不把他的脸也偷过来？"

付壮明显也有这想法，话里动摇的意味很明显："那拿两样是不是不太好啊？"

"……"

钱卫华突然喊他们。

大概是觉得忽略他们太久了，开始有了几分惭愧，于是非常敬业地把他们叫过去说起出外景直播的各种注意事项。

时间渐渐过去，跨年在即，氛围越来越热烈。远处高楼上的 LED 显示屏已经开始倒数，四周人声鼎沸，在最后一分钟的时间，开始有人跟着这数字喊了起来。

"59、58、57。"

……

"5、4、3。"

"2！"

"1！"

最后一声落下的同时——

无数烟火往上升，在夜幕中拉出不同颜色的线条，而后在某个位置用力炸开。斑驳的光开出各式各样的花，重重叠叠地绽放。

在场的人纷纷举起手机，找到个自认为最佳的拍摄位置，将画面录下来。等钱卫华没什么吩咐了，温以凡也拿出手机拍了几张照片，被前边的人挡着了便挪个地儿看。

整个过程持续了十多分钟。不知不觉间，温以凡被人群挤到外头，到了栏杆的位置。注意到烟火秀差不多结束了，她正想回去找钱卫华，忽地被路过的一个人撞了一下。

温以凡不受控地前倾了几步，然后撞到了一个人身上。她立刻后退，仰头，下意识道："抱歉。"

话脱口的时候，才察觉她撞到的人是桑延。此时，他正垂着眼看她，神色说不清、道不明的，看着似乎是在跟人打电话。

"嗯，准备回去了。"

出于礼貌，温以凡硬着头皮又道了声歉。

桑延轻描淡写地打量了她须臾，而后，朝她点了下头，像是在示意自己听到了。

温以凡往回走时，隐隐听到他跟电话里的人说了句话。

"新年快乐。"

回到钱卫华旁边，温以凡后知后觉地摸了摸脸。摸到还戴在脸上的口罩，她动作停住，神经随之放松。

挡了脸，他应该认不出来……吧。

另一边。

电话那头的大学舍友兼朋友钱飞本叽里咕噜地说着话，被他连着打断了两次，沉默了几秒："哦，你啥时候回家我并不关心好吧？不过还是谢了，兄弟，你也新年快乐。"

桑延挑眉："谢什么？"

钱飞："你这不是给爹祝福吗？"

"能别自作多情吗？"桑延拖着尾音，懒洋洋地道，"没跟你说。"

直播结束后，甄玉又采访了附近几个来看烟火秀的市民，之后一行人便收拾东西返程。

想到刚刚的事情，温以凡内心总有种不踏实感，便喊了声同坐在车后座的付壮："大壮。"

付壮应了声："欸。"

温以凡口罩还未摘："要是你在路上看到我，我像现在这样戴着口罩，穿的衣服也是你没见过的。"她停了一下，认真地问，"你能认出来吗？"

"只戴口罩，"付壮思考了一下，非常严谨地询问，"其他地方都不遮吗？比如戴个墨镜，或者戴个帽子什么的？"

"就现在这样。"

付壮理所当然道："那当然能啦！"

"……"

"以凡姐。说实话，我可没见过比你长得好看的人。"付壮不好意思地挠挠头，"我第一天来上班，看到你的时候，还以为你是哪个跑错地儿的大明星呢。"

副驾的甄玉笑道："小凡确实是好看。"

"这一瞧也确实是，"闲暇时间的钱卫华比平时和蔼得多，打趣道，

"小凡，有男朋友了吗？哪天老师把儿子介绍给你认识认识。"

甄玉笑骂："得了吧你，你儿子小学还没毕业吧。"

付壮嬉皮笑脸："那要不考虑考虑我？"

也没因他们的调侃而恼，温以凡笑着接了句："等你那新年愿望实现了再说。"

付壮嚷嚷："以凡姐，你咋这样呢！"

丢下这句，付壮又凑过来，小声说："不过……"

温以凡："嗯？"

"姐，因为你今天给了我一个暖宝宝，我太感动了。"付壮眼睛很大，神色像是在求夸奖，"所以我许愿的时候，还帮你许了一个。"

"许了什么？"

"我希望你能尽早找到一个对你超级好的男朋友。"付壮握拳，"各方面条件也都超级好，长得还像今天我们见到的那个男人那么帅！"

"……"

温以凡到家的时候，已经接近凌晨两点了。

熬夜对她来说是家常便饭，这会儿倒是没觉得困，只疲倦到不想动弹。她换上拖鞋，直接坐到床边的地毯上，懒懒地翻了翻手机。

因为先前群发的消息，未接电话和未读消息都不少。顺着一一回复，温以凡继续下滑，直到翻到消息栏靠下的位置，仍然没丝毫动静的桑延。她戳了进去。

瞥见那句"不快乐也行"，温以凡头皮一紧。

当时没考虑太多，只是想开个玩笑缓解一下气氛，所以也没觉得不对劲。但现在再看怎么就变了味道，像在挑衅一样。

对方明显不想搭理她，温以凡也没再说话自讨没趣。她心不在焉地开始神游，莫名想到桑延今天跟他妹妹桑稚的对话。

而后，回想起高一的时候。

那会儿他们两个的成绩都很差，在年级垫底的班里，还排了中下游。

温以凡是以舞蹈特长生的身份考进南芜一中的，文化课成绩自然不太好。而桑延极度偏科，除了数理化，其他科目压根就不学，每次的成绩单都像被狗啃了一样难看。数理化几乎科科满分，其他大多都是三四十分。

每回考试成绩出来后，桑延都会拿她理科的试卷来看，边看边挑眉笑。

次数多了，温以凡脾气再好还是没忍住说："桑延，你看我的试卷是没有用的。你得从自己做错的题里找到问题。"

"嗯？你对我这是哪门子的误解？"桑延抬眼看她，指尖在她试卷的某个红叉上打了个转，吊儿郎当又欠揍地说，"我的卷面上就不存在这种东西。"

……

温以凡收回思绪，拿上换洗衣物去洗澡。

关于桑延装作不认识她这个事情，她其实是能理解的。估计是看到她的那一瞬间，想起了年少轻狂时曾为不值得的人做过的蠢事，想起了人生中那唯一的黑历史。也因此，不想再跟她有任何的交集。

装作不认识是最好的选择。

想到这，温以凡将了将从桑延的角度看到的内容。

早已遗忘的曾经心仪过的对象突然来到自己的酒吧，还提出了近似要嫖他的话。

故意落下手链以此换得第二次见面。

刻意发祝福消息套近乎。

最后还装作被人撞到，跟他有了肢体上的接触。

"……"

也不知道这回他得脑补出多少东西来。

新一年还是照常过。

跟她说完没多久，钟思乔就把她那个做房屋中介的同学微信推给温以凡。

但按照温以凡给出的心理价位，这人给她推的好几处房子，都是跟先前一样的群租房，要不然就是在郊区那边的一室间。最后还是钟思乔给她提了个建议，让她考虑一下找人合租。因为二居室或者三居室平摊下来会便宜不少。

温以凡接受了这个建议，但也不知道上哪去找合租室友。隔壁那个邻居给她的心理阴影太大，让她不敢去找陌生人当室友，只想找个认识的同性朋友。

周五下午，温以凡从编辑机房出来，去了趟厕所。

出隔间后恰好碰上同团队的王琳琳。王琳琳在《传达》栏目组待了三年，比她大几岁，长相和声音都很甜。元旦那天她轮休，加上她常常迟到早退，温以凡还有种很久没见过她的感觉。

温以凡主动跟她打了声招呼。

王琳琳顺着镜子看她："欸，小凡，你这口红什么色号？还挺好看的。"

温以凡下意识道："我今天没涂，但我平时用的色号是——"

"哎呀！"不等她说完，王琳琳就打断了她的话，娇娇地说，"什么没涂呀，都是女人，咱们真实点好吗？你要是想问我化妆品的牌子，我也能告诉你呀。"

说完，也不等她应话，王琳琳便踩着高跟鞋走出厕所。

温以凡茫然地站在原地，看着镜子，而后迟疑地用手背蹭了蹭嘴唇。

"……"确实没涂啊。

回到办公室，温以凡走回自己的位置。王琳琳的办公桌在她斜后方，这会儿她正半坐在办公桌上，扭头跟温以凡隔壁桌的苏恬说话。

苏恬跟温以凡是同一批进来的，两人年纪相仿，关系还算不错。

温以凡笑道："在聊什么？"

苏恬："聊琳姐跟她男朋友跨年夜的事情呢。"

"就随便说说。"王琳琳摆手，很随意地说，"我也是运气好，刚好元旦轮休，就跟我男朋友去淮竹湾那边过了一晚上。吃个烛光晚餐，泡个温泉什么的，他还给我转了 5200 和 1314，也没做什么，还过得挺无聊的呢。"

"真羡慕你，琳姐。"苏恬扯了下唇角，强行扯开话题，"对了以凡，你不是要搬家吗？新房子找到没有？"

王琳琳神色诧异，立刻问："欸，小凡，你要搬家吗？"

温以凡："对呀。"

"还挺巧！"王琳琳跳了起来，神色很惊喜，"我最近正愁着呢，我之前那个合租室友辞职回老家去了，我还没找到合适的人跟我一块住。"

温以凡愣了一下，还没反应过来。

王琳琳："你要不要考虑一下我那儿？"

苏恬主动说："琳姐你住哪儿呀？以凡想找个离公司近点的。"

王琳琳："就尚都花城呀，很近的。"

温以凡知道这个小区，离她现在住的地方很近，平时她上下班都会经过，是近几年新建成的，算是那片区域比较高档的小区。

苏恬看了温以凡一眼，又问："那除了你，还有别的合租室友吗？"

"没有没有，就我一个。"王琳琳拍了拍温以凡的肩膀，笑得很可爱，"放心吧，我不会乱带人回来的，咱要是真当室友了，住之前也可以提一下注意事项什么的。"

"你如果想的话，今天下班之后，可以先跟我去看看房子——"说到这，王琳琳一停，改口道，"哎呀，不行。还是明天吧，我今晚要跟我男朋友去看电影。"

温以凡应道："行，那就明天吧。"

趁王琳琳去茶水间的时候，苏恬凑了过来，神色有些担忧："你真要跟她一块住啊？我觉得她还挺烦人的，整天扯她那个刚交的富二代男朋友。而且我感觉她因为你长得好看，对你说话总阴阳怪气的。"

温以凡大致清楚王琳琳的性格。没什么坏心眼，就是娇气和嘴碎，这两点她都不觉得是什么大问题。一块工作也几个月了，多数时间，王琳琳都挺好相处的。

况且温以凡现在确实急着搬家。

她笑了一下，温声道："我先看看房子吧。"

第二天下班后，温以凡和王琳琳一块坐地铁到尚都花城。

王琳琳现在住的房子是一个三居室，但房东只出租两个房间。有一个小房间被房东用来放杂物，是长期锁着的。剩一个带浴室的主卧和一个次卧，所以房租也相对低一些。

但整体都很不错，厨房、餐厅、阳台，外加所有必备设施俱全，主卧一直是王琳琳在住。

温以凡看了眼次卧。房间被收拾得干干净净，桌上一点灰都没有。

王琳琳在旁边说："因为我住的是主卧，所以我交的房租会比你多点儿。你一个月付2000，然后水电费什么的咱平摊，你觉得行不？"

这个价格，比她之前住的群租房稍贵些，但还在她能接受的范围内，而且各方面条件都好不少。

温以凡觉得挺合适，但也没立刻决定下来。

"你再想想吧。"毕竟搬家不是小事，王琳琳没催她现在就给答复，看了眼时间，"都这个点了，咱先去吃个晚饭吧，我好饿呀。"

温以凡没有吃晚饭的习惯，本想拒绝，但又想着她们估计要合租了，本着打好关系的念头，她还是同意了下来。

两人刚出小区。王琳琳手机响起，她接起电话，声音嗲了好几个度："喂，亲爱的。怎么啦？"

温以凡安静走在她旁边。

"我现在跟我同事在外面呢，正打算去吃个饭。"王琳琳开始撒娇，"可以呀。你在哪儿呀？我现在刚出小区门口呢……欸，你快到了吗？那好哦，我不打扰你开车啦。我乖乖在门口这等你，你要快来接我哦。"

等她挂了电话，温以凡识相道："那我就先回去了，今晚会——"

"怎么突然就回去了，咱不是说好一起吃饭吗？"王琳琳皱眉，又突然反应过来，"噢，你不用不自在啦，你不是电灯泡。我男朋友那边也会带朋友来，就当去参加个聚会。"

温以凡没来得及再拒绝，一辆黑色的车已经停在了两人的面前。

副驾窗户降下来，驾驶座上的男人侧头看过来，笑道："亲爱的，快上车。"下一刻，他瞥见站在王琳琳旁边的温以凡，愣了一下："咦，温以凡？"

温以凡顺着望去，也愣住。她倒是没想过，王琳琳这个富二代男朋友会是苏浩安。

"我去，这都多少年没见了……"没等他说完，后头就响起了鸣笛声，"快快快，你俩先上车，这里不能停车。"

温以凡："不……"

苏浩安着急道："快！"

"……"

她只能硬着头皮上了后座。坐上去之后，温以凡才发现后座是有其他人的。

她定眼望去，车内光线比外头要暗些。男人没发出任何声音，呼吸声很浅，存在感却极强。此时，他像没骨头似的靠在座位上，眼睛闭着，模样慵懒又困倦。

仿若对周围发生的事情毫无察觉。

车子发动。苏浩安顺着车内后视镜往后看，边开车边看热闹不嫌事大地说："喂！桑延，赶紧醒醒！快起来见你的白月光了！"

温以凡："……"

像是被这动静声吵到，桑延稍稍侧头，懒散地睁了眼，与她的视线对上。

空气中仿佛有尴尬在蔓延。

桑延没吭声，安安静静地看着她，眼神清明，没半点刚醒来的失焦感。他的眉眼生得极为好看，浅浅的内双，眼尾弧度上扬，再加上他总是一副对任何事情都不屑一顾的模样，看着总带了锋芒。

这一瞬间，温以凡有了种，他下一秒就要对"白月光"这三字进行疯狂嘲讽的感觉。

王琳琳主动出声："你们认识呀？"

苏浩安："嗯，高中同学。"

温以凡收回视线，正想顺势说句话把这个话题彻底带没时，王琳琳又极其没情商地来了句："'白月光'是什么意思呀？就是你朋友以前追过小凡但没追到吗？"

苏浩安还缺心眼似的哈哈笑起来："对对对。"

"……"

这俩人怪不得是一对。

这种状况，温以凡再怎么想装傻糊弄过去也不行了。她清晰地意识到，之前彼此心照不宣在脸上安的面具，就在这一刻，被前面两个人撕了大半，只剩点残余的遮挡。也不指望桑延能说出什么拉回场面的话。

知道他向来面子大过天，温以凡平静地说："是吗？我这当事人怎么不知道这回事儿？苏浩安，你是不是记岔了？"

"怎么可能记岔？你俩——"说到这，苏浩安才后知后觉般地察觉到不对劲，"欸，你俩这是尴尬还是啥？不是吧，这都多少年了，还记着啊？我这就是当个趣事随便提提而已。"

王琳琳："你们多久没见了呀？"

"这我一时半会儿也算不出来，温以凡，你只在我们学校待了一年吧？"苏浩安说，"我记得你好像高一还是高二就转学了。"

温以凡认真道："高二下学期转走的。"

"这么算来，那得七八年了吧。"注意到一直沉默的桑延，苏浩安又道，"桑延，你这咋一声不吭呢？都七八年了！你不会还因为这事情耿耿于怀吧？"

桑延又垂下眼，没搭理他。

"牛。"苏浩安服了，噼里啪啦地吐槽，"温以凡，你不用理他。你也知道他这人什么样，眼睛长头顶的，估计是觉得你当初是眼瞎了才看不上他，但他不知道他这个模样多惹人嫌——"

王琳琳打断他的话："哎呀，你好好开车吧，别这样说你朋友。"

"……"

苏浩安把剩下的话憋回去，眉头皱起，抽空看了王琳琳一眼。

"开车得专心呀，不然多不安全。"察觉到他的情绪，王琳琳又立刻道，"你别不开心嘛，我就是提醒一下你，你想说的话就继续说。"

苏浩安这才笑了一下："没生气，谢谢亲爱的提醒。"

不知不觉就到了吃饭的地方。都到这儿了，温以凡也不好再开口说自己要走。毕竟桑延什么话都没说，反倒显得她十分在意从前的事情，连同桌吃一顿饭都做不到。

想着吃顿饭也就一个小时的时间，熬熬就过去了，但让温以凡没想到的是，王琳琳先前说的那句"我男朋友那边也会带朋友来"里的这个"朋友"，并不单指桑延一个人。

而是一群人。他们预订了一个包厢，这会儿里头已经坐满了人。

按道理，温以凡算是被王琳琳带来的，应该是要跟她坐在一起才对。但剩余的四个位置两两连着，她便果断抛下温以凡，跟苏浩安坐一块去了。

温以凡就这么被迫跟桑延安排在了一块。这样看起来，温以凡就像是被桑延带来的一样。

有个男人起哄道："桑延你不厚道啊，怎么突然脱单了？"

苏浩安啧声："别胡说。桑延这傻×配得上吗？这我们老同学，我们高中当时大名鼎鼎的校花！——钱飞你记得不，你高中不也在南芜一中上的吗？"

"记得记得，温以凡嘛。而且我之前跟你朋友一个班的，就钟思乔。"坐桑延隔壁一个胖胖的男人看向温以凡，笑得有点儿不好意思，"看过她在朋友圈发跟你的合照。"

温以凡弯唇，点点头。

下一刻，又一个男人说："我去，胖子你咋脸红了啊？不怕你对象杀了你啊！"

桑延压根不参与他们的话题，就算这期间有不少人提到他名字，他也像完全听不见似的。听到这话，他才稍稍有了点动静，抬眸往钱飞的方向看。

苏浩安："他不是一直这样吗？看到长得漂亮的就不会说话了一样。"

可能是觉得受到了忽视，王琳琳不乐意了，开始插进他们的话题："什么呀，你怎么在我面前说别人长得漂亮。"

沉默几秒，苏浩安哄道："宝贝儿，你这是怎么理解的啊？别乱吃醋了。"

……

这家店菜上得很慢，台面上一群大老爷们儿你一句我一句地吹着水，半天了一道菜都没上。但话题渐渐扯开，因她这个陌生人的到来而引发的一些关注也逐渐散去。

温以凡精神放松了些，不经意间看了眼桑延。桑延没参与聊天，此时正低着头玩手机，什么都不关心的样子。别人喊他也爱搭不理的。温以凡低头喝水，觉得自己跟这里格格不入。

过了一会儿，王琳琳忽地亲了亲苏浩安的脸，起身往温以凡的位置走来。她扯住温以凡的手腕，笑眯眯道："小凡，走呀，陪我去趟厕所。"

温以凡站起来，瞥见被她放在椅子上的包，她默默拿了起来。顺着指示牌，两人进了厕所里。王琳琳拿出口红补妆，闲聊般地说："你以前拒绝过那个桑延啊？"

温以凡没回答。

王琳琳当她默认了，十分诧异地说："你知道我们公司附近那个'加班'酒吧不？那是他跟我男朋友，还有另一个男的合资开的。"

"……"

"他条件多好啊，长得又高又帅的，还有钱，这你还能拒绝啊？"王琳琳摇了摇头，无法理解，"你要求也太高了吧？不过都这么多年了，我看他刚刚那个样子，确实对你也没什么意思了。"

"都过去了。"温以凡笑得温和，而后拿出手机看了眼，"对了，琳姐。真不好意思啊，我得回去了，钱老师让我今晚交篇稿子给他，就麻烦你帮我跟你朋友说一声了。"

王琳琳啊了一声，有些不高兴："就一顿饭，也耽误不了什么时间。"

"老师赶着要。"温以凡说，"我也不敢拖，这不是还在试用期吗？"

"噢，那行吧。"王琳琳撇了撇嘴，"那你自己路上注意点儿，我先回去了。"

"好，谢谢琳姐。明天见。"

等王琳琳走后，温以凡打开水龙头，洗了个手。她不知道自己这算不算是惹王琳琳不开心了，但她实在不想继续待在那个没有任何熟人的聚会里。温以凡松了口气，抽了张纸巾把手擦干。

刚走出去，温以凡就撞上了与此同时从对面男厕走出来的桑延。这回他不像温以凡所想的那般，直接把她当成空气般略过。

桑延停下脚步，神色很淡，站在原地居高临下地看她。

温以凡莫名觉得这个场景有些熟悉，让她想起了第一回去"加班"酒吧时，跟他在走廊上的那次重逢。

但这次的状况和那时候完全不一样。像是重来一次，回归正常的发展方式。

从他今晚一直沉默的态度来看，温以凡觉得自己完全没必要提起先前见的那几次面。她朝他点了下头，就像多年后第一次见面那般，礼貌性地打了声招呼。

"好久不见。"

但出乎意料，桑延似乎并不打算跟她维持面上的和平。他依然是那副带了审视的姿态，闲闲地重复："好久不见？"

他的语调，让温以凡一时没分清是疑问句还是陈述句。

随后，桑延又道："跨年到现在才过了几天，见不到我——"他顿了一下，慢条斯理地把剩余的遮挡彻底撕破。

"也不至于这么度日如年吧？"

静默片刻。

这话落下的同时，温以凡的脑海里浮现起跨年夜发生的事情——她被路人撞到，不小心撞进他怀里，而后跟他道了声歉，他点头以示"没关系"。

整个过程就跟陌生人之间的交流没有任何区别。就算温以凡猜到他大概是认出来了，彼此估计也都心知肚明，但她没想过他会这么直白地摊开来说。毕竟从一开始，温以凡所有的回应方式，都是在配合他做出的各种行为。

所以现在是，在她还觉得这场戏可以继续演下去的时候，他那边觉得局面兜不住了，就抢先表现出一副"装不认识有意思吗"的模样，显得他这人待人待事都非常真诚，从不做拐弯抹角的虚伪事情。

总结起来，就是"温农夫"与"桑蛇"的故事。

温以凡沉默了两秒，也不想给他留面子了："也不是，我还以为你没认出我来。"

桑延扯了下唇角。

"毕竟我当时戴着口罩，脸遮得严严实实的。"她坦然地对上他的目光，慢吞吞地说，"没想到你眼神这么好。"

桑延挑眉："眼神好？"

很快，他又欠欠地说："啊，抱歉，让你误会了。"

温以凡："？"

"我没见着你人，是我妹认出你了，"桑延模样气定神闲，不带半点儿心虚，"跟我说你一直盯着我看呢。"

"……"温以凡面色未改，接下话来："确实是这样。"

桑延看她。

"因为，当时我看到你，"温以凡决定以其人之道还治其人之身，也开始胡扯，"裤链没有拉。"

"……"

怕这话又会造成他的误解，温以凡又补了句："我周围还挺多人在讨论的。"

桑延："……"

"你也不用太在意这事情，都过去好几天了。"温以凡笑了笑，假意安慰，"先不聊了，我工作上还有点事情，先回去了。"

她脚步还未动，桑延突然喊："喂。"

温以凡："？"

桑延："记得刚刚苏浩安把车停哪了吗？"

她下意识点头。

"行。"桑延抬了抬下巴，"带路。"

温以凡还挺茫然。

本以为自己带着他找到车了，再怎么样他也应该会礼尚往来地问一句"要不要送你一趟"，结果找到车之后，除了"再见"，桑延没跟她多说一个字，没半点要跟她同行的意思。

温以凡原本觉得这也不是什么大不了的事情，但她刚观察了一下，才发现这个饭馆开在一条很偏僻的街道上。她用手机地图查了查距离这最近的地铁站，还离了好几公里。周围也没见几辆来往的车，往外看都是乌漆墨黑的一片。

温以凡犹豫了一下，盯着桑延一直没发动的车子，只能硬着头皮敲了敲副驾的窗。

几秒后，桑延把窗户降下来，冷淡地瞥她。

温以凡轻声说："你能不能送我一趟？这里有点偏。"

桑延淡淡地道："你住哪儿？"

温以凡："城市嘉苑。"

"噢。"桑延收回视线，"不顺路。"

"……"

温以凡这辈子就没见过这么小心眼的人。她露出个抱歉的笑容，又提道："我不是让你送我回家，把我送到附近的地铁站就可以了，真麻烦你了。"

桑延直直地盯着她看，过了几秒才勉强地说了句："上来吧。"

温以凡暗暗松了口气，上了副驾驶座，垂头系安全带。

桑延发动了车子。车内安静得过分，空间密闭又狭小。桑延没开音乐，也没有要跟她交谈的意思。觉得自己这样不说话白蹭车，有点像是把桑延当成了司机，温以凡主动扯了个话题："你怎么突然要走了？不是朋友聚会吗？"

桑延敷衍地回："吵。"

"……"

温以凡也不知道他这是在说聚会吵，还是在说她吵。她嘴唇动了动，也没再说话。

温以凡侧头看向窗外，看着外头飞快往后跑的景色，路灯被拉出一条条光亮的线，刺眼又晃神。她渐渐发起了呆，想到来时在这车上跟苏浩安的对话。

温以凡和苏浩安确实是七八年没见了，但跟桑延并不是。她没有跟任何人说过这事，从苏浩安的反应来看，桑延似乎也跟她一样没告诉其他人，好像是只有他们两个人知道的事情。

高二下学期，温以凡因为大伯的工作变动，跟着他们一家搬到了北榆市。之后，除了发小钟思乔和向朗，她没有跟原来学校的任何一个人再联系。

除了桑延。

本来温以凡也觉得他们会就此断了联系，但忘了从哪一天开始，温以凡隔一段时间就会收到桑延发来的短信。他不跟她闲聊任何事情，也不会主动问她什么，只把自己每次小考大考的成绩和排名都发给她，就这么一直维持到高二结束。

高二期末考成绩出来后，温以凡恰好收到了桑延的短信。她当时纠结了好久，最后还是就着成绩单，缓缓地把自己这次的成绩输进短信框，而后按了发送键。

那边大概是没想过她会回复，过了片刻，才回了句。

"咱俩成绩好像没差多少，要不考一个大学呗？"

过了一会儿，他又发来两个字。

"行不？"

……

温以凡低不可闻地叹了口气。

注意到外头已经开过了几个地铁站，她愣了一下，提醒道："好像开过了，我记得再往前开一段还有一个地铁站，你在前面放我下来吧。"

桑延凉凉地道："我是司机？"

"……"这不是一开始就说好的吗？

似是因为这话感到不爽，桑延没有停车，继续往前开。

温以凡忍不住问："你这是要开到哪儿？"

"你家。"桑延的语气总带了几丝嘲意,"不然还能去哪儿?"

"……"

温以凡觉得他们之间完全不能好好说句话。他说话时,总有不太明显的刺存在,似有若无的,显得对话不太对劲。温以凡想跟他好好谈谈,但又觉得好像也没有谈的必要。

不知不觉间便到了城市嘉苑。这个小区建了十来年了,建筑和小区内设施都很老旧,空间也不大。里头全是楼梯房,物业基本不管事儿,这会儿门口没保安在,连拦车杆都没降下。

桑延没把车开进去,直接停在小区门口。

温以凡解开安全带,客套地说:"今天真的谢谢你了,等你有空了请你吃饭。"

"嗯?"桑延靠在驾驶座上,侧头,神色毫无正形,"这么快就想着下一次见面了?"

"……"

温以凡还挺好奇,这几年他当上的这个所谓的"堕落街头牌",到底是有多吃香,能让他随便听一句话都觉得别人别有用心?还是说,是因为她先前在酒吧的话,让他对自己产生了误会?

温以凡决定解释一下:"之前在酒吧的时候,我是不小心口误了——"

没等她说完,桑延便打断她的话:"哪句?"

桑延:"'那还挺遗憾'这句?"

"……"

温以凡放弃了,直接略过这个话题,伸手打开车门。

"你回去开车小心。"

温以凡走进小区。她住在最靠近小区门口的那栋楼,进了小区往右走几步便到了。掏出钥匙,温以凡打开了楼下的门,慢慢爬了上去。这栋楼一层六户,爬到自己所住的三楼,再走到走廊的最里,就是她家。

温以凡正想走过去,突然注意到她家门口站了三个男人,带了浓郁难闻的酒气。此时他们正站在那儿抽烟，嘻嘻哈哈地说着各种荤段子和脏话。也不知是刚回来的，抑或者是在那等了一段时间。

楼道里灯坏了，光线很暗，看不清他们的模样。但透过外头的光，温以凡大概能从其中一个人的身形认出，是住在她隔壁的男人。

温以凡这才想起从她报警的那天算起，已经过了五天。她本来是打算今天到钟思乔那住一晚，晚上跟王琳琳定下之后，明天再找个男同事陪自己回家搬行李。但因为今晚的饭局，遇到桑延，以及各种乱七八糟的事情，她短时间内忘了这一茬。

温以凡的动作停住，手中的钥匙发出了轻微的声响。

男人们瞬间看了过来，虎文身男笑起来："美女姐姐，你回来啦？"

不知道他们为什么站在这里，温以凡觉得不安。

"兄弟们，就这个美女，说我骚扰她。"虎文身男叹了口气，声音浑浊嘶哑，"我可太无辜了，我就敲个门也算骚扰啊？"

"美女，你是不是没见过啊？"另一个男人笑道，"你想不想知道怎样才算真的骚扰啊？"

温以凡一声不吭，转头下了楼。

"她咋跑了？"

"我怎么知道她跑什么啊？美女！我们没要干吗！聊聊天行不行？"

"我不怪你啊美女姐姐！我就是想搞好咱俩的关系，邻居嘛，别弄得这么僵。"

说这些话的同时，他们也跟着温以凡往楼下跑。

男人们步子大，嘴里还带着兴奋的笑，像是在玩闹，在这暗处又显得阴森。

温以凡连从口袋里拿手机报警的时间都没有，跑到一楼，打开楼下大门便往小区门外跑。她想求助保安，却突然想起回来时就看到保安亭没有人。

这小区地段不算偏，出去之后走一段路就是一条美食街。温以凡想着跑到人多的地方就好了。

身后的脚步声似乎越来越近。

在这个时候，温以凡看到小区门外，桑延的车还停在原来的地方。他斜倚着车的副驾门，站姿散漫，看着像在跟人打电话。

注意到动静，桑延抬了眼，与她对视。温以凡稍微慢了半拍，脑子里一瞬间闪过想找他帮忙的念头。但在心里权衡了一番，还是选择往美食街的方向跑。正想从他身边穿过，桑延已经把电话掐断，出声喊她："温以凡。"

她抬眼，再度与他的视线交会。

瞥见她此时的神情，以及她身后跟着的三个看着就不善的男人，桑延神色寡淡，平静得过分。

"过来。"

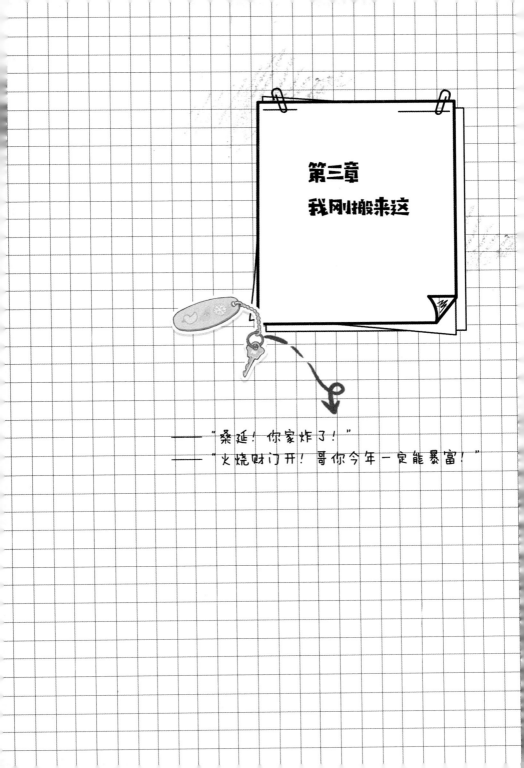

第三章
我刚搬来这

—— "桑延！你家炸了！"
—— "火烧财门开！哥你今年一定能暴富！"

从再遇到现在，这似乎是桑延第一次喊她名字。

温以凡此时的精神紧绷到了极致，仓皇间，还有种自己幻听了的感觉。她没有停下脚步确认的时间，不自觉又往前跑了几步。

下一刻，温以凡的手腕被桑延拽住。桑延把她往自己的方向扯，力道不算轻。温以凡仰头，视野被他生硬的侧脸占据。他的唇线抿直，单手打开车门，看上去有些火大。

"愣着干什么？"

因为无法控制的恐惧和一路的奔跑，温以凡的呼吸急促。她抬眸看向他，没出声，顺着他的举动和话坐进了车里。

门被桑延关上，透过车窗，温以凡看到他随意地按了下锁车键，那三个男人已经追了过来。

见到这个场景，虎文身男往车内看了眼，确认没其他人之后才流里流气地说："帅哥，这是你女朋友啊？长得还挺漂亮的呢。"

桑延抬眼，一字一句道："关你屁事。"

因他这态度，虎文身男心情瞬间不爽，上前推了一下他的肩膀："你这什么态度？我说关我事了？说好话还不爱听了是吧？"

桑延迅速抓住他的手臂，力道收紧，很快便像是碰到了什么脏东西般地甩开。他的眼里没什么温度，语气无甚波澜："走不走？"

"行啊，我也不是什么不讲理的人。"虎文身男当他这是退让，往温以凡方向指了指，"让你车上那骚货先下来给我道个歉，长一副欠揍的模——"

像是戳中了桑延的什么神经，他突然毫无预兆地往虎文身男的腹部踹了一脚。这一下使了十足的劲，没半点克制，温以凡在车里都能听到碰撞的巨响。

虎文身男的话立刻中断，他往后退了几步，腰腹向下弯，艰难地冒出了一句脏话："我去……"

跟在他后边的另外两人愣住，听到虎文身男骂骂咧咧的话后，才反应过来似的过来帮忙。

温以凡垂眼，忍着颤抖掏出手机报警。

桑延这人向来懒懒散散，什么事情都不爱搭理的样子。看人时总似有若无地带着点嘲讽的笑意，这会儿像是真动了气，脸上没半点表情。他的眸色黑得纯粹，带着戾气，看着面前的人就像是在看一团烂肉。两个人同时上去抓他，想把他控制住。

桑延手疾眼快地抓住其中一个人的头发，用力向上一扯，往旁边的路灯上磕。另一人趁这个时候发了狠地往他脸上揍了一拳。

他躲闪不及，头向另一侧偏。

定格须臾。

桑延仿若没了理智和痛感，负了伤反倒笑了出来。

知道自己出去之后帮不上什么忙，反倒会拉了桑延的后腿，温以凡没有贸然跑出去。她担心他们会不会有人带了武器，紧张地盯着其他人的举动。除非是另外两人缠得太过，桑延的所有动作都是有针对性的，力气全数往虎文身男身上使。某个瞬间，温以凡看到他嘴唇一张一合，短短地说了一句话。

可隔了一段距离，温以凡完全听不见他说了什么。

所幸是附近的巡警来得快，上前吼："喂！干什么呢！"

见状，温以凡立刻下了车，往桑延的方向走。怕警察会觉得他是闹事的一员，她把桑延拦到身后，强装镇定道："警察同志，刚刚是我报的警，这是我朋友……"

桑延脸上负伤明显，唇角带了血丝，破了好几块皮，脸侧还有些青紫。他眼里情绪散去了些，低下头，盯着温以凡白皙的后颈，没有说话。

几人被带到派出所做笔录。

按两方的伤情看来，这也不算是正当防卫，更偏向双方斗殴。不过虎文身男有前科在，加之今天刚释放就去找先前的受害人麻烦，情节严重些。

除了虎文身男，其他人被口头教育了一阵，罚了几百块钱便离开了。

出了派出所，温以凡偷偷往桑延的脸上看，抿了抿唇："你要不要去趟医院？"

桑延情绪不佳，没搭理她。

"你身上还有别的地方受伤吗？"因为自己的事情把他拉下水，温以凡觉得愧疚又不放心，"我们去一趟医院吧，应该也花不了多少时……"

桑延打断她的话："温以凡。"

温以凡抬眼："怎么了？"

桑延看着她，莫名冒出了句："我站那你看不见？"

温以凡没听懂："什么？"

"你不喊我帮忙，你跑什么？"

"……"

"我让你过来也没听见？"桑延的语气毫不客气，嘲讽的意味十足，"又瞎又聋又哑，光剩双腿会跑了是吧？"

温以凡没计较他的恶劣。他救了自己，还负了伤，这会儿不管怎样，她在他面前都觉得理亏："我是想找你帮忙的，但是我不知道他们会不会动手，不想拖你下水。"

桑延目光幽深，听着她的解释。

"而且，"温以凡老实地道，"主要是他们有三个人，我觉得你打不过。"

"……"

桑延气笑了，被她这话噎得无言。

恰好路过一家药店，温以凡停下脚步，视线又在他脸上扫了扫，而后道："你在这儿等一下。"

说完，也不等桑延应话，温以凡进药店买了点跌打损伤的药。出来之后，她往四周扫了一眼，在附近偏僻处找到把长椅，两人走了过去。

"涂点药吧，"温以凡把袋子递给他，诚恳地说，"你这样出去也没法见人。"

"……"

桑延的气息似是有些不顺。他看了她一会儿，不发一言地把装着药的袋子扯开。温以凡也没说话，在旁边看着他捋起袖子，往手臂上的青紫处喷药。她看着，本就已经极为强烈的负罪感又在加剧。

桑延上药的方式很粗暴，只讲求速度，温以凡感觉他上了跟没上没多大区别。

之后是膝盖，最后才到脸。过程从这里开始变得艰难。

因为脸是视野盲区，再加上这周围没镜子，桑延只能盲目地涂。他的力道没个控制，再加上总涂错地方，眉头不知不觉皱了起来。

温以凡看不下去了："我帮你吧。"

桑延看她一眼，停了几秒，才把手上的东西给她。

温以凡正想凑过去，便听到他来了一句。

"别趁机占我便宜。"

"……"

温以凡顿了一下，忍气吞声地说："好的，我会注意的。"

她拿起碘伏棉签，盯着他脸上的伤口，小心翼翼地往上边抹。刚触碰到他的伤口，桑延就像是她用针往上扎了似的，啧了一声。

温以凡立刻僵住。

像是没事找事一样，桑延不悦地道："你力道能注意点儿吗？"

温以凡甚至觉得自己还没碰到他，好脾气地道："行，我再轻点。"

两人的距离渐渐拉近。

温以凡专注地盯着他的伤口，力道极其谨慎，唯恐又让他不满。渐渐往下，涂到唇角的位置，她拿了根新的碘伏棉签，折断后轻轻往上边点。

彻底处理好后，温以凡的视线向上一抬，撞上了他的眼。

空气滞住一瞬。

"就涂个药，"桑延眼神很暗，声音哑了些，"你有必要凑这么近？"

"……"温以凡坐直身子，"抱歉。这里光线不好，我看不太清。"说完，她又补充了句，"涂好了。"

之后也没别的事情。桑延靠在椅背上，随口问道："你这是什么情况？"

温以凡低头收拾这长椅上的东西，缓缓地解释："算是有过节吧。刚刚那个最壮的住我隔壁，经常敲我门，我之前报警让他被关了五天，可能让他记恨上了吧。"

闻言，桑延表情不太好看："你今晚还住那破地儿？"

温以凡："我已经找到新的住处了，没来得及搬。我今晚先去我朋友家住吧。"

桑延没再接话，过了好半晌才嗯了一声。

注意到时间，温以凡先站了起来："我们走吧。挺晚了，你早点回去休息。苏浩安的车子还停在我小区那，你还得再跑一趟。"

桑延只点了一下头，不置一词。

两人拦了辆车回到城市嘉苑。下了车，没等温以凡跟他道别，桑延抬脚往小区里头走。不知道他要做什么，她忙跟了上去："你还有什么事情吗？"

桑延偏头："上去收拾东西。"

温以凡一愣："嗯？"

他话里处处是对这小区的嫌弃："这破地儿你还打算回来？"

"……"

这意思好像是要陪她一起上去收拾。

温以凡本还在忧愁这事儿，毕竟短时间内她是不敢自己一个人上楼了，加上这一时半会儿的她也找不到人陪她一块上去，也不好意思找桑延帮忙。但他既然都这么提了，她也松了口气。

温以凡道了声谢："谢谢你。"

桑延懒得搭理她。

这小区物业管理确实做得很差。温以凡住的那栋楼有几层楼的灯坏了，黑得让人看不清路，一直也没人来换。楼道的拐弯处还有不少垃圾没扔，味道又潮又难闻。之前温以凡还没觉得有什么，但有这大少爷在，她莫名觉得自己的状况有些窘迫。但这回桑延倒是什么都没说。

走到自己家门前，温以凡拿出钥匙开门。

桑延没唐突地进去人姑娘的家里，插兜站在外头："我在外头等你。"

温以凡点头，走了进去，从床下拉出行李箱。

她来南芜还不到三个月，来之前把自己的很多行李都卖掉或者弃置了，再加上她一直也没时间买新东西，这会儿收拾起来也跟来南芜时没多大区别。一个行李箱加一个行李袋就装完了。

确认没有落下的东西之后，温以凡便拉开门走了出去。

桑延瞥了眼她的行李："就这点？"

温以凡："嗯。"

他没再多说，直接帮她把两件行李提下了楼。出小区后，桑延把行李放到车尾厢，而后上了驾驶座："你朋友家在哪儿？"

温以凡思考着是要去钟思乔那住一晚，还是跟王琳琳商量商量，让她今天就住过去。

桑延没耐心了："听见没有？"

温以凡只好道："尚都花城。"

桑延皱眉看了她一眼，发动了车子。

从这开到尚都花城很近，五分钟都不到。快到目的地时，桑延随口问了句："你朋友住哪栋？"

"……"温以凡记得位置，但没特意观察过是哪栋，诚实地道，"我不记得了。"

桑延也不急:"你问问。"

温以凡已经在微信上跟王琳琳说了,但她可能是没看手机,一直也没回复。她不想麻烦桑延太久,又道:"她还没回我。没事儿,你在门口放我下来就行。"

沉默。

桑延声音听不出情绪:"你真有朋友住这儿?"

"……"温以凡没懂他意思,"什么?"

桑延没再说话。

到了尚都花城门口,桑延下车帮她把行李拿了下来。

温以凡又客气地道了声谢:"今天真的麻烦你了,你看你什么时候有空,我请你吃顿饭。"

"吃饭就免了。"桑延语气冷淡,说话利落而干脆,"今天就算是个不认识的人,我也会做同样的事情。"

温以凡盯着他脸上的青紫,没忍住说:"那你这么见义勇为,这脸一年下来有能看的时候吗?"

"……"

话音刚落,注意到桑延不悦的面色,温以凡瞬间察觉,她这话的意思似乎跟"你的脸实在是太过不堪入目"没有任何区别。而且,这种话她今晚说了好像还不止一次,就像是个过河拆桥的白眼狼。

温以凡决定挽救一下局面:"不过就算毁容——"说到这,她又觉得不对劲,硬着头皮改了口,"就算短时间内破相,这也丝毫不影响你的帅气。"

桑延面无表情地看着她。

在这个时候,王琳琳恰好给她回了微信。

温以凡低头看了眼,是个"OK"的表情。她神色一松,主动说:"我朋友回复我了,那我先进去了。"

桑延没回话，只扯了下唇角。

"对了，"临别前，想到今晚的事情，温以凡郑重地道，"不管怎样，就算你觉得是举手之劳，我都欠你一个人情。以后你有什么需要帮忙的，可以找我。"

桑延漫不经心地嗯了一声，随意地摆了摆手，回到车上。他往放在副驾驶座上的药袋瞥了一眼，又顺着窗户看向外头。

看着温以凡把行李袋放在行李箱上，抓着拉杆缓慢地往小区门的方向走。可能是因为行李有些重，她走的速度很慢，但自始至终没有回过头。

直到她的背影在视野里彻底消失，桑延才收回视线。正想发动车子，但回想到她刚刚的境遇，以及半天说不出朋友小区和楼号的反应，他的动作又停了下来。

桑延把窗户降下来，手肘搭在窗户上，没立刻走。

他想起了高中时的温以凡。

因为长相漂亮得极其张扬艳丽，加之她性子文静不爱说话，在其他人眼里就是个傲气、难以相处的人，所以她在班里的人缘不算好。尽管，她的脾气实际上好得像是没脾气。

时间长了，大家互相熟悉了，同学们渐渐明白了她是怎样的人，就变得肆无忌惮起来，在私底下给她起了个"花瓶"的称号。因为她什么都做不好，像没有任何生活常识，除了漂亮和会跳舞，一无是处。

桑延也不知道，如果是那时候的温以凡遇到现在这种事情会不会哭，但他能肯定，她绝不会像现在这样，能如常跟他说话，正常得像没发生任何事情一样。这期间，他也没见她找任何人安慰，只一味地向帮助了她的人表示感谢，像没了任何的情绪。

桑延低下头，想抽根烟，动作被一通电话打断。

他接起了电话。

那端响起了苏浩安的声音："你今晚还来不来'加班'？来的话就顺带把我车开过来。你开我的车那我开什么？！没车还怎么泡妞？！"

桑延："行了，一会儿还你。"

苏浩安："不过你怎么突然走了？"

"自己不知道？"桑延冷笑，"轮得上我跟你提？"

"……"苏浩安沉默三秒，主动承认错误，"行行行，我下回不带了行吧？他们已经轮番阴阳怪气我一顿了。"

桑延懒得理他。

苏浩安又开始为自己鸣不平："那我就喜欢嗲精有错吗！我就对这种类型感兴趣！"

"说完了？"

"当然没有，"苏浩安继续吐槽，"你能不能对我有点耐心，你就当我是你未来的女朋友一样哄哄行不？我现在心情很复杂。"

"挂了。"桑延掐断了电话，从口袋里翻出包烟，抽了一根咬在嘴里。

正想找打火机的时候，苏浩安又打了回来。他随手接起，打开车内照明灯，在前边的储物箱翻找着。

"你也太无情了，我现在可是因为我那对象去厕所了，才有时间喘口气跟你说话。"苏浩安谴责他，"你怎么能说挂就挂！"

桑延噢了一声："我还能挂第二回。"

"……"苏浩安开始叹气，"唉，哄女人真的太累了。我本来还觉得这个琳琳挺可爱的，怎么今天一看又这么烦？"

"那你就别谈。"

"那可不行，谈恋爱可太爽了。"

"……"桑延嗤了声，"你就是欠的。"

说这话的同时，在灯光的照耀下，桑延注意到副驾驶座下边有个亮晶晶的东西。他视线一停，眯了眯眼，凑过去弯腰捡起。桑延直起身，若有所思地看着手里的东西。

是一串钥匙。

温以凡在王琳琳家门口等了大约两个小时。

直到十二点，王琳琳才姗姗来迟。看到温以凡的模样时，她有些诧异："小凡，你这是怎么回事，怎么搞得这么狼狈？"

温以凡解释："之前住的那套房子出了点事情，突然过来还打断你约会，让你提前回来了，真不好意思啊，琳姐。"

"没事儿。"王琳琳打开门，叹了口气，"本来我还能更早回来的，但我男朋友实在太缠人了，让你在这等半天我才不好意思。"

两人一块走了进去。

王琳琳："时间也不早了，你先收拾收拾吧。我可太困了，洗个澡就睡了。有什么注意事项，咱俩明天再谈。"

温以凡忙点头，王琳琳往主卧的方向走了两步，又回头："对了，你今天咋回来的呀？咱吃饭的地方还挺偏的，你走的时候我都忘了提醒你了。"

"桑延刚好也要走，我就拜托他载了一程。"

"你拜托他的？"像是听到了一个天大的笑话，王琳琳猛地笑了起来，"他怎么不主动载你啊？"

温以凡不知道这事情的笑点在哪，有些蒙："他没必要载我啊。"

王琳琳摇了摇头，有些同情："你以后可别这样了，他现在私底下不知道多痛快呢，估计都在跟他那些朋友嘲笑你。"

温以凡："嗯？"

"毕竟他之前追不到你，现在你要是反过来倒贴他，他肯定会陪你玩一阵子，玩腻了就会甩了你。你自己可得注意点。"王琳琳走回来拍了拍她的肩膀，"相信我的话，我可太有经验了。这群公子哥没什么区别，都一个臭德行。"

"……"

温以凡想说自己没打算倒贴，也觉得桑延不是这种人。毕竟他现在连理都不想理她。但温以凡向来懒得跟人争，只当是善意的提醒。

"我明白的。"

跟王琳琳的合租比温以凡想象中要和谐，因为两人在家里基本碰不上面。

王琳琳的作息很养生，对美容觉极为执着，每天睡足八个小时，除非逼不得已，否则十一点前一定要入睡。醒来后她也不吵不闹，化个妆，收拾一下就出门了。

温以凡因为要跑新闻，忙得在家待的时间都没有，作息颠三倒四的。住处对她来说，基本上只是一个睡觉的地方。

这里治安好，离公司近，有舍友跟没舍友没多大区别，对温以凡来说，已经是她想象中最完美的合租生活了。

知道温以凡跟王琳琳真住一块后，苏恬跟她问过几次这事情，见她确实觉得挺好，才彻底放下心来。

隔周周三下午。温以凡刚跟一个专家通完电话，苏恬恰好从茶水间回来。她凑到温以凡旁边，压低声音跟她聊起八卦："我刚听说王琳琳要辞职了。"

温以凡被吸引了注意力，诧异地道："真的吗？"

"应该是真的，你跟她住一块，她没跟你提过吗？"苏恬说，"好像已经递了辞呈了，她最近的状态一看就是不想干了。"

"你怎么看出来的？"

"天天迟到早退的，主任这段时间对她很不满呢，自己不辞职也迟早要被炒了。我今天就见她装模作样地查了会儿资料，啥事儿都没干就走了。"

由于经常无偿加班，记者这行业的工作时间相对自由。忙起来能通宵二十四小时干活，活干完了也能晚来早退，局限性不大。虽然是待在一个办公室里，但有些同事一周下来也见不了几面。

温以凡没太关注这些事情，也没觉得不妥："她是不是不想跑新闻所以跳槽了？毕竟光拿那点儿底薪也不够生活。"

"她不是搭上了个富二代吗？"说到这，苏恬忍不住说，"那个富二代好像是真的有钱，我前几天看到王琳琳上的车又变成辆法拉利了。她现在除了跟我炫耀，说不出别的话。"

温以凡笑："听听就好了。"

苏恬小声嘀咕："我怎么就这么看不惯她那嘚瑟的样子？"

没等温以凡回话，付壮的脑袋突然挤到她俩中间，笑眯眯地道："看不惯谁的嘚瑟样？"

也不知是何时回来的。

苏恬吓了一跳，没好气地把他推开："还能是谁！你啊！"

付壮："？"

苏恬："偷听什么呢，小屁孩滚远点。"

"什么小屁孩！"付壮瞬间不满，把手里的饮料瓶当麦克风，"咱仨不是'凡付苏子'组合吗？你俩有什么职场八卦也要跟我分享，不能孤立我！"

苏恬气乐了："起的什么破组合名，经过我同意了吗？"

付壮："这不挺好听的吗？"

温以凡笑了笑，没参与这个话题，继续敲着键盘。

沉默下来。见她们两个都不搭理自己，付壮主动提出："两位姐姐，你们今晚有约吗？要不要跟大壮一起过个节？为了庆祝大壮剪的片子第一次上单，咱们组合开个 party ！"

苏恬拍拍他的头："自个儿回家喝奶吧，姐姐有约。"

付壮看向温以凡："那以凡姐……"

听到自己的名字，温以凡抬了眼，看上去完全没听他俩的话。瞥见他手里的饮料，她反应了几秒，而后装模作样地敷衍了一句："谢谢，我不喝。"

"……"

话毕，温以凡继续捋着新闻稿的思路。直到初稿完成了，她靠着椅背休息了一会儿，顺带打开手机看了眼。

前房东两个小时前给她发了条微信。

房东："小温，房子的钥匙你是不是忘给我留下啦？"

温以凡愣了一下，一时没反应过来。她搬走的当天晚上，就在微信上跟房东说了一声。没几天，房东用微信给她转回了剩余的租金和押金，之后也没再联系过。

用不上这钥匙，她也完全没考虑过这个事情。

温以凡回了句："对的，抱歉。您看您什么时候有空，我拿去给您。"

虽是这么说，但是温以凡也想不到自己把钥匙扔哪了，该不会掉了吧？

不知为何，温以凡莫名想到钟思乔把手链落桑延酒吧里的事情，想着自己应该不至于这么倒霉的时候，又有人给她发来了两条消息。

看到名字时，温以凡有了不好的预感。她下意识点开。第一条是一张照片，上边是房东刚跟她要的钥匙，接着发来的第二条——

桑延："同样的方式建议不要用第二次。"

"……"

再这么下去，温以凡感觉自己都要被桑延洗脑了。

——她久闻这镇店桑头牌之绝色，千里赶来一睹其风华绝貌，就算发现这头牌是自己曾经的追求者，仍然因此心动，之后千方百计地在他面前找存在感，在他面前做的所有行为都带了目的性。

温以凡忍着吐槽的冲动，平静地回复："原来掉你那了。"

温以凡："抱歉，又给你添麻烦了。要不你看看你什么时候方便，我过去找你拿。"

想了想，她又觉得他俩完全可以不用见面："或者你把钥匙放在你的酒吧，我去吧台拿。你看可以吗？"

他没立刻回复。温以凡也不着急，没特地花时间等他。她继续忙于工作，认真把初稿修改完，发给编辑。听到手机响了，她才随手拿起来瞥了眼。

桑延："这几天都没空。"

温以凡耐着性子回："那你大概什么时候有空？"

下一刻，桑延发了条语音过来，语气懒懒的："周六晚上吧。"

周六晚上……温以凡思考了一会儿。

她周日轮休，周六晚上跟他拿了钥匙，周日拿去还给前房东，这么算起来好像刚刚好。就是得跟房东说要晚几天，但应该也没什么问题。

温以凡："好的。"

温以凡："那要不就定在'加班'酒吧或者你家附近？"

温以凡："我也不想麻烦你跑太远。"

过了半分钟左右，桑延又发来两条语音，温以凡点开。

桑延意味不明地哂笑了一声，慢悠悠地吐了两个字："我家？"

"……"温以凡的眼皮一跳，这条播放结束，自动跳到下一条。温以凡能听出，桑延的话里行间都在透露着"你的意图不要太过明显"的信息，只是没有明确说出来："嗯？别吧。"

桑延："你直接来'加班'门口吧。"

"……"本以为既然双方的面具都撕下来了，相处方式大概也会正常些，但桑延可能是这几年受到了太多的追捧，优越感太过强烈，导致不管发生的事情再平常，他都觉得别人对他别有企图。

在这瞬间，温以凡清晰地意识到，自己在桑延面前说话必须时时刻刻打起十万分精神，稍微说点跟他自身有关的话都不行。

温以凡吐了口气，回了个"好的"，之后便把手机放到一旁。

编辑恰好给她发了修改意见，温以凡打开来看，顺带注意到电脑右下方的时间，思绪有顷刻的飘忽。突然想起，她上回跟桑延见面，似乎是元旦过后的事情，钥匙肯定是在那个时候掉的，那距离现在也过了差不多一周的时间了。

怎么这会儿才来告诉她钥匙的事？不想联系她，所以等着她主动联系吗？

好像是有这种可能性。温以凡也没太在意这个事情。

加班结束后，温以凡回到家。

一进门就看到了王琳琳躺在客厅的沙发上，此时正边看电视边敷面膜，旁边放了一碗水果沙拉。她的心情似乎不错，还哼着歌。

温以凡主动喊她："琳姐。"

王琳琳含混不清地说："回来啦？今天好像还挺早。"

"嗯，今天事情不多。"

"这工作可累人了。"王琳琳碎碎念，"我在《传达》待这几年，都走了多少人了。只加班不加价，谁受得了？你看咱组多少人熬出病来了，工资光用来上医院了。"

温以凡只是笑："还好。"

"对了小凡，"说着，王琳琳坐了起来，提起一茬，"你昨晚半夜是不是起来了？"

温以凡愣了："没有呀。"

王琳琳似乎也只是随口一提："那应该是我做梦吧，我感觉半睡半醒间客厅有动静。我当时看了下时间都凌晨三点多了。"

"……"听到这话，温以凡忽地想起自己以前的一个毛病，但已经很久没犯了，而且王琳琳这说得也不太肯定，她考虑了一下还是没提。

"嗯。"温以凡看了眼时间，主动道，"琳姐，我先去洗个澡。"

"等一下，我有件事要跟你说。"王琳琳叫住她，拍了拍自己旁边的位置，"小凡，你坐过来，咱俩说说话。"

温以凡顺从地走了过去："什么事儿？"

"你得先答应我，"王琳琳把面膜摘下来扔到垃圾桶里，表情带了点讨好，"你听我说完绝对不会生气。"

温以凡点头："好。"

"我刚刚也跟你说了，这工作真的太累人了，一个月工资还买不起我男朋友给我买的一个包。能干这么久真的是我的极限了。"王琳琳说，"我前几天跟主任递了辞呈，不打算干了。我表哥给我介绍了一份工作，在皋子口那边——"

　　说到这，她一停，声音小了些："这不是还离得挺远的吗？"

　　温以凡瞬间明白她的意思："你是不打算住这了吗？"

　　王琳琳解释："你可千万别生气啊，我事先也不知道我新工作离这里这么远，本来是想着还跟你合租的。"

　　"……"

　　大概是确实觉得理亏，王琳琳的态度比平时好了不少："我应该还要过几天才搬。搬之前我一定给你找个新的合租室友，你看这样行不行？"

　　对这事情，温以凡其实没什么感觉。今天听到苏恬说王琳琳辞职的时候，她就想过这个可能性，所以这会儿也没太惊讶，更说不上生气。

　　温以凡神色温和："没事儿，我能理解的。你能找到适合的工作，我也替你高兴。新室友这事你也不用太操心，我自己再想办法就好了。"

　　"唉，小凡你人也太好了！"王琳琳松了口气，抱着她的手臂撒娇，"我可担心你会骂我呢。我最开始找的合租室友，就是因为这个跟我大吵了一顿。"

　　事情解决了，王琳琳开始抱怨："我是真的很无语，我反正没觉得我哪儿做错了，我搬个家还不行啊？那我找她合租的时候哪想过我这么快会搬啊……"

　　温以凡弯着唇角，没说话。

　　"不过小凡你还是很讲道理的，"王琳琳笑得甜甜的，"我一定会给你找个很靠谱的室友。"

　　"不用，没关系的。"

　　"哎呀没事，你别担心。"王琳琳说，"我找之前一定会问你意见的好吧，你不喜欢的话，我也不强求你跟我介绍的室友一块住。"

　　听到这话，温以凡才应了下来。

　　"那麻烦你了。"

王琳琳的意思是，等工作上的事情交接完，她正式辞职之后，就差不多要搬了。因为她已经在皋子口找好了房子，最晚在下周末之前就会搬走。不过温以凡也不太着急，毕竟王琳琳这边已经付了一个月的房租了。她还有一段时间可以找新的室友。

温以凡在南芜市认识的人并不多，当初同班的同学已经不联系了。虽然当时通过QQ好友列表添加，她微信通信录有不少当时南芜的高中同学，但基本没联系过，所以都不熟悉，跟陌生人其实也没什么区别。

温以凡还是打算找钟思乔帮忙。毕竟钟思乔从小在这儿长大，就连大学都是在南芜上的，认识的人肯定比她多。而且钟思乔介绍的人，她也会觉得靠谱和放心。

不知不觉就到了周六晚上。知道桑延不可能主动找她，临近下班的时候，温以凡先给他发了条微信。

接近八点，桑延才有了回复："过来吧。"

温以凡的提纲还没写完，但她也没法让桑延等她。她收拾了一下东西，打算回家之后再继续写，跟其余的同事道了声别便离开了公司。

快到堕落街的时候，温以凡掏出手机，又给桑延发了条微信："我差不多到了。"

又往前走了一段路，温以凡走到了进堕落街必穿过的那个垭口。没等她往里走，她就注意到桑延此刻正站在垭口外边。

他靠在黑色的路灯杆旁，肤色被灯光照得冷白，脸上还是照例没带任何表情，依然穿着深色系的衣服，气息冷然又拒人于千里之外。

温以凡倒是没想过桑延会亲自拿过来给她，本以为他会放在吧台，抑或者是找个服务员转交给她。

她不想浪费他太多时间，加快了脚步，正想喊他的时候，桑延就已经发现了她的存在。他的下巴稍扬，姿态懒懒散散的，一声不吭地把钥匙往她怀里扔。

温以凡下意识地伸手接住："谢谢。"

桑延轻点了一下头。

温以凡把钥匙揣回兜里，还赶着回家写提纲。她从不指望桑延能说场面话，只能自己来："那我不打扰你了，就先回去了。"

他没应话。

"这段时间麻烦你太多次了，"反正对方也不会答应，温以凡又开始做表面上的礼数，"你看你什么时候方便，我请你吃顿饭。我随时都有空。"

桑延笑："你这话还要提几次？"

没等她接话，桑延直勾勾地看着她，像是看清了她此刻的想法。他的唇角弯起一个浅浅的弧度，不咸不淡地说："得不到我的同意，你不罢休了？"

"……"

"行。"桑延似是被缠得有些不耐烦，勉强道，"那就今天吧。"

"……"

没想过会得到这样的答复，温以凡的表情有点僵。

注意到她的反应，桑延歪头，话里带了几分玩味："怎么？"

温以凡无奈："没什么，你想吃什么？"

桑延抬脚往前走："随便。"

温以凡忙跟上："你有什么忌口的吗？"

"很多。"

温以凡建议："那要不去吃火锅？"

桑延："不。"

温以凡："烤肉呢？"

桑延："一股味儿。"

温以凡："川菜？"

桑延："太辣。"

温以凡："那砂锅粥呢？"

桑延："不吃。"

"……"温以凡就没见过比他更龟毛、更难伺候的人。她向来是叫外卖或者自己煮，很少出去外边吃，现在实在是想不到别的了。温以凡叹了口气，好脾气地说："那你选一个你想吃的吧。我都可以，我没有忌口的。"

桑延正想说话，他的手机突然响了。他接了起来。

两人离得近，加上那头的声音实在太大，所以温以凡能清晰地听到电话里的声音："桑延！你家炸了！"

"……"桑延皱眉，"说点儿人话。"

"我去，不对。是你家楼下炸了！"电话里的人语气越发激动，甚至开始咆哮，"烧你家去了！都快烧没了！赶紧回来！！！"

周边在一瞬都变得安静了。

温以凡立刻抬头，看向他的手机。

"……"

似乎是嫌吵，桑延把手机拿远了些，等那头吼完了才重新贴回耳边。他的表情没有任何变化，平静地说："哦，那你帮我打个119。"说完便挂了电话。

他看向温以凡，像什么事情都没发生一样："走吧。"

温以凡："你家着火了，你不回家吗？"

桑延反问："我是消防员？"

"……"过了几秒，温以凡突然问："我能冒昧问一下，你家在哪儿吗？"

桑延瞥她："干什么？"

温以凡从口袋里翻出手机，诚实地道："我想赶过去做个报道。"

"……"桑延像是觉得荒唐："什么？"

在通信录里找到钱卫华，温以凡打了过去。在等待对方接听的时间里，她又问了一遍："小区名字和具体地址，能说一下吗？"

桑延："？"

没等温以凡等到答案，那头已经接起电话。

温以凡还没开口，钱卫华语速飞快地说了一串："正好，我刚想打给你。你刚出单位吧？我刚接到热线，附近的中南世纪城发生火灾，你现在跟我跑一趟现场。"

温以凡忙应下，跟他说了自己的具体位置后便挂断。她对上桑延的视线，总觉得这氛围有些安静，温以凡主动说："你住的是中南世纪城吗？"

桑延："……"

"我临时要加个班，这顿饭下次再请你吧？"说到这，温以凡停了几秒，迟疑地问，"我老师现在开车过来，要不要顺便捎上你？"

"……"

三分钟后，钱卫华的车到了。付壮也跟来了，正坐在后座。

桑延的车停在垭口里的停车场里，他懒得回去开，温以凡便让他也坐到后座，自己坐上副驾驶位。

付壮立刻问："以凡姐，这位是……"

温以凡扣上安全带，随口说："我高中同学，住中南世纪城，应该是发生火灾那房子的业主。他得回去看看情况。"

钱卫华发动车子，诧异地道："这么巧啊？这2014年才开了个头，咋就摊上这种事情了？"

付壮脱口而出："这会不会是什么不祥的征兆啊？"

"……"温以凡说，"大壮，别胡说。"

"不过哥你发生这种事情一定是好的寓意，"付壮反应快，看向桑延，很及时地改了口，"火烧财门开！哥你今年一定能暴富！"

桑延用眼尾扫他，懒得搭理。

"欸，哥。"付壮凑过去了些，总觉得桑延有些熟悉，"我怎么觉得你这么眼熟，咱是不是在哪儿见过啊？"

温以凡坐在前头，低头检查设备。听到这话时，下意识觉得桑延会回一句"你这搭讪的手法也太过于低级"，但等了一会儿，他却一句话都没说。

她没太在意，觉得这可能是因为他此时实在没什么心情。

中南世纪城离这儿很近，开车只需要几分钟。一行人到现场时，消防车和救护车都已经到了。底下疏散了不少住户，明显是仓皇跑出，好些人身上只穿着睡衣，连件外套都没有。可能是没经历过这种事情，这会儿都聚在一块叽叽喳喳地说着话。

此时临近晚上九点，不知从何时开始下起了雨，绵绵密密的，冷到像是夹杂着冰碴儿。

发生火灾的是6号楼八层B户，火舌将玻璃窗烧炸，如恶魔般疯狂蹿出，蔓延到楼上。细点似的雨没半点作用，落下便蒸发。桑延住的房子就在这户的正上方。他顺着往上看，舌尖抵了下唇角，眉心略微一跳。

温以凡大概能猜到他当时为何是那个反应。估计给他打电话的人本身就不怎么靠谱，加上这事情来得突然，他估计根本没往心里去。

片刻后，桑延走到一旁去接电话。

钱卫华扛着摄像机，把周围的状况拍下来。车辆闪着红蓝光，消防人员来来往往，救火、救人以及控制现场秩序，没有空闲的时间。雨势渐大，浅色的水泥地被染深。黑夜和雨水将寒冷加剧。周遭吵而凌乱，人声与爆燃声混杂，像电影里的灾难片。

温以凡往人群靠近，去采访逃出的住户："阿姨，抱歉打扰您了。我是南芜电视台都市频道《传达》栏目组的记者，请问您是6栋的住户吗？"

被她采访的阿姨抱着个小孩，说话的口音很重："对呀。"

"您住在第几层？是怎么发现火灾的？"

"就五楼啊，突然听到爆炸声，把我给吓了一跳！我还以为哪儿在放烟花！"看到摄像机，阿姨格外热情，"外头动静也大，我就跑出来看了。"

旁边的大叔插话："对呀！好几次呢！现在的情况已经是被控制住——"

砰——！

话没说完，还烧着的八层传来一声巨响。橙红色的火焰用力向外伸手，伴随着浓烟滚滚，像是要将黑夜照亮，又像是要将之吞噬。

一片哗然，伴随着抽气声。

钱卫华迅速将镜头抬起，对准画面。温以凡顺着望去，目光停在九楼的位置。随后，她下意识往桑延的方向看。他站在原地，沉静地看着燃烧的大火，把电话从耳边放下。她收回眼，同情心后知后觉地冒上心头。

所幸，这场爆炸造成的损伤不算太大，只有一名消防员受了轻伤。

楼里所有的住户已经全都疏散，还剩一个不满十岁的小孩被困在电梯里，已经被消防员救出。花了接近一个小时，火势才被彻底控制住。

消防部门还在清理现场。起火原因还不明，屋内物品几乎无一幸免，全数烧毁。同层以及上下层的房子也都有轻微损害，其上的九层 B 户受损最严重，厨房和客厅被烧得面目全非。

对这事故的相关人士一一做了采访，而后在业主的同意以及消防员的带领下，温以凡和付壮跟着钱卫华进了现场。

钱卫华将屋内状况拍下，听消防员简单说了情况，时不时抛出几个问题。

到九楼 B 户时，温以凡还跟桑延碰了面。他们找他做了个简单的采访，这回是付壮提的问题。因为是认识的人，他问得很随意："哥，你现在心情如何？"

桑延显然觉得他问的这个问题极其傻×，话里带了嘲讽："我很快乐。"

"……"

"希望你也能像我这么快乐。"

"……"

钱卫华主动问："这场火灾对你损失严重吗？"

桑延平淡地答："还好。"

钱卫华："我们刚刚看了房子的情况，几乎没有一个地方是完好的。"

桑延："那又如何？"

"……"可能是意识到自己的猖狂，桑延接下来的话明显配合了些，"我没在这放什么贵重的东西，除了房子和家具，就烧了台手机。不过也早就不能用了。"

温以凡在旁边做着笔录，动作莫名一顿，但跟他也没有多余的交谈。

之后，一行人动身回台里写稿剪片子。

付壮忍不住说："以凡姐，你这同学真是又惨又牛。房子给烧成这样，他还能这么淡定。"

钱卫华："你也安慰安慰他，让他跟物业和保险公司谈谈赔偿。这段时间找个新地方住就行了，不用因为这个事情太伤心。"

温以凡随口嗯了一声，尽管她并不觉得桑延那人需要她的安慰。

付壮又开始唠唠叨叨："不过姐你也很惨，明天休息，今天还得回台里加班。我本来都跟老师说了，带我一个人去就行了——"

说到这，他压低了声音，用只有他俩能听见的音量抱怨："但他说我太废物了。"

闻言，温以凡点点头："确实。"

"……"

这晚虽然过得有些兵荒马乱，但这段小插曲在温以凡这儿，就算是过了。

火灾只是意外的突发事件，恰好桑延是其中的受害者。她回台里写稿子，将新闻成片上交，审核通过了这个事情就算结束。再之后受害者所需要处理的后续都与她无关。

温以凡拿回钥匙，把钥匙还给前房东。跟前一套房子彻底道了别。跟桑延碰不上面，她也完全没必要通过通信工具主动再跟他提起请吃饭的事情。

近期内，她剩下的唯一一个需要解决的问题，就是找到一个靠谱、合适的新室友。王琳琳把工作交接完毕，在新的一周到来前，彻底搬了出去。

像是为了让自己这个好室友的形象从头贯彻到尾，临走前王琳琳又强调了一遍，一定会帮她找新室友，让她千万不要担心。

毕竟合租是一个长期的事情，温以凡没想过要跟王琳琳介绍的人一块住。

因为王琳琳介绍的人，有很大概率会是她不认识的人。到时候如果因为这方面的事情闹了矛盾，又得找个新住处，反倒更加麻烦。但她这么热情，温以凡只能客气地应下来。

温以凡已经拜托了钟思乔，这段时间一直在等她的消息。想着如果她也找不到的话，自己就只能上网发个帖找了。

隔周周五，苏浩安正打算出门，就接到了桑延的电话。他的话里带了几分不耐烦，上来就直接说："帮我租套房子。"

苏浩安："？"

"离'加班'近点儿，我就住几个月，房子装修好，我就搬走。"

"你有毛病吧，老子是中介？你直接回你家住不就得了。"

"行，我直接上你那住。"桑延说，"挂了。"

"……等等。"没想过他能厚颜无耻到这种地步，苏浩安咬牙切齿道，"你挑个小区，我晚点帮你问问我朋友。"

沉默。过了几秒，那头回："尚都花城吧。"

电话挂断，苏浩安莫名想起王琳琳这几天跟他说的话。语气似抱怨又似撒娇，要他帮忙给她室友找个新室友，说自己实在是找不到。苏浩安想骂脏话，他这高富帅是长得有多像房屋中介？

苏浩安正思考着找谁帮忙，电光石火间想起了王琳琳原本住的地方好像就是尚都花城。如果苏浩安没记岔的话，她室友……好像还是温以凡？

苏浩安打电话的动作一顿，挑了下眉。

年前的这段时间，各种事件发生的频率都高了起来。

温以凡过得比平时还忙，有时候连家都没时间回，直接把台里当成另一个家。她疲惫到了极点，累到觉得自己站着都能睡着。

没日没夜的加班让她无心去想别的事情，之前频繁遇见的桑延，也因为再未碰过面，又变回了原来那个很久没见并且毫无联系的老同学。

闲暇时想起这人，温以凡唯一的想法就是，他们应该不会再见面了。

周日晚上，温以凡终于忙完，总算找到个空隙回家喘口气休息。她用钥匙打开门，一走进玄关，便看到了一个男人的背影。

男人高而瘦，似乎也是刚进来，鞋子还没脱，旁边放着个行李箱。

温以凡脑海顿时一片空白，连呼吸都停住了。联想起了前两天她跟的那个入室抢劫案，女事主因为反抗被歹徒捅了两刀，现在还躺在医院里昏迷不醒……

听到动静，男人回了头。

两人四目对视。看到他的脸时，温以凡脑补的画面立刻消散。她松了口气，感觉自己的脚还有些发软，一瞬间升起的所有惊恐渐渐被莫名其妙取代："你怎么在这儿？"

桑延皱了眉："我还想问你怎么在这。"

"我住在这儿。"温以凡脑子有点乱，只想知道，"你怎么进来的？"

话脱口的同时，温以凡注意到他手里的钥匙。

——是王琳琳的那把。

"……"过了半晌，温以凡脑子里产生的那个不可置信的想法，随着他的话应声而落。

"我刚搬来这。"

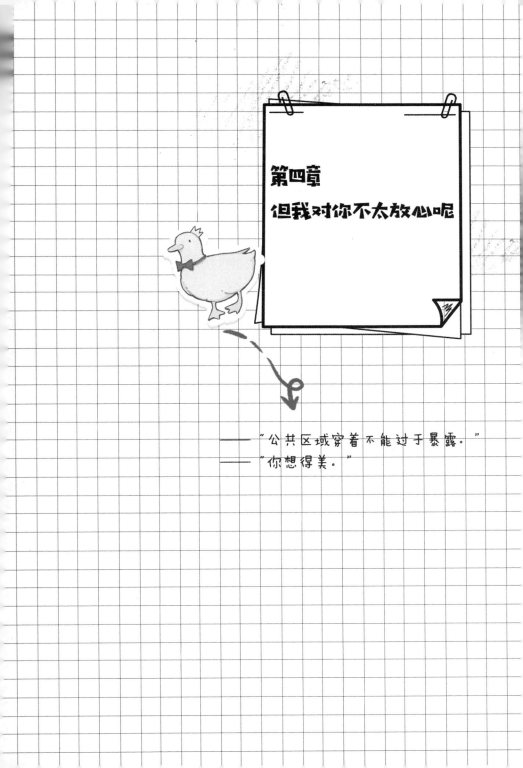

第四章
但我对你不太放心呢

—— "公共区域穿着不能过于暴露。"
—— "你想得美。"

这个事情对温以凡来说，跟祸从天降没有任何区别，并且还是毫无征兆的。

　　别说找她问意见了，温以凡压根没听王琳琳提起过已经找到室友的事情。她这个当事人，在此刻反倒变成个局外人。并且，事情在她还一无所知的时候，就已经成了定局。

　　温以凡觉得荒谬。饶是她再心如止水，反应过来后，也有些火大。

　　但从桑延刚刚的反应来看，能看出他也毫不知情。温以凡平复了一下心情，垂眼把鞋子脱掉。而后，她指了指沙发的位置，像招待客人一样："你先坐会儿吧。我不太清楚这件事情，先打个电话问问。"

　　桑延站在原地未动，也没等他应话，温以凡抬脚走进房间里，此时时间已经逼近十一点。

　　温以凡本来是打算回来之后迅速洗个澡就睡觉，没想过还得处理这些糟心事。她也没考虑王琳琳会不会已经睡着了，直接拨了过去。

　　响了十来声，那头才接起来。

　　王琳琳果然如平常那般开始了她的美容觉。因为被人吵醒，她的语气带了不耐烦："谁呀？！有病吧！人家睡觉呢！"

　　温以凡："琳姐，我是温以凡。"

　　王琳琳："有事明天说，我困死了。"

　　"我也不想打扰你，就问你个事儿。"温以凡的语气很平，听起来没多大起伏，"你是把钥匙给别人了？房子里现在有其他人在。"

"啊？"听到这话，王琳琳的声音清醒了一些，"是谁去了？不会是我男朋友吧！你可别偷偷勾搭我男朋友！"

"不是。"温以凡说，"是桑延。"

"这样啊。"王琳琳明显松了一口气，跟她解释，"噢，我想起来了。我这不是一直没找到人接替我吗？就挺愁的，所以没忍住跟我男朋友提过几次。"

温以凡耐心听着。

"他可能是不想看我这么不开心，就私下帮我解决了这件事情吧。"王琳琳嗲声嗲气地开始炫耀，"我自己也不知道呢，他应该是想给我个惊喜。"

"……"温以凡本以为她会觉得抱歉，哪怕只有一点，看来是她想太多了。

她是真的，极其，非常地讨厌去管这些事情。说好听点是脾气好、性格大气，不会去跟别人计较这些小事。但实际上，她自己清楚，她只是觉得别人做什么事情都跟她没有关系。

其他人今天是好是坏，是死是活，都跟她毫不相干，她过好自己的生活就行了。有人误解她，对她态度不好，对她说话阴阳怪气，只要对她没造成任何实质性的伤害，又有什么关系？这影响不到她的情绪，毕竟这世上的烦心事多了去了，如果事事都计较，人还怎么活？

这些年，温以凡对待任何人，都是抱着这样的想法。只要不做出对她生活有影响的事情，她不会去跟人争执，不会去得罪人，不会去选择跟其他人站在对立面。

王琳琳还在那头说："那个桑延是现在住的房子着火了，所以得临时找个地方住。哎呀，你就跟他住呗，这也——"

温以凡打断她的话："您之前是怎么跟我说的？"

"……"

可能是没听过温以凡用这么不客气的语气跟她说话，王琳琳愣了几秒，才道："你这么凶干吗啦，吓我一跳。这又不是什么猥琐男，桑延长得又高又帅的，家里还有钱。这么一想，你不是还赚到了吗？"

温以凡重复一遍："您就告诉我，您之前是怎么跟我说的？"

"那我又不知道！你怪我干吗呀！真是的！"王琳琳刚被吵醒，又被她这质问般的语气气到，态度也不好了，"噢，我知道了。你倒也不用想那么多，怕他还喜欢你。"

王琳琳："我听我男朋友说了，桑延大学四年都没交过女朋友，也没见他跟哪个女生靠得近。就天天跟他同宿舍的另一个校草混在一起，他们学校的人都默认他俩是一对了。"

温以凡气极反笑，想听听她还能扯出什么花来。

"他到现在都没谈恋爱！这问题肯定很大呀，可能是这几年逐渐认清自己的性向了。"王琳琳说，"这么一想，我男朋友还有点危险呢。"

温以凡知道王琳琳这个人不太靠谱，但也没想过，她能这么不靠谱。

温以凡闭了闭眼，一句话都不想再跟她多说。

王琳琳也没耐心跟她说了："放心吧，他肯定是基佬。而且就算不提这个，跟异性合租也没什么啊，我之前有个对象就是合租时找的呢。"

这话说完，温以凡终于开了口："听您这么说，您跟苏浩安感情这么好。"她的语速缓慢，像在温柔里裹上了绵密的针，"那这段时间一直开法拉利来接您的那位，一定是他朋友了。"

王琳琳瞬间消停："你什么意思？"

"啊，对了，既然您觉得跟桑延合租这么好，那您回来跟他住？"

"……"

"反正多一个也不嫌多，同时踩两三条船，"温以凡笑，"对您来说也不是什么难事儿吧。"

同一时间，客厅。

桑延打通了苏浩安的电话，按捺着火："你脑子有病？"

"我去。"苏浩安那头有些吵，听起来是在酒吧里，"大哥，平和点，peace 点 OK？你干吗，怎么一上来就骂人？"

桑延冷笑："别跟我说你不知道这房子里有别人住。"

知道是这事，苏浩安瞬间轻松，理所应当地说："你一个人住那么大的房子干什么？找人合租还能省点房租给你的房子装修呢。"

桑延："我犯得着跟人合租？"

"你是犯不着，那这人不是我们温女神吗？"苏浩安笑嘻嘻地道，"行了行了，我明白的，你不用谢我，都多少年兄弟了。"

"懒得跟你说，"桑延跟他说不通了，"我现在上你家。"

"滚，老子今晚要干事，别他妈来烦我。"

"我一大老爷们儿，"桑延说，"跟一姑娘住一块，你觉得合适？"

"我去，这话你都说得出口，你跟我说'尚都花城'的时候，怎么不想想你这话呢？"苏浩安说，"别以为我不知道你那被打成狗的脸是怎么回事儿。行了，别在我面前装了，这事儿咱心知肚明就行……"

"……"

"而且咱温女神长得多好看，这种事情你觉得不会发生第二次吗？"苏浩安说，"桑爷们儿，去当个贴身骑士，人家说不定哪天眼一抽，就看上你了呢——"

那头还没说完，桑延听到了里头房间门打开的动静。他气得胃疼，直接挂断了电话。

下一刻，温以凡出现在他眼前。她看向他，温和又平静地说："咱俩谈谈？"

两人坐在沙发的两端，静默无言。

温以凡先开了口："这事情应该算是个乌龙。现在时间也很晚了，要不这样，我帮你在附近订个酒店。"

桑延靠着沙发背，懒洋洋地看着她。

温以凡思考了一下，又道："你之后再找合适的房子，你看这样可以吗？"

听着她把自己接下来的事情安排得明明白白，桑延似笑非笑道："你倒是安排得妥当。"

"咱俩事先都不知情，现在既然清楚了状况，也不用把这个错误扩大。"温以凡解释，"而且你应该也不习惯跟人合租。"

错误。桑延抓住其中的两个字。

说这些话的同时，她的眉头皱着，唇线也抿得很直，跟平时那个遇到什么事情都毫无波动的模样，简直是天壤之别。仿若遇到了让她很苦恼并极为难以接受的事情，却又不好意思直白地说出来。怕惹恼了他，又怕被他缠上，所以小心翼翼地说着让他能接受的场面话。

桑延抬眼，意味不明地重复："你知道我习不习惯？"

温以凡耐着性子说："合租需要时间来磨合，而且一般是因为经济问题才会选择合租。你的条件并不需要委屈自己跟其他人合租。"

"我这不是房子烧了，"桑延一停，"钱都花在装修上了吗？"

温以凡提醒："你开了家酒吧。"

桑延语气很欠揍："不怎么赚钱呢。"

"……"温以凡叹了口气，委婉地道，"记者不是什么朝九晚五的工作。我的作息很不规律，会经常加班，也经常早出晚归，很有可能会影响到你的休息。"

"噢。"桑延存心给她找不痛快，"那你平时回来的时候动静小点儿。"

"……"

怎么说他都像是听不懂，温以凡干脆直接点："咱俩是异性，会有很多不方便的地方。你也不想在家的时候做事情还要再三考虑吧。"

"我为什么要再三考虑？"桑延直勾勾地看着她，忽地笑了，"温以凡，你这态度还挺有意思。"

温以凡："怎么了？"

桑延的声音没什么温度，说话速度很慢："你是觉得我还对你念念不忘，会像以前那样再缠上你？"

"……"温以凡差点呛到，"我没这个意思。"

"倒是没想到，我在你心里是这么长情的人。"

"我是在合理解释我们现在的情况，你不用太曲解我的意思。"

"行李都搬上来了，我懒得再折腾。我最多就住三个月，房子装修完我就搬走。"桑延扯了下唇角，"希望我住在这儿的时候，你不要跟我套任何近乎。"

温以凡忍不住说："你这就一个行李箱。"

"我倒也想问，你这么介意是什么原因？"桑延的脑袋稍稍一偏，吊儿郎当地看向她，"怎么，还是我说反了？"

"什么？"

桑延上下扫视她，而后，云淡风轻地冒出一句："忘不掉的人是你？"

瞧见他的神情，温以凡才突然察觉到，局面似乎在不知不觉间带了火药味。

也不知道自己是哪句话惹他不快了，但温以凡没有要跟他争执的意思。她对桑延本身并没有什么情绪，火气仅针对王琳琳一人。

"没有，你不用担心。"温以凡顿了一下，平静地说，"我哪敢打你的主意？"

"……"

"我也不是介意，就真只是想跟你说明白这个情况。"温以凡说，"我不知道是说了哪句话惹你不开心了。但这事情确实来得突然，我现在还有点反应不过来。"

"而且我觉得我们两个现在的情绪都不太好，加上时间也不早了。"温以凡想了想，又道，"要不这样，你今晚先住下。咱俩都再考虑一下，明天等我下班之后再谈。"

桑延依然看着她，没吭声。

温以凡："合租不是一件小事情，我们也不能立刻就决定下来。毕竟如果你今天觉得合适，明天又觉得接受不了要搬，对我来说也是一件挺麻烦的事情。"

又是一阵沉默。

温以凡是真想去睡觉，这会儿什么都不想管。在这儿多坐一秒，都觉得在浪费自己睡觉的时间。她有点没耐心了："那不然你自己再考虑一会儿，我先去——"

我先去睡了。

"行。"桑延忽地出声打断她的话，声音不带情绪，"你明天几点下班？"

"不一定。"温以凡估计了个时间，"我尽量八点前回来吧。"

桑延抬眼，轻轻嗯了一声。

话音一落，温以凡顿时有种被赦免了的感觉。她站起身，往里头指了指："那你今晚睡主卧吧。不过里面什么都没有，你得自己铺个床。"说着，她看向桑延的行李箱，"你应该带了床单被子那些吧？"

桑延没应话，温以凡也没再问："那我洗漱一下去睡了，你也早点。"

随后，温以凡回房间拿上换洗衣物进了浴室。她困得眼睛开始发疼，这感觉蔓延到脑袋都快炸裂。但她洗澡的速度还是快不起来。

等温以凡出来的时候，客厅已经不见桑延的人影。他的行李箱还摆放在原来的位置。主卧的门照常关着，听不到任何动静，也不知道他是不是进去了。温以凡犹豫了一下，没有喊他。

临睡前，温以凡看了眼手机。

王琳琳在不久前给她发了几条微信。

王琳琳："小凡，对不起嘛。我刚刚在睡觉，被吵醒了所以语气可能不太好。我知道这事情是我没处理好，我已经问了我男朋友那边了。他跟我说没想太多，但我们知道直接给钥匙是不太妥当，吓到你了是真的很不好意思。"

王琳琳:"他说会跟桑延说清楚的,让我也替他跟你道个歉。"

王琳琳:"你别生气了……还有,那法拉利是我表哥的车啦,你不要误会。这事情你要帮我保密哦,不要告诉我男朋友,他不太喜欢我跟我表哥来往。"

温以凡没有回复,又回想了一下今天发生的事情。她不知道自己当时跟王琳琳发的火算不算太过,但她那会儿因为后怕,实在是克制不住自己的情绪。

如果今天来的人不是桑延,如果王琳琳把钥匙给了另外一个男人,一个像她之前的邻居那样的人,她现在是不是还能这么安然无恙地躺在这床上睡觉?

温以凡叹了口气。不管怎样,她都不再想跟王琳琳有交集。

温以凡不再想这一号人物,开始思考跟桑延合租的事情。冷静下来之后,再回过头来考虑这事情,温以凡突然觉得,好像也不是很难以接受。她对室友的要求并不高,合得来的同性当然是最佳选择,但人品没问题的异性也没什么关系。

虽然桑延这人嘴贱欠揍了点,但温以凡还是非常相信他的为人。加上他也不是要长住,只是住三个月,也算是给了她一个缓冲期,让她能去找一个合适并能跟她长期合租的新室友。

不过温以凡觉得,经过一夜的沉淀,按照先前桑延对她的态度来看,他应该不会愿意跟她朝夕相对。

翌日清晨,温以凡被一通电话吵醒。她没看来电显示,迷迷糊糊地接了起来,意外听到那头传来母亲赵媛冬带笑的声音:"阿降。"

温以凡眼皮动了动,嗯了一声。

赵媛冬喊的是她的小名。温以凡出生那天恰好是霜降,当时她的名字还没起好,父亲就临时先喊着她"小霜降"。后来起了名字但也叫习惯了，干脆把这当作小名。等她年纪稍大些，这小名渐渐就演变成了"阿降"。但这小名，除了家里那几个人，现在也没其他人会叫。

赵媛冬："你这是在睡觉吗？妈妈要不要晚点再给你打过来？"

温以凡："没事儿，我醒了。"

"宜荷那边冷不冷？你记得好好吃饭，多穿点衣服。我看天气预报，那边零下十来二十度的，看着可吓人。"赵媛冬关切地道，"可别感冒了。"

"好。"

赵媛冬叹气："你都好久没给妈妈打电话了。"

"啊。"温以凡脱口而出，"最近太忙了。"

"知道你忙，我也不敢打电话打扰你。不过这也快过年了，"赵媛冬说，"我就来问问你，今年回不回？"

"……"温以凡没反应过来似的问，"回哪儿？"

那头顿时沉默，隔了几秒，声音也变得不自然起来："什么回哪儿呀，回妈妈这儿啊。妈妈都好些年没见你了，你郑叔叔也想见见你。"

温以凡睁眼，温顺地道："我还以为你让我去大伯那。"

听到她这话，赵媛冬笑了笑："我也不是一定要你来我这，你想去你大伯那也可以。"

"我比较想去你那，"温以凡睁眼，语气温和，不带任何攻击性，"不过你跟郑可佳提过吗？她愿意让我春节的时候住你们那儿？"

再次沉默。

这突如其来的问话，也只不过是随口的客套，自己并没有想过她会同意。

温以凡唇角弯起，很快便道："我跟你开玩笑呢，我哪儿都不去。"

没等赵媛冬再出声，两人间的对话就被一阵清脆活泼的女声打断："妈妈，你快过来！这橘子怎么挑呀！"像是将尴尬打破，又像是将之加剧。

光听语气，温以凡猜也能猜出那是郑可佳："欸！你怎么在打电话，你这样我以后都不陪你出来买东西了！"

"好好好！马上来！"赵媛冬应着，低声说，"阿降，妈一会儿给你打回去啊。"

没等她再吭声，赵媛冬就已经挂断了电话。急匆匆的，似是生怕惹恼了那个小祖宗。

温以凡把手机扔到一旁，翻了个身，想挣扎着睡个回笼觉。她没被这通电话影响情绪，但也睡不太着了。

温以凡是典型的被人吵醒之后就很难再睡着的人，尽管她现在依然困得不行。她又拿起手机看了眼时间，干脆爬了起来。

正想进卫生间里洗漱时，温以凡忽地瞅见客厅的行李箱一晚上都没挪过位置。见状，她才想起昨晚的事情，有些纳闷。

桑延不用拿衣服洗澡的吗？

温以凡没太在意，飞快洗漱完，回房间换了身衣服。走到玄关处穿鞋的时候，她眼一扫，突然发现桑延的鞋子不见了。如果不是因为桑延的行李箱还在，温以凡都要默认他是不打算合租，所以直接走人了。

迟疑了几秒，温以凡才下定决心过去敲主卧的门。等了一会儿，里头没任何反应。她又敲了三下，而后道："我进去了？"

又等了一会儿。温以凡拧动门把，小心翼翼地往里推。

里头空荡荡的，床上只有床垫，没有人在上边睡过的痕迹。跟王琳琳离开的那天没任何区别，只是因为无人居住，桌上落了点灰。

在去往公司的地铁上。

虽然温以凡觉得自己这件事的做法没有什么问题，但桑延昨晚没选择住下，还是给了她一种自己非常不近人情的感觉。就如同她提出让他住下的话只是个幻觉，抑或者是提的态度实在过于恶劣，让对方的自尊心根本无法接受。她像是变成了一个恶人。

思来想去，温以凡还是给他发了条微信。

"你昨天在哪儿睡的？"

这消息发出去后，直到温以凡到了单位，桑延都没回复。

之后温以凡没时间去考虑这件事情，也无暇分出多余的精力来考虑桑延现在的状况。一直忙到下午两点，在吃午饭的时候，她才有时间喘口气。

等温以凡再看手机时，桑延依然没有回复半个字。他这个态度，她也不知道今晚的谈话还能不能进行。

温以凡只能又发了一句："我们今天在哪儿谈？"

温以凡："是在房子里，还是约个地方？"

这回桑延回复得快了些。

在温以凡午饭吃完之前，他回了句："晚上八点，你家。"

温以凡："……"

这看着怎么这么暧昧？盯着这消息，温以凡感觉回什么都不太对劲，但不回复好像也不太好。到最后，她干脆硬着头皮，强装心无旁骛地回了个"OK"的表情。

临下班前，钱卫华突然给温以凡扔了个线索，让她尽快写篇新闻稿出来。她在这上边花了点时间，出公司的时候已经接近八点了。

怕桑延会等得不耐烦，温以凡提前告知了他一声。

到家门口的时候八点刚过半。

温以凡打开门走了进去。里头黑漆漆的，桑延还没回来。

把钥匙放在鞋柜上，温以凡垂眼，突然注意到王琳琳的那把钥匙此时也放在上边。她愣了一下，拿到手里盯着看，倒没想过桑延连钥匙都没拿。

温以凡没多想，坐到茶几旁烧了壶开水。

客厅有些静，温以凡干脆打开电视。水烧开的同时，门铃响了起来。她起身去开门。

桑延插兜站在外头，身上换了件深色的冲锋衣，看上去像是新的。他的眼周一片青灰色，似乎是熬了夜，神色带了些困倦。

温以凡跟他打了声招呼，而后给他腾位："先坐吧。"

桑延没搭腔，自顾自地走了进去。

两人坐回昨天的位置。温以凡给他倒了杯温开水，在切入主题之前，随口扯了几句："你昨天睡哪儿了？我看你好像没在主卧睡。"

桑延接过水，但没喝："酒店。"

温以凡有些意外："你不是懒得去吗？"

桑延冷淡地道："我没有在别人家睡觉的习惯。"

"……"

他这话的意思大概是，昨晚他还没决定好是不是要住进来，这房子就只能算是温以凡的家。他如果当时住下了，就等同于默认自己是一个无家可归的、接受了她施舍的可怜虫。

"你睡得好就行。"温以凡喝了口水，轻声说，"那我们开始谈吧？昨天我跟你说的那些点，你都听明白了吗？"

"嗯。"

温以凡问："你考虑好了吗？"

桑延瞥她，反问："你考虑好了？"

温以凡："嗯，我对室友没有太高的要求，人品没问题，互不干扰就行了。而且你不是只住三个月吗？也没多久。"

桑延挑了下眉："你对我这么放心？"

温以凡一愣："没什么不放心的。"

桑延笑了，慢吞吞地说："但我对你不太放心呢。"

"……"那你就别住。

对他这种三句不离自我陶醉的行为有些无言，温以凡忍了忍："我在家基本不会跟室友沟通，之前跟王琳琳一块住的时候就是。你要是还不放心，你在房间的时候锁好门就行了。"上八千把锁她都不管。

桑延眉梢稍扬，没对这话发表言论。

温以凡又说了一遍："如果你都能接受的话，那我们就来谈谈合租的注意事项。"

桑延："谈什么？"

"首先是房租和押金，"温以凡非常公事公办，"王琳琳搬走的时候，把房东的微信名片推给我了。合同是以王琳琳一个人的名义签的，还有半年到期。"

温以凡："房租是月交，一个月五千。押金是一个月的房租，现在是我在垫付，既然你现在搬过来了，那这个钱就咱俩平摊？"

桑延懒洋洋地道："可以。"

"那我跟你说得清楚些。"温以凡弯腰，从茶几底下拿出个本子，往上边写数字，"我现在住的是次卧，你接下来要住的是王琳琳先前住的主卧，会带个卫浴。所以你的房租要比我的高一些，一个月三千。"

说到这，温以凡停了一下，问道："这样你可以接受吗？"

桑延单手支着侧脸，视线放在她身上，散漫地听着："嗯。"

单独的空间，因为说话，两人间距离也在贴近。

"水电费是用存折交的，我前段时间去打了流水，"温以凡把头发绾到耳后，翻出存折看，"现在里边还有八百多。"

算到这，温以凡说："那这样的话，你先给我转五千九就好了。"

说这话的同时，温以凡抬头看向他。

桑延收回眼："行。"

"另外，毕竟住在一起，很多东西也不可能分得一清二楚。生活消耗品这些，费用我们也平摊？我明天再给你列个清单出来。但如果你不愿意的话，我们各用各的也可以。"

这点破事儿桑延压根懒得管："算完直接报个数给我。"

"钱这方面大概就是这样。"温以凡说，"我没有跟异性合租的经历，所以我也没什么经验。虽然你只住三个月，但我们还是提前说一下各自的要求，可以吧？"

桑延倒是配合："你说。"

"我的睡眠质量很差。所以第一条是，希望在正常的休息时间，也就是晚上十点到翌日清晨九点，你不要弄出什么大的动静。别的时间我都不会干涉。"

他说话像是一次只能蹦一个字："行。"

想到男女有别，温以凡补充："第二条，注意卫生，弄脏的地方得自己收拾干净，公共区域穿着不能过于暴露。"

听到"暴露"二字，桑延轻嗤了一声："你想得美。"

"……"

"最后一条。"温以凡没花时间去跟他计较，"带朋友回来前，要先问过对方的意见，不论是异性还是同性。"

提起这茬，温以凡突然想起个事儿："你有女朋友吗？"

桑延抬眼："嗯？"

"你有的话，"温以凡提醒，"你得提前跟你对象说一下这个事情。如果她介意——"

"放心，没有。"桑延勾了一下唇，语气不太正经，"但你也不用高兴得太早。"

温以凡："？"

桑延："我暂时呢，还不想谈恋爱。"

"……"

安静三秒。

"好的，那如果在我们合租的期间你找到对象了，我们再来沟通这个事情。"温以凡补了一句，"我找到之后也会跟你提一下的。"

桑延唇线僵直。

温以凡想不到别的要求了："我暂时就是这些，你说说看你有什么要求。"

"想不到。"桑延敷衍道,"想到再说。"

温以凡点头:"那我——"

桑延:"我睡哪个房间?"

"你走到最里就是主卧,王琳琳搬走的时候把房间收拾干净了。"说半天,温以凡才意识到最关键的一点,"你先去看看符不符合你的要求,不行的话现在再订酒店也来得及。"

"……"

桑延嗯了一声,起身往里走。

温以凡松了口气,有种解决了一个大难题的感觉。她走回自己的房间,从衣柜里翻出换洗衣服。正想出去,犹豫着,又将贴身衣物用衣服掩盖。

在这个时候,房门突然被敲响。温以凡只好把衣服放回去,走过去开门:"怎么了?不合适吗?"

"嗯。"桑延靠着门沿,朝主卧的方向抬了抬下巴,"你搬过去。"

温以凡没反应过来:"你是要住我这间?"

桑延又嗯了一声。

温以凡房间里没什么见不得人的东西,身子一侧,给他足够的空间往里看:"是主卧没达到你的要求吗?但次卧的条件肯定是没有主卧好的。"

桑延随意往里扫了一眼,点点头,依然是那句话:"你搬过去。"

"……"温以凡渐渐得出了个不大肯定的答案。

他是嫌三千块贵吗?

温以凡站在原地未动,隐晦地表明:"两间房的房租不一样。"

虽然这话很尴尬,但因为经济条件,她还是不得不提:"是这样的,我现在还在试用期,靠补贴吃饭。两千块已经是我的极限了。"

桑延唇角抽了一下:"没让你多给。"

"不是你要不要我多给的问题,"温以凡说,"谁付的钱多,谁住的房间条件更好。这是一件默认的，并且很公平的事情。"

"哪个房间条件更好，是我自己定的。"桑延尾音懒散，打了个转，"不是房子定的，懂？"

"……"

"而且你能讲点儿道理吗？"桑延慢悠悠地说，"既然我交的比重更大，那住哪个房间也应该是我先挑吧？"

"好吧。"温以凡搞不懂他在想什么，忍不住问，"你为什么不住那间？"

"嗯？没什么原因。"桑延气定神闲地道，"就想给你找点事儿干。"

"……"

过了几秒，桑延又说了一句："那房间味道太难闻。"

也不知是瞎扯的，还是实话实说。

温以凡的东西不算多，加上两个房间相距也不过两米，来来回回搬了几次也就搬完了。其间桑延一直坐在椅子上，模样像个大爷，没有半点要帮忙的意思。

拿上最后一样东西的时候，温以凡提议："那既然这样，房子里的两个厕所我们就分开用？我一会儿去把我的东西拿出来。"

可能是觉得这事情基本沟通完了，桑延只抬了抬眼，没出声搭理她。温以凡当他是默认，走了出去。到公卫拿上自己的洗漱用品，她回了房间。

刚刚忙着搬东西没太注意，这会儿温以凡才闻到，房间里确实是有味道，却并不难闻。是王琳琳用的无火香薰的味道。看来这少爷受不了这种香味？

温以凡想去跟他说，只要通一下风，这味道过几天就散了。但看到一地凌乱的东西时，想到还要再搬一次，她沉默片刻，还是选择作罢。

洗完澡，温以凡出浴室的时候，脑子里一瞬间闪过一个念头——房间里有个浴室还挺好，她也不用遮遮掩掩地拿着贴身衣物去洗澡了。

看着乱七八糟的房间，温以凡有些头疼，刚把床单铺好，便听到手机响了一声。她拿起床头柜上的手机，点亮屏幕，发现是支付宝的转账提醒。

——桑延向你转账 13000 元。

看到这个金额，温以凡怔住。很快就反应过来，桑延估计是嫌麻烦，直接给了她三个月的房租、押金和水电费。但这么算起来，要是想凑个整，给她一万二也够了。

这多的一千是干什么的？

温以凡又想到自己后来说的"生活消耗品"。她最近没买什么东西，算起来只有一台洗衣机。因为之前的洗衣机坏了，太过老旧，修也不值当，温以凡跟王琳琳商量后买了一台新的。王琳琳没用几次就走了，温以凡给她退押金的时候，干脆把这笔钱也还给她了。

温以凡不想占桑延便宜，边截图清单，边用手机计算器算账。算完后，按着上边的数字把多的钱给他转了回去。发出去的同时，她突然觉得有点不对劲，又重新拿起手机。

另一边。

听到床上的手机响了，桑延把毛巾扔到一边，弯腰拿起来看。

——温以凡向你转账 520 元。

此时此刻，主卧内。

温以凡盯着手机上的数字，陷入了缄默。觉得如果顺序颠倒一下，换成"250"都比现在的情况好不少。但她也没心虚，镇定地敲了句："这是你多给的钱，我给你转回去。"

——发送失败。

两人支付宝没加好友，界面立刻跳出"成为朋友才能聊天，发送验证加为好友"。

与此同时，桑延给她发了条微信消息。

"？"

"……"

果然是问号。

温以凡看到那个"520"就能猜到他的反应。丝毫不差。

没等温以凡回话，桑延又来了一句："你有什么事儿？"

这个数字确实太引人遐想，但也不是温以凡凭空捏造出来的。她坐了起来，决定跟他好好解释："那个是我给你退的差价。"

温以凡把价格一一列出："房租9000元，押金2500元，水电费400元。"

而后，她把买洗衣机的发票也发了过去："买洗衣机花了1190元。"

温以凡："我不擅长记账，所以你不用先给我多的钱，等之后要买什么东西的时候咱再提。"

过了一会儿，桑延回了条语音："你自己再算算。"

他说话的语调毫无起伏，顺着听筒传出更显冰冷。但说到最后的时候，尾音总不自觉勾着，向上扬，自带挑衅的意味。让人听着就很想顺着屏幕过去跟他干一架。

但这会儿，温以凡只觉得有点蒙。他这话是什么意思？说她算错了吗？看着自己发出去的那串数字，温以凡也有些不确定了。

应该，不至于吧。

她没立刻回复，打开计算器重新算了一遍。出来的数字是"505"。

"……"这对温以凡来说简直是晴天霹雳。她不愿意面对事实，在这一刻，觉得只有正确的数字才能证明她的清白。她将计算器清零，不死心地重算了一遍。

依然没有任何变化。

温以凡僵在原地，大脑飞速运转，思考着接下来该怎么解释。

很快，像是见怪不怪，桑延又发了条语音。他似有若无地笑了一声，像是主动给她台阶下，但语气又像是在替她欲盖弥彰："行。我明白，你算错了嘛。"

"……"温以凡就没见过桑延这种人。

她倒是想明白了，对付他这种人，只能当作听不懂他的意思，强行把局面掰回正常的轨道。

温以凡："对的，谢谢提醒。"

那头没再回复。过了大约十分钟，温以凡又发了一句："那我多给你的十五块……"

温以凡："你直接转我微信上就好。"

"……"

把东西收拾好后，看着一地的灰，温以凡到阳台拿清扫工具。打扫完，她把拖把洗干净，拎着又放回了阳台。客厅的灯已经关了，只剩过道的灯亮着，万籁俱寂。

温以凡正想回自己房间，路过桑延房门时，门突然从里头被打开。她的脚步一顿，跟他的视线对上。

桑延头发半湿，黑发随意散落在额前，身上也只套着休闲的家居服，看着比平时多了点人情味。他瞥了她一眼，没主动说话。

温以凡也没吭声，收回视线，走回了房间，顺带把门锁上。此时刚过十一点，温以凡这会儿也睡不太着。她把电脑搬到桌上，又写了会儿稿才开始酝酿睡意。但换了个房间，她不太习惯，一时半会儿也没什么睡意。

隔壁的桑延也静悄悄的。

温以凡后知后觉地有种很神奇的感觉。最开始认识的时候，她就觉得他们两个不会有太多的交集，应该是那种毕业了就断了联系，见面的时候都不会点头的关系。

两人的性格天差地别，再加上他们都不喜欢主动跟人搭话。因此从开学初的迟到和同桌后的一段时间，温以凡跟桑延没有过别的交谈。

而且这次同桌的时间也没有持续太久。后来，还是因为同学私下的传言，让他们再度有了交集。

传言的源头格外简单。就只是因为他俩开学第一天都迟到，并且都长得极为好看，所以他们被迫成了别人眼中的一对。

这传言还分了好几个版本。

有说他俩是初中同学，已经在一起好几年了，是约好一起上一中的学霸情侣的。

也有反驳他们在此之前其实互相不认识，但因为有了一起迟到的战友情，所以衍生出其他情感，现在已经开始了地下情的。

甚至还有人说，两人其实是在来学校的途中对对方一见钟情，为了不错过这天赐良缘，特地找了个地方互相表达心意，等确认了关系之后，他俩才手牵手一起来报到。

温以凡一开始并不知道这些言论。班级是按中考成绩排的，她没跟钟思乔和向朗分在一个班。而这些话，都只在他们十七班私下讨论。

温以凡在班里没有关系特别好的人，所以压根没人会跟她这个当事人提八卦。最后还是因为苏浩安，她才开始知道这些传言。

因为苏浩安天天锲而不舍地在桑延耳边提。

记得好像是某次大课间，在操场做完广播体操回来的时候。温以凡到走廊上的校用饮水机打水，正排着队，突然听到前头传来苏浩安的声音。

苏浩安在班里的人缘很好，话多又自来熟，开学这几天，就已经跟班里大半的人打好了关系。此时他笑得猖狂，边说话边捶后边人的胸口。

"今天又有新的料了，名人，你要不要听听？"

温以凡下意识抬头，就见自己前面站的人是桑延，他的背影高瘦，话里不耐烦的意味格外明显。

"你差不多得了。"

"什么啊，别搁我这装。"苏浩安说，"这舞蹈生长得多好看啊，能跟人这么传你就心里偷着乐吧。她头天来坐我后面的时候，我都没好意思跟她说话。"

桑延："你有什么毛病？"

"你就跟我说！你难道没有偷着——"这话还没说完，苏浩安眼一瞥，突然注意到桑延身后的温以凡。他立刻消了音，过了好半晌才举起手，讷讷地跟温以凡打了声招呼，"嘿……"

桑延顺势望过来。像什么都没听到一样，温以凡只笑着点了一下头，便又低下头看单词本。

过了几秒，桑延倒是主动喊她："学妹。"

温以凡又抬头。

"你这不是听见了吗？"桑延唇角轻扯，"还是就想当作没听见？"

温以凡诚实地道："我不知道你们在说什么。"

桑延垂眼，语调欠欠的："说我在跟你处对象呢。"

"……"温以凡愣住，"我跟你吗？"

"嗯。"

"我不知道，我没听别人跟我说过。"温以凡不在意这些事情，"你不用太在意，他们应该也说不了多久。"毕竟他们很少有来往。

总要有点蛛丝马迹，这谣言才能一直传下去。没有的话，自然会不攻而破。

桑延挑眉，随口道："这样最好。"

那会儿两人就是非常普通的同学关系。互相不熟悉，话也说不了几句。

所以现在，温以凡能肯定桑延一定不喜欢她的原因，除了她没这么自作多情，还有一点就是，因为桑延所表现出来的情绪，跟他们刚认识的时候是差不多的。

但实际上，他对待喜欢的人和不喜欢的人的态度，是天壤之别。

桑延骄傲至极，骨子里也同样热烈。他喜欢一个人，尽管是单向，也不介意让全世界知道。

隔天，温以凡睡到快十点才起床。

把自己收拾好后，温以凡扯过衣帽架上的外套，出了房间。刚到客厅，她就看到此时正躺在沙发上玩手机的桑延。

听到动静，他闲闲地抬了下眼皮，没搭理她。

温以凡本想礼貌地打个招呼，又想到他先前说的"不要套近乎"，还是选择作罢。她从电视柜里拿了包速溶咖啡，烧了壶水后也坐到沙发上。

温以凡拆了包小饼干，把速溶咖啡撕开，倒进杯子里。在此空隙中，她垂头点亮手机，发现钟思乔给她发了几条消息。

钟思乔："姐妹儿！"

钟思乔："我给你找到室友了！"

温以凡眨了眨眼，回道："我忘了跟你说了。"

温以凡："我已经找到室友了。"

正想说明白些，水烧开了。温以凡只好放下手机，拿起开水壶往杯子里倒水。刚把水壶放下，钟思乔那头恰好打了个电话过来。

温以凡接起，拿勺子搅拌咖啡。

钟思乔："你找到室友啦？谁呀？"

闻言，温以凡下意识往桑延的方向看了眼，决定直接略过后面的问题，等之后再跟她提："对，刚找到的。不过也住不久，三个月就搬了。"

温以凡："我忘了跟你说一声，你替我跟你那朋友道个歉吧？"

"什么我那朋友！好了，我憋不住了。"钟思乔猛地笑出声，而后像是在跟旁边人说话，"行了，向朗，别光听不搭腔了，憋得不难受吗？"

温以凡倒是诧异："向朗在你旁边吗？"

听到这话，桑延才有了些反应，稍稍侧了头。

下一秒，电话那头传来一个明朗的男声，话里带着浓浓的笑意。

"对，是我。"

"什么时候回来的？"温以凡笑了，"怎么毫无征兆？我也没听乔乔提起来。"

"我哪里没提，"钟思乔嚷嚷，立刻解释，"我之前不就跟你说这小子下个月回国吗？是你自己给忘了。"

说起来，温以凡跟向朗也很长时间没见了。她搬到北榆之后基本没回过南芜。而向朗在高中毕业就出了国，至今也好些年了，中途只断断续续联系过，时间久了，联系也少了。他的近况，温以凡多是听钟思乔提起的。

"今天不是周二吗？乔乔你不上班吗？"温以凡问，"你俩怎么在一块？"

"我们公司已经开始放假了，"钟思乔解释，"我俩刚见面，这不是一大早就给你发消息了，想找你一块聚聚。结果你现在才回。"

温以凡坦然地道："我刚睡醒。"

向朗乐了："我也猜到了。"

"那行吧，你赶紧去吃点东西，一会儿还上班吧？"钟思乔说，"知道你今天没空，那咱再约个时间吧？你啥时候有假，咱仨聚一聚呗。"

"过两天吧。"温以凡回想了一下，"我周四不上班。"

钟思乔又问："你新年放几天啊？"

温以凡："三天。"

"我去，唉，呜呜呜，我们以凡也太惨了，"钟思乔说，"好了，我不打扰你了，那就过两天见吧。我那手链你记得给我带上。"

向朗补了一句："可别放我们鸽子了。"

温以凡失笑："当然不会。"

挂了电话，温以凡低头喝了口咖啡，再抬眼时，突然撞上桑延的目光。本以为只是巧合，她收回视线，却又用余光看到他似乎还在看她。

正当温以凡想问问他有什么事儿的时候，桑延忽地提了她刚刚电话的内容："你周四放假？"

温以凡看他："嗯。"

桑延把手机放下："打算出去玩？"

温以凡点了点头，下意识说："向朗回国了，就聚一聚。"

答完之后，她看向桑延，随口道："你俩应该认识吧，他好像跟我说过高三你俩一个班。"

桑延："噢，没印象。"

"……"温以凡不知道他要干吗，但也没继续回话。

片刻后，桑延又问："挑好地点了？"

温以凡："没。"

"那不然就定在我的酒吧？"桑延双腿交叠搭在沙发上，慢悠悠地说，"室友一场，帮忙照顾下生意呗。"

"……"

温以凡是真没想过，他在这沉默半天，把她彻彻底底当成空气来看待，最后决定"纡尊降贵"跟她说话的原因，居然是为了给自家店招揽点生意。

她沉默了三秒，没忍住问："你的店都困难到这种地步了吗？"

"这不是不怎么赚钱？总得花点心思宣传。"桑延懒懒地道，"来不来？来的话我大方点儿，给你打个室友折。"

温以凡这才稍微有点要去的打算："具体是多少折？"

如果能打折，那当然好。照顾了他生意的同时，她这边也能省点儿钱，也算是各得其所。

桑延歪头，拖着尾音思考了一下："那就九九吧。"

"……"温以凡以为自己听错了，"嗯？多少？"

桑延看着并不认为自己说的有什么问题，耐心重复："九九。"

"……怪不得不赚钱，你就等着倒闭吧。盯着他看了一会儿，温以凡才道："还挺大方的。"

她没直接拒绝："我考虑一下。"

"行，来的话提前跟我说一声，"桑延又继续看手机，"我给你们开个台。"

"好。"想着对方帮过自己不少，温以凡还是善意地提醒了一句，"宣传这方面虽然重要，但店面装修你也得考虑一下。"

桑延抬眼："什么意思？"

"你的店招牌太不明显了，看着不太像酒吧，反而像个，"温以凡一停，也不知道这样说会不会让他不快，"理发店。"

"……"

"我第一次去的时候，找了半天才找到你的酒吧。"温以凡很实在地说，"而且看着还挺没有让人进去的欲望的。"

客厅顿时安静。不确定这提醒会不会说得太过，温以凡觉得自己好像也没有立场跟他说这些鞭策的话。她把剩余的咖啡喝完，主动缓和气氛："不过我也只是提个意见。"

"既然这么难找，"但桑延似乎不太在意她这些话，意味深长地重复，"又这么没有想进去的欲望——"

他恰到好处般地停顿了一下，话里带了几分玩味："所以你第一次为什么来我的酒吧？"

"……"

温以凡一噎，回答不出来。毕竟就算不是她主动发起的，这个目的也确实是不纯的。

桑延难得贴心地没继续追问。他收回眼，随意地道："你的建议我会考虑的。"

温以凡松了口气："那——"

"不过呢。"桑延语气很跩，"我并不打算改。"

"……"

温以凡有种在这里跟他说了一通，都是在浪费时间的感觉。把饼干吃完，她便套上外套出了门。到公司时，已经差不多到饭点了。

苏恬正坐在位置上，问道："你今天怎么这么晚？"

"今天没什么事儿，就下午有个采访。"温以凡说，"跟工作比起来，还是命重要点。我再不多睡点儿，感觉活不到明年。"

"唉，是的。我现在休息连门都不想出，只想在床上躺一天。"苏恬整个人趴在桌上哀号，"时间能不能过快点，赶紧过年，我想放假！"

说着，突然间，苏恬坐了起来："对了，忘了跟你说。"

"什么？"

"刚刚王琳琳微信找我，叫你回一下她微信。"苏恬说，"你是没看到吗？不过她找你干吗？感觉还挺急的样子，还找到我这儿来了。"

温以凡打开电脑："嗯，我一会儿回。"

她的情绪向来平静，看着滴水不漏，苏恬也没察觉出什么："不过以凡，你也是人好。你刚搬进去她就搬走。要我是你，我肯定也跟着搬。"

"反正房子是她租的。"苏恬翻了个白眼，"她现在心里估计乐着呢，还有那么久才到期，她提前搬连押金都能收回。"

"不是什么大事儿，"温以凡说，"我挺喜欢这房子的。"

苏恬叹息："所以我说你人好。"

这段时间，钱卫华因一起闹得沸沸扬扬的杀人案件到邻近的镇子出差。他手头上还有个后续采访赶着出，主任一直在催，但他也分身乏术，这报道便对接到了温以凡手里。

是 17 日晚发生的一起强奸未遂案。女事主下班之后，在回家的路上被一男子持刀挟持，拖进北区的一条偏僻小巷。路过的男摊主发现并出手相救，女事主因此逃出。对抗过程中，男摊主手部神经严重受损。

把提纲整理好，温以凡觉得时间差不多了，起身往周围看了眼："大壮呢？"

苏恬："好像被谁叫出去一块采访了，我也不知道。"

"行。"温以凡也没在意，"那我自己去吧。"

温以凡进《传达》栏目组的时候，是以文字记者的岗位进来的。说是这么说，但当团队里人手不足的时候，就什么事情都得干。

不会就学着干。摄像、采访、写稿、剪辑和后期都靠一个人来。

拿上设备，温以凡独自跑了趟市医院。她找到男摊主所在的病房，在征得他同意之后，对他现在的情况做了采访。

男摊主三十岁出头，看着老实憨厚。对温以凡的每个问题，他都答得认认真真的，腼腆到不敢对上她的视线，话说多了脸颊还会发红。

问完提纲上的问题，温以凡自己又补充了几个，之后也没再打扰他休息。她拿上摄影器材，跟男摊主道了声谢，打算去找他的主治医生再详细问问。

刚出病房门，温以凡就被人喊住。

"你……欸，温以凡？"

温以凡顺着声音望去。离这两三米的位置，一个眉眼略显熟悉的女生正迟疑地看着她。她年龄看着不大，手上提了个水果篮，像是来探病的。

温以凡朝她笑了一下，但一时半会儿也没想起她是谁。

"你什么时候回的南芜？"女生皱了眉，"我怎么没听妈妈说过？"

这话让温以凡瞬间把她认出来。

郑可佳。是她继父的女儿。

说起来，温以凡上回见她好像也是高二的事情了。

那时候郑可佳才初一，还没有打扮自己的意识，性格娇蛮又任性，跟现在长开了之后，会打扮的模样相差甚远。

温以凡倒也没想过会在这里碰见她。

注意到温以凡手里的东西，郑可佳猜测道："你这是出差吗？"

"不是，我搬回南芜了。"摄像机的重量不轻，温以凡开始应付，"我还有工作，有时间再联系。"

郑可佳咕哝道："谁要跟你联系。"

"也好，"温以凡点头，"那咱俩都省时间了。"

"……"郑可佳被她这话弄得说不出话来，憋了半天才憋了句，"你没事回来干吗？"

"我有事才能回来吗？"温以凡笑，"你不用担心，我回南芜不代表我会回家住。咱俩今天就当没见过，只要你不说，没其他人知道。"

郑可佳皱眉："我又没说不让你回家住。"

温以凡："好，你没说。"

"你说话怎么这么气人，"郑可佳有些不悦了，"我不是在好好跟你说话吗？我只是以前说过不想跟你住在一起，我现在哪有说？"

温以凡站在原地，安静地看着她。

说着说着，郑可佳渐渐没了底气："而且都多久以前的事情了，我那时候才多大……"

"确实很久了，我都快认不出你了。咱俩似乎也没有叙旧的必要。"温以凡说，"你快去探病吧，拎着水果也累。"

"等等！你过年回家不？"郑可佳说，"你不回来见见小弟吗？"

郑可佳口中的小弟，是赵媛冬再婚三年后，生下的一个男孩。温以凡至今没见过。赵媛冬偶尔会发照片给她看。

"不回。"温以凡扯了个理由，"我工作很忙，基本没有假期。"

沉默须臾，郑可佳从口袋里翻出手机："那咱俩加个微信，今晚吃个饭行不？我跟你道个歉，以前是我做得不对——"

"郑可佳，"温以凡一会儿还得跑一趟派出所，之后还得回台里写稿、剪片子，实在没时间跟她扯，"我只想过自己的生活。"

"……"

"我回南芜不为任何人，我不回家住也不是因为你。"温以凡轻声说，"我做什么事情，都只为了我自己。"

"……"

温以凡看了眼时间："我是真赶时间，就先走了。"

郑可佳动了动唇，但什么也没说。

也没等她再回应，温以凡转头看了下指示牌，顺着方向往神经内科走。温以凡找到男摊主的主治医生。她不想耽误医生看诊，没占用太多时间，按照男摊主的情况问了几个问题，道了声谢便离开。

出医院前，温以凡去了趟厕所。她弯腰打开水龙头，触到冰水的时候，不自觉瑟缩了一下，有一瞬间的愣怔。

也许是因为刚刚见到了的郑可佳，让她联想起很多以前的事情。

温以凡想起了父亲温良哲跟她说过的话。

——我们霜降是女孩子，不要总碰冷水。

这么些年，好像也只有想到温良哲的时候，温以凡的情绪才会被影响。她鼻子一酸，用力眨了眨眼，回过神慢吞吞地把手洗干净。

温以凡高中的外号，同学们也不是胡编乱造，起得有理有据。她那时候是真的什么都不会干，住宿生活所有清扫的事情，都是舍友教着干的。她脾气很好，人家有时候不耐烦了跟她发火，她也不会记仇。

温以凡从小被娇惯着长大，是家里的独生女，是温良哲和赵媛冬唯一的掌上明珠。他们支持她想做的任何事情，对她没有太大的期望，只希望她能快乐平安地过完这一生。

那会儿温以凡过得无忧无虑。就算在班里没太多的朋友，她仍然没有任何烦恼。因为她得到的爱已经足够多了。

可那个时候的温以凡没想过她会有这么一天。

因为温良哲去世，因为再婚的赵媛冬，因为极其恐惧被她抢了父亲宠爱的郑可佳，她被赵媛冬送到奶奶家住。后来因为奶奶身体不好，她又被送到了大伯家。

那大概是温以凡这辈子，心思最敏感的时候。

——她觉得自己没有人要。

尽管有地方住，却仍然觉得这世间没有一个地方是她的容身之处，觉得自己毫无归属感。

温以凡非常怕做错事情，过得战战兢兢，就连吃饭的时候，筷子和碗发出碰撞声，呼吸都会下意识一停。

温以凡很清晰地记得，有一回周末，大伯母给了她二十块钱，让她出门去买盒手撕鸡回来。她乖顺地拿着钱出门，到大伯母指定的店买了份手撕鸡，准备给钱时，却发现钱不见了。

她当时大脑一片空白，看着老板的表情，只能讷讷地说一会儿再回来拿。而后，温以凡原路走了回去，认认真真地盯着地上的每一个角落。

就这么来来回回地重复了好几遍，温以凡也没有看到那张二十块的半点踪迹。

她到现在都记得那时候的感觉。

极为恐慌，却又茫然无助。

尽管现在想想，好像只是一件挺可笑的事情，就只是二十块钱。

她只是掉了二十块钱。就只是因为这么小的事情，温以凡一个下午都没回去，漫无目的地在周围走，一直走到天都黑了。她在一个空无一人的公交站停下，坐到椅子上，盯着灰色的水泥地，觉得一切都慢了下来。

她不敢回去，怕会因为这件事情，被大伯送到下一个亲戚家。然后这样的事情，就会接连不断地发生，她会成为一个所有人都在推托的包袱。

然后，那个时候，桑延像是从天而降，突然出现在她的眼前。他似乎是刚从哪儿打完球回来，手上抱着个篮球，上半身都湿透了，发梢还滴着汗水。

桑延走到她面前，弯下腰来，带着少年特有的气息。那会儿他知道了她的小名，像是故意的，再没喊过她的本名："温霜降，你在这儿干什么？"

听到声音，温以凡缓慢地抬起头看他，沉默不语。

桑延扬眉："你怎么这副表情？"

依然安静着。桑延拿篮球碰了碰她："你倒是说句话啊。"

"桑延，"温以凡这才有了反应，声音很轻，"你能不能借我二十块钱？"

"……"

"我出来买东西，钱掉了。"

桑延愣了一下，伸手翻了翻口袋："我出来没带钱。"

温以凡立刻低下眼："那不用了……"

"什么不用，我只是现在没钱，不代表我五分钟后也没钱。"桑延站起来，"你就坐这儿，五分钟就行。"

"……"

想了想，桑延又把手里的篮球塞她手里。

"等着我。"

没等温以凡应话，桑延就已经跑开，不知道要去哪儿。她重新低下头，盯着手里那个脏兮兮的篮球，看着上边的纹路。

晚风安静地吹着。

面前的车来了一辆，又来了一辆。温以凡不知道到底有没有五分钟，只记得，当时桑延很快就回来了。他还喘着气，蹲到她的面前，从口袋里翻出不知道从哪里搞来的二十块钱："拿着，记得还啊。"

温以凡的手有些僵，接过那张钱："谢谢。"

桑延仰头看她，汗水顺着额间的发落下："你这怎么还要哭了的样子？"

"……"

他笑："也没必要这么感动吧？"

温以凡抿了抿唇，重复了一遍："谢谢。"

"行了，不是什么大事儿，"察觉到她的情绪依然不佳，桑延挠了挠头，但也不知道怎么安慰，"就掉了二十块。"

"……"

"下回如果再掉，你就给我打个电话呗。"少年眉眼意气风发，扯了下唇角，"多少我都借你，行不行？"

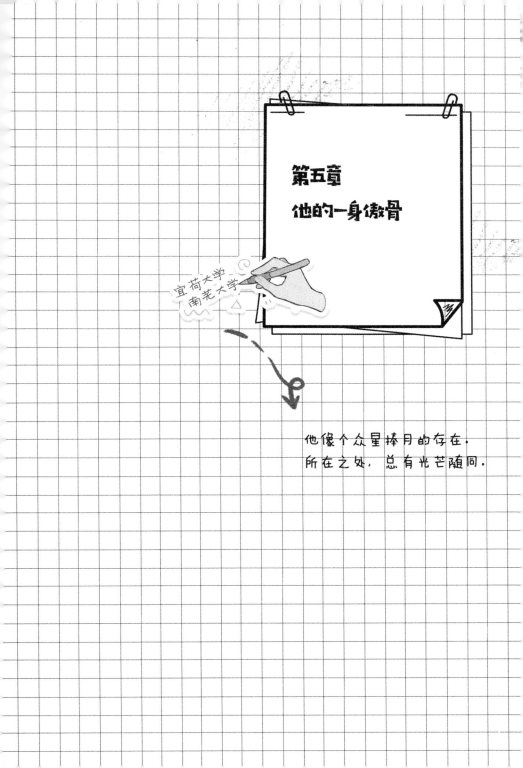

第五章

他的一身傲骨

他像个众星捧月的存在.
所在之处, 总有光芒随同.

刚出医院，温以凡就接到了赵媛冬的电话。

虽然按照郑可佳那个什么都瞒不住的性子，温以凡也没想过她能当作什么事情都没发生，但她也没预料到，这还没过半小时，郑可佳就已经将这事儿上报了。

赵媛冬的声音顺着电流声传来，语气有些犹疑："阿降，我刚听佳佳说，她在市医院见到你了，你回南芜了吗？"

温以凡往对面的公交站走，嗯了一声。这声一落，两人都安静了下来。

赵媛冬叹了口气，也没有多说什么："回来多久了？"

温以凡："没多久。"

赵媛冬："以后就打算在南芜安定下来吗？"

温以凡顿了几秒，老实说："不知道。"

"那以后再决定吧，南芜挺好的。你一个人在外边，妈妈也不放心。"赵媛冬说，"还有，你过年有假的话，就回家跟妈妈一块过年，别自己一个人在外面过了。"

"嗯。"

赵媛冬絮絮叨叨："最近南芜又降温了，记得多穿点，别因为工作忙忘了吃饭，对自己好点儿，知道吗？"

温以凡坐到公交站的椅子上，心不在焉地听着："好。"

又是良久的沉默。不知过了多久，温以凡隐隐听到那头传来了抽噎声，她的眼睫动了动。

"阿降，"说这话的时候，赵媛冬的声音渐渐带了点哽咽，"妈妈知道你怪我，这些年我确实，没怎么尽到一个做母亲的责任……我这两天一直梦到你爸，他也在怪——"

"说什么都行，"温以凡打断她的话，"但你能不能别提我爸？"

"……"

察觉自己的情绪似乎上来了，温以凡又垂下眼，立刻收敛了些："别哭了，我过得挺好的。有时间的话，我会去你那儿的。"

赵媛冬没出声，温以凡笑笑："而且你这母亲做得挺好的。"

——只不过不是对我而已。

恰好公交车来了，温以凡站起身，跟那头说了句道别语便挂断了电话。她上了车，找个位置坐，盯着因为车的行驶窗外糊成一团的光影。

温以凡的思绪渐渐放空。慢慢地，一点点地，将所有负面情绪消化掉。像是有只无形的手，能将其掏空。又像是，只能将之堆积，压在看不见的地方。

下车的同时，温以凡也调整好了情绪。

可能是因为今天睡得够久，温以凡一整天都精神十足。

从派出所出来后，她回到电视台，整个下午都待在编辑机房里听同期音写稿，写完之后继续剪起了片子。之后回到办公室，还将之前积攒的不少稿子写完了。

四周的人来了又走，渐渐只剩下她一个人。再看时间，已经接近十一点了。温以凡神色一愣，立刻起身收拾东西，迅速出了单位。

天色已晚，街道上没几个路人，一路上静谧而又沉抑。温以凡小跑着到地铁站，喘着气，在广播声中赶上了最后一班地铁。

温以凡松了口气。这个点的地铁上人不算多，温以凡找了个位置坐下。她翻了翻手机，忽地注意到两小时前，赵媛冬给她的银行卡转了三千块钱。温以凡抿了抿唇，直接给她转了回去。

到家也差不多夜间十一点半了。

温以凡进了门，垂头把鞋子脱掉，抬头时，恰好与躺在沙发上的桑延对上视线。

"……"

温以凡突然有点儿羡慕他的生活。她出门的时候，他在沙发上躺着。她在外面忙活了一天回来之后，他依然在这沙发上躺着，像个无所事事却又有钱的无业游民。

此时客厅的电视开着，放着不知叫什么名字的家庭伦理剧。

桑延没往上边看，估计只是当背景音乐听着。他手上拿着手机，听声音似乎是在打游戏。手机的音量也放得很大，跟电视声混杂在一块。

温以凡没提醒他，打算先去洗个澡，如果出来之后他的"存在感"依然这么高的话，再发个微信让他消停一点儿。隔着道屏幕，应该也算是给他点面子。

温以凡正想往房间走，桑延抬眸，喊她："喂。"

不知道这大少爷又要作什么妖，温以凡犹疑地站定："怎么了？"

桑延的话来得突然："我这人呢……"

温以凡："嗯？"

桑延继续打游戏，漫不经心地跟她说话："有个毛病。"

"……"温以凡很想吐槽，你只有一个吗？

"我的安全意识非常强，睡之前，房子的门必须上锁，"桑延停了几秒，又直直地看向她，"不然我睡不着。"

他这个表情和话里的意思，似乎是在谴责她，因为她，影响到了他正常的休息。

"我回家之后也有锁门的习惯，"温以凡跟他商量，"你如果困了先睡就行，我如果比你晚到家，会把门锁上的。你不用担心不安全。"

"我说的是，"桑延半躺着，看她得抬起头，却仍显得傲慢，"睡、前。"

"……"温以凡提醒，"我们合租之前，我已经跟你说清楚了。我工作会经常加班，很不规律，你也接受了的。"

"对。"桑延不紧不慢地说，"所以以后你十点前回不来，麻烦提前跟我说一声。"

沉默。温以凡问："说一声就有用？"

"当然不是，这算是我们对彼此的尊重。"桑延吊儿郎当地道，"不然你哪天要是彻夜不归，我岂不是一整晚不能锁门，要在恐惧和不安中度过一夜？"

"……"温以凡是真觉得他一天到晚事儿真的多。

想着也不过是一句话的事情，温以凡没跟他争："好，以后晚归我会提前跟你说一声。"

说完，没等她回房间，桑延又道："还有……"

温以凡好脾气地道："还有什么事儿吗？"

"生意，"桑延言简意赅，"帮忙吗？"

"……"

这事儿温以凡还没跟钟思乔他们商量，她本想直接拒绝，但又鬼使神差地想到桑延的那二十块钱。她咽回嘴里的话，改了口："真只能九九？"

"……"

最后桑延还是松了口，给她打了个最最最友情价。

——八九折。

温以凡也不知道自己是发了什么神经，居然给答应下来了。

回到房间，温以凡打开手机，恰好看到钟思乔和向朗在他们三人的小群里聊天，正在提后天聚会的事情。

温以凡的指尖在屏幕上停了半天，极其后悔自己因一时闪过的感激之情而应承下这件事。

温以凡硬着头皮："要不去'加班'吧？"

钟思乔："啊？那不是咱上回去的那个吗？"

钟思乔："桑延那酒吧？"

温以凡："对。"

钟思乔："为啥去那个？咱都去过一回了。"

钟思乔："我这次想换一个！"

向朗："桑延？"

向朗："他都开酒吧了啊。"

温以凡："因为……"

温以凡："……"

温以凡："我跟你们说个事儿。"

向朗："什么？"

钟思乔："说。"

温以凡："我之前跟你们说找到的那个合租室友。"

温以凡："是桑延。"

"……"

群内在顷刻间像是静止了。

向朗："？"

钟思乔："？？？"

钟思乔："我去？？？你俩住一块了？"

钟思乔："我对他的印象还停滞在他叫你把他的外套拿回去当个纪念。"

钟思乔："怎么回事！！"

钟思乔："如实招来！！"

温以凡："等见面了我再跟你们说吧。"

温以凡："去吗？他说会给我们打个友情折。"

钟思乔："打折啊，那我同意。"

钟思乔："打多少啊？"

温以凡："……"

温以凡："八九。"

钟思乔："……"

向朗："……"

钟思乔："你叫他滚吧。"

钟思乔："把谁当冤大头？！傻×才相信他的友情折！！！"

温以凡："……"

温以凡："我同意了。"

向朗："……"

钟思乔："……"

虽然他们都对桑延提出的这个优惠毫无兴趣，但也不好让温以凡出尔反尔，最后只能把聚会地点定在了"加班"酒吧。

周四晚上，温以凡正准备出门的时候，桑延也刚巧从房间里出来。他换了身衣服，穿着深色的挡风外套，此时正把拉链拉到脖颈处。

"我们应该吃完晚饭才会过去，"温以凡不太确定他是不是帮忙留台了，主动提了一下，"到时候我跟服务员报我的名字就可以了是吗？"

桑延瞥她："报我的。"

温以凡哦了一声："那谢谢了。"

向朗的电话刚好在这时候打进来，温以凡接了起来，走到玄关处穿鞋："你们到了吗？"

"到你小区门口了，"向朗的声音清亮，含着笑意，"不让开进去，你自己走出来行吗？你一出来就能看到我们。"

"行。"温以凡说，"那你们等等，我现在出来。很快的。"

"没事儿，不急。"向朗说，"你慢慢来。"

"什么不急！"电话那头传来钟思乔的声音，吵吵闹闹的，"温以凡！你给我快点儿！我可要饿死了！"

"那你再忍一下，"温以凡拿上钥匙，笑道，"我现在去救你的命。"

走出家门，温以凡刚打算把门关上，却发现桑延也要出门。这会儿他正站在她身后。她顿了一下，朝他点点头，而后走到电梯间等电梯。

后头传来桑延关门的声音，两人进了电梯。

电梯合上，温以凡按了"1"楼，动作停住，问他："帮你按负一？"

桑延插兜站在原地，闲散地道："不用。"

又恢复寂静。到了一楼，温以凡走了出去。

不知道他今天为什么不开车出门，温以凡也没在意。怕他们等久了，她看了眼时间，走路的速度渐渐加快。

刚出小区，温以凡就如向朗电话里所说的那般，一眼就看到了他们两人。她已经好些年没见过向朗了，但他的变化并不大。

向朗的长相偏秀气，穿着棕色的长大衣，架着副细边眼镜，看上去斯斯文文的。钟思乔站在他的旁边。

除此之外，他们附近还站着个高高壮壮的男人。温以凡定眼一看，是苏浩安。

三人此时正聊着天，气氛看上去很热络。

正疑惑着苏浩安怎么会在这儿的时候，温以凡忽地想到了今天不开车出门的桑延。她下意识回头看，就见桑延此时刚从小门那块出来。两人之间隔了一段距离。

先发现温以凡的是向朗。他笑得开朗，停止了聊天，朝温以凡招了招手："以凡，快过来。"

瞅见后边的桑延，苏浩安也开了口："你俩一块出门的吗？"

面前三人的视线全数落到温以凡身上。

"……"反正他们都知道他俩合租的事情了，温以凡也没觉得这有什么不妥，表情十分坦然："嗯。"

"欸，"苏浩安主动邀请，"既然这么巧碰上了，那我们一起去吃个饭呗。向朗，你还记得不，咱俩以前可是同桌！"

向朗笑："记得。"

钟思乔爽快地应下："那就一块去啊，反正都是去吃饭。"

"那行，先上车吧。外面怪冷的。"苏浩安本打算回自己的车，想了想，又改口，"那这样我就不开车了，我还打算喝点酒呢。车我直接停这了。向朗，我上你的车了啊。"

向朗："行。"

在他们说话的期间，桑延往这边走来。路过温以凡旁边时，他脚步一顿，侧头慢吞吞地开了口："虽然知道这是一件很值得炫耀的事情。"

温以凡："？"

"但咱俩合租的事情，"桑延啧了一声，似是有些困扰，"你倒也不必逢人就提。"

"……"

与此同时，苏浩安已经拉开了车后座的门。瞥见站在原地不动的温以凡和桑延，他催促道："你俩还站那干吗呢，有什么事儿上车再说。"

温以凡收回眼神："来了。"

向朗的车只有五个座位，这会儿只剩后座的两个位置。温以凡走到靠近她这侧的门前，伸手拉开。

没等她坐进去，桑延已经抢先她一步，抬手抵在车窗上。他的动作停住，低下眼瞥她，挑眉说了句："谢了。"

"……"仿佛她是专门帮忙开车门的工具。

温以凡看着他坐到后座中央的位置，再往里是苏浩安。钟思乔正坐在副驾驶的位置，此时正往她这边看："凡凡快上车。"

她应了声好，上了车。

刚把车门关上，苏浩安立刻嬉皮笑脸地八卦："你们两个在那说什么呢，能不能也让我听听？"

温以凡往桑延脸上看了一眼，诚实地说："他让我不要到处炫耀。"

钟思乔接话："不要炫耀什么？"

温以凡："跟他合租的事情。"

"……"车内空间密闭，气氛也像是因此停滞。好几秒后，沉默被苏浩安打破："我去。"

"大哥，我知道你这人不要脸，但你也不能这么不要脸吧？"苏浩安说，"温以凡，你不用搭理他。他这人就是嘴贱，跟高中的时候一个德行。正常人年纪大了都会收敛点，但这事儿放在他身上不可能的，他只会越来越贱——"

桑延侧头，忽地说："你今天心情还挺好。"

听到这话，苏浩安立刻消了音。

钟思乔呵呵一笑："桑延还是这么幽默啊。"

向朗转着方向盘，温声补充："以凡只跟我们两个说了，你不用担心。"

桑延轻抬眼皮，没搭腔。温以凡往桑延的方向看了一眼。其实对桑延的这些话，她每次听着都没什么感觉，最多也只有种无语凝噎的感觉。

脑子里的第一反应就是，哇，原来她这话还能被曲解成这种意思，又或者是，牛，这种话都能面不改色地说出口。

所以温以凡刚刚复述的时候，没带什么情绪，也没有想太多。她懒得编话，又觉得他既然能说出口，那这些话他应该也不介意让别人知道，干脆直接如实说。

但这会儿，她莫名有了种自己在打小报告的心虚感。

"对了，温以凡。"苏浩安说，"提起这个事情，我还是得跟你道个歉啊。我之前以为这房子的合同是每个租客分开签的，也没弄明白这合租的流程。我还以为跟原租客谈妥了，直接搬进去就行。"

温以凡转头看他。桑延坐在他俩的中间，像把他们当成空气一样，完全没参与话题。

苏浩安："所以桑延让我找房子的时候，我就直接把钥匙给他了。我听那谁说了，吓到你了是真不好意思。今天这顿我请了，就当是给你赔个罪。"

温以凡下意识问："那谁？"

苏浩安沉默了一会儿："就王琳琳。"

他这反应像是跟王琳琳闹别扭了。这事情在温以凡这边早就翻篇了，她没计较，也不打算干涉其他人的事情："没事儿，这事解决得挺好的。以后这种事情，你多注意点就行了。"

钟思乔回头："哎，你之前跟我说了，你合租室友是你同事，叫王琳琳是吧？"

温以凡："对。"

向朗："那苏浩安，你怎么也认识王琳琳？"

"……"苏浩安说，"我前女友。"

钟思乔诧异："这么巧吗？"

温以凡也有些惊讶，因为那个"前"字。

向朗笑："那你把钥匙给桑延的时候，知道另一个租户是以凡吗？"

苏浩安叹气，装模作样道："这我哪能知道？"

"这样啊。不过倒是没想到，桑延居然能愿意跟人合租。"向朗顺着后视镜往后看，意有所指道，"听说你现在开了个酒吧，挺赚钱吧。"

身为老板之一的苏浩安正想低调又不失显摆地来一句"还可以吧"，但没等他开口，这回桑延倒是长了耳朵和嘴，语调依然欠欠的。

"不呢。"

"……"

一行人来的是最近一家人气爆棚的火锅店。

向朗提前订了桌，但不知道会遇上苏浩安和桑延，所以店里给他们安排的是一张四人桌。桌子每侧摆了条长板凳，坐一人宽敞，两人就有些拥挤。

不过店里也没别的位置了，只能将就着挤挤。两个女生个头小，便坐在一排。另外三个男人各坐一排。温以凡的另一侧是向朗，对面是桑延。

向朗将衣袖卷起，边跟苏浩安聊天，边周到地替其他人倒了茶水。

温以凡拿起杯子，轻抿了一口。见状，钟思乔拍了一下她的手臂，好笑道："你放着，不是让你喝的，等我帮你烫一下碗筷。"

恰好，向朗已经把自己的碗筷用茶水烫了一遍。他习惯性推到温以凡的面前，跟她换了一副碗筷，随口道："咱俩都一样。我在国外待久了，也没这习惯了。"

动作极为自然。

桑延盯着看了两秒，很快就收回视线。

注意到向朗的举动，苏浩安大大咧咧地道："你这咋跟照顾女朋友似的。"

"差不多吧，我俩都有这习惯。"钟思乔很自然地道，"温以凡以前老烫着自己，导致我俩看到她拿开水就心惊胆战。之后不是我帮她就是向朗帮她。"

苏浩安恍然大悟："哦，我差点都给忘了。你们三个从小一块长大的啊？"

温以凡："从幼儿园就是一个班。"

"哎，我突然想起一个事，"还没开始说，钟思乔就开始笑，"温以凡小学的时候还有个外号叫温点点。"

"啊？"苏浩安问，"为什么？"

"因为，一年级开学的第一天，老师让我们在本子上写自己的名字。"向朗也笑了，"但以凡学东西很慢，当时只会写自己的姓，每次也只能想起自己名字里的那两个点。"

"所以刚开学那段时间，她每次写自己的名字，"钟思乔比画了下，"都写的'温、、'。"

"……"温以凡有点窘，低头喝水。

苏浩安愣了一下，而后笑了半天。他笑的时候，总有拍人的毛病，这会儿受伤的人依然是他隔壁的桑延："妈呀，笑死我了。"

桑延的心情看着很不爽，冷冷地道："你有病？"

"你脾气怎么这么大，"苏浩安讪讪地收手，叹了口气，"我还挺羡慕你们，我认识最久的就是桑延这狗。但他这性格，你们懂吧。我也怪痛苦的。"

听到"痛苦"二字，温以凡觉得好笑，唇角浅浅地弯了一下。这情况，让温以凡莫名联想到两人的初次见面。她抬了眼，恰好跟桑延凉凉的目光撞上。

"……"温以凡眨了眨眼，平静地垂下头，稍稍收敛了些。

接下来的一顿饭吃得格外和谐。

有苏浩安在的场合根本不会冷场，全程大多是他在说话，东西也基本是他解决的。两件事情同时进行，他也完全不耽误什么。

温以凡只象征性地吃了点。

她很少吃晚饭，一开始是因为她胃口小，基本感受不到饿，所以忙起来根本不记得吃饭。休息日在家时，她也懒得弄，最后干脆直接不吃。但在外采访的时候，她的包里会放不少补充体力的能量棒。

饭后，一行人开车到了堕落街，去到那个像发廊一样的"加班"酒吧。熟悉的黑色招牌，在这五光十色的地方散发着与众不同的气息。

进了酒吧，店里放着重金属乐，一进门就像热浪一样扑面而来。桑延往吧台的方向走，似乎打算从这儿开始跟他们分道扬镳，只丢了句："你带他们上去吧。"

但没走几步就被苏浩安扯住："不是，你干吗去？老同学见面，咱多聊会儿啊。而且，你顶着这臭脸在吧台，我们还能有生意吗？"

"……"

苏浩安把他们带到二楼中间的卡座。

沙发呈"U"形摆放。位置安排得跟吃饭的时候差不多，两个女生坐在中间，桑延和苏浩安坐在靠左的位置，另一侧是向朗。但此时变成桑延坐她隔壁，钟思乔旁边是向朗。

一坐下，桑延便靠到椅背上，像没骨头似的，没什么坐相。他穿着高领的挡风外套，微挡着下颚，看上去困乏至极。

温以凡翻出手机，在心里盘算着回家的时间。在这个时候，钟思乔凑到她耳边说："姐妹，你跟桑延合租，会不会过得很惨啊？"

她顿了一下："怎么这么问？"

"这整顿饭，我就没见他笑过一次，像有人欠了他八百万。"怕被听见，钟思乔声音压低了些，"他这是咋了？发生什么不好的事情了吗？"

温以凡飞快看了眼桑延的表情："这不是挺正常的吗？"

钟思乔："……"

苏浩安让服务员送了酒水上来，顺带还拿了五副骰盅和一副真心话大冒险的牌。他打开了一罐啤酒，喝了口："咱来玩大话骰吧，谁输了就喝酒，或者惩罚真心话大冒险，如何？"

"行啊。"说着，向朗看向她俩，"不过你们会吗？"

"当然会。"钟思乔笑骂，"你这看不起谁呢？"

温以凡老实道："我不会。"

苏浩安："那就先试着玩几局，等玩顺了再开始有惩罚，行吧？"

话毕，他注意到位置，立刻同情道："温以凡，可得小心点儿。桑延这狗很会玩这个，他每次数字都卡得贼准，根本没人敢开他。所以他的下家都会被开得很惨。"

这游戏的规则是，每个人摇完骰子后，看自己骰盅里的骰子。按顺时针的顺序喊数字，骰子个数或者点数选其一往上加，下家必须报得比上家高。

由下家开上家，其他几家觉得对方报的数字实在离谱，也可以选择跳开。但跳开输了的话，得有双倍的惩罚。

场上有五个人，所以苏浩安规定从七个骰子起叫。

温以凡接连玩了几局才渐渐懂了玩法。但她玩得很烂，正式局开始的时候，因为苏浩安的话，她格外谨慎，每次都是在上家桑延说的数量上加个一。

第一轮，苏浩安喊到 14 个 6。

桑延把面前的骰盅打开，朝他抬了抬下巴，懒洋洋地道："开。"

"……"

苏浩安喝了酒。

第二轮。

第三轮。

第四轮。

就这么过了七八轮。

温以凡惊奇地发现，自己跟着桑延喊，一轮都没输过。反倒是坐在桑延上家的苏浩安被他开了好几回，连喝了好几杯酒。

第九轮，温以凡被钟思乔开了。她犹豫了一下，选了大冒险。

钟思乔帮她抽了张大冒险卡。

——说出在场每个异性的一个优点。

"……"

温以凡抬眼，先说向朗："细心。"

再说苏浩安："热情。"

最后说桑延。

她盯着他的脸，必须说一个让他不会自我陶醉的优点，憋了好半天才憋出个："……有钱。"

"……"桑延盯着她，唇角轻扯了一下，像是嗤笑了一声。

第十轮。

向朗输了，选了真心话。

——提一件让你觉得很遗憾的事情。

"那应该是——"向朗沉吟了一下，轻声叹息，"出国读大学了吧。不然原本应该是跟以凡一起报宜荷大学的，之前都定好了报那的临床医学的。"

"……"

温以凡正想说点什么，在这个时候，桑延已经摇了骰盅，淡淡地道："继续吧。"

温以凡的话卡在喉咙里，顺势看过去。他的侧脸在暗光下显得有些冷，头微垂着，身子也有些向下弓。脸部半明半暗，黑色碎发散落在额前，看不太清神情。

温以凡垂眼抿了口酒。

第十五轮。

数字一直往上喊，轮到苏浩安的时候，已经到 15 个 5 了。

桑延没开。

温以凡有点儿紧张，毕竟他喊完就轮到自己了。

桑延盯着骰盅，在位置上沉默了一会儿，而后抬眼看向温以凡。他的眼皮很薄，瞳色深如墨，看不出在想什么。

"18 个 5。"

苏浩安激动到站起来，用力拍了一下桌子："开！"

"……"

"你真的离谱！喝酒喝傻了？18 个，傻 × 都开你！"

加上癞子，场上有 16 个 5，恰好比桑延喊的少了两个。

双倍惩罚。桑延选了真心话，外加喝一杯酒。

苏浩安热情地帮他抽了张卡。

——最近坐飞机去的城市。

"……"

苏浩安眉头皱起，气得想把这卡撕了："我去，你难得输一回，这什么破问题啊！"

桑延自顾自地倒了杯酒，将杯中的酒一饮而尽。他的喉结上下滑动了一下，顿了好几秒，像是有些失神。而后，无波无澜地吐了两个字。

"宜荷。"

温以凡的呼吸稍稍一停，抬眼看向桑延。

"宜荷？"苏浩安莫名其妙，觉得不太对，"你上回坐飞机难道不是去哪儿出差吗？我记错了？不过你没事儿去宜荷干什么，而且你啥时候去的，我怎么不知道？"

桑延侧头："你这是要问几个？"

"噢，我知道了。"也许是酒喝多了，苏浩安这会儿的情绪比平时还要高涨，很不爽地说，"你去找段嘉许了是吧？"

桑延没答。

"我真服了，"苏浩安大声吼，"要不是老子没考上南大，跟你传绯闻的还轮得上他？！"

"……"桑延不耐烦道，"你能小声点儿吗？"

钟思乔的母校也是南芜大学，这会儿立刻听懂了苏浩安的话，猛地笑了出声。她靠到温以凡身旁，边笑边跟她解释："苏浩安说的那个段嘉许，也我们学校的。"

温以凡想起王琳琳的话，点了一下头。

"他俩一个系，一个专业，一个班，还一个宿舍。"钟思乔继续说，"而且两人都长得贼帅，一开始大家私下都说他们是计算机系的双系草。"

那头的苏浩安还在嚷嚷。这边温以凡安静听着钟思乔说八卦，一旁的向朗也凑过来听。

"忘了啥时候，我们学校论坛有人发了个帖子，问我们学校有没有校草。"钟思乔说，"然后这帖子贼火，一堆人开始发各系的系草，照片基本上都是抓拍的。"

温以凡："然后呢？"

钟思乔："然后桑延和段嘉许肯定被提名了呀，发他俩照片的几乎占了帖子的一半。但是，提名桑延的，发的照片里有段嘉许。提名段嘉许的，发的照片里也有桑延。"

"……"

"然后大家就发现，这么多人偷拍的照片里，有百分之八十以上，都是这两个人的合照。这给人的感觉就是——"钟思乔停顿了一下，"他俩几乎每天都黏在一起。"

"……"

"再加上，整个大学四年，都没见他俩跟哪个女生走得近。"钟思乔越说越觉得好笑，"所以后来别人提到他俩，都喊的'计算机系的那对基佬校草'。"

钟思乔在这边说得欢快，音量也没收住，导致苏浩安也听到了，立刻参与进来："那是他们选择性眼盲！明明照片里还有钱飞和陈骏文那两个傻×，但长得不行就成了空气！"

"……"

"唉，我现在什么都没有了。"苏浩安忽地冒出了一句，"我再也不谈恋爱了。"

"……"

他看向桑延，苦巴巴地说："哥们儿，咱俩是最好的兄弟，我有你就够了。你也要把我当成你心中的 No.1。知道吗？"

也不知道他们在说什么，但八卦的对象就在现场，钟思乔察觉到了尴尬，瞅了桑延一眼，很识时务地扯开话题："都是些玩笑话，也没什么好提的。来，我们继续摇骰子吧。"

温以凡身子前倾，伸手摇着骰盅。她能用余光看到，桑延没任何动静，也没应苏浩安的话。

桑延靠在椅背上看手机，忽地站了起来，漫不经心道："你们玩吧。"

苏浩安："啊？你干吗去？"

桑延随口说："困了，回去睡觉。"

苏浩安："这才几点！"

桑延难得解释了一句："昨天睡得晚。"

随后，他利落干脆地灌了三杯酒，唇角小幅度地扯了一下，缓慢地说："今天是我扫兴了，你们继续玩。"他看向苏浩安，"你招待吧，账记我上面就行。"

说完，桑延没看任何人，弯腰拿起桌上的打火机，抬脚离开。

桑延这情绪看起来正正常常的，比起他先前的表情和态度，这都能称得上是温柔了。其他人也没觉得有什么不对劲，但温以凡的心情莫名有点儿闷。

又玩了几轮，没了桑延的存在，苏浩安感觉自己待在这三个从小一起长大的人里有些格格不入。

没多久，他也找了个借口离开。只剩下他们三个。

气氛并不因为另外两人的离开而淡下来，温以凡却有些心不在焉。听着他俩聊天，她忽地喊了声："乔乔。"

钟思乔："嗯？咋啦？"

"你刚刚说的那个段嘉许，"温以凡问，"跟桑延关系很好吗？"

"应该是很好的，不然也不会这么传吧。"钟思乔说，"不过我也不太清楚，毕竟我跟他们也不是一个系。但我有个舍友以前在追桑延，所以把段嘉许当成头号情敌了。"

"……"温以凡问，"段嘉许现在在宜荷？"

"对，他好像是宜荷人，毕业之后就回去工作了。"钟思乔眨了眨眼，"你怎么突然对这个人感兴趣，你在宜荷的时候见过吗？"

听到这话，温以凡松了口气："不是，我就问问。"

体谅温以凡明天还要上班，三人也没多待。

十点过半便离开了酒吧。向朗本是想付钱的，被还没走的苏浩安死活拦着，最后还极为热情地把他们送到停车场。

　　因为要开车，向朗一整晚没喝酒。温以凡和钟思乔上了后座。

　　返程的路上，钟思乔又想起温以凡和桑延合租的事情："哎，点点。"提起这个外号后，她总会时不时喊几声，"你跟桑延合租真没事吗？不行的话你就住向朗那，让他跟桑延合租去。"

　　向朗："我没意见。"

　　"能有什么事情？"温以凡好笑道，"我俩在家跟陌生人一样，也不怎么说话。你们今天看他也知道他不爱搭理人，就单纯地合个租。"

　　向朗嗯了一声："如果要搬跟我说一声就行。"

　　向朗跟钟思乔住得近，所以先把温以凡送回了家。

　　想着桑延走前说的那句"回去睡觉"，温以凡进家门时，动作下意识放轻了些。注意到客厅黑漆漆的，她顿了一下，伸手把灯打开。

　　客厅看着不像是有人回来了。温以凡换上拖鞋往房间走，路过次卧时，她下意识瞥了眼。察觉到时间也不早了，她回到房间，飞快地洗了个澡。

　　出来后，温以凡拿起手机，恰好看到桑延给她发了两条微信消息。

　　桑延："今晚不回。"

　　桑延："直接锁门吧。"

　　"……"

　　温以凡愣了一下，回道："好的。"

　　发送成功后，温以凡走到玄关把门锁上。她有些疲倦，头发还湿漉漉的，忽然懒得吹干了。她坐到沙发上刷了会儿新闻，又百无聊赖地打开电视，想找点东西看。

　　一打开就是都市频道，这会儿正重播着《传达》栏目的早间新闻，恰是她先前上交的那个强奸未遂案的后续。男摊主的脸被糊了马赛克，看着仍显得憨厚善良。

这个片段让温以凡联想到了在市医院碰到郑可佳的事情。她彻底没了心情，拿起遥控将电视关掉，起身回了房间。

温以凡打开电脑。

在这个时候，钟思乔给她发了条消息："帮我朋友圈点个赞！"

钟思乔："我明天要去吃烤肉！一百个赞能减一百呢！"

温以凡立刻回了个"好"，顺着钟思乔的头像进了她的朋友圈，给最新一条朋友圈点了个赞。她又往下拉了拉，忽地瞥见钟思乔在跨年那天发了个朋友圈——

钟思乔：今晚去看烟火秀！不过早知道就挑东九广场了，说不定还能陪我加班的凡凡跨个年，呜呜。

温以凡弯了下嘴角，给这条也点了个赞。

今天起得晚，温以凡以为自己不会太早困。但可能是今晚喝了点酒，看电脑没多久，她的眼皮就开始发沉。温以凡很珍惜自己的困意，也没写多久稿子，很快就躺上了床。

临睡前，她想起今晚没回来的桑延。但想到苏浩安今晚说的话，又觉得这情况也挺合理。

桑延估计是要安慰苏浩安。因为苏浩安大概是知道王琳琳劈腿的事情了。

也许是因为今天提起了不少往事，这一觉，温以凡梦到了高中时的事情。

由于温以凡的性格温暾又慢热，其他人已经混熟的时候，她在班里依然没有太熟悉的朋友。所以开学后的好一段时间，她都是找钟思乔和向朗一块吃饭的。

有一回，钟思乔参加的社团有事情，温以凡便单独跟向朗一块吃晚饭。然后，他们在饭堂碰见了桑延。

桑延的男生缘非常好。每回温以凡看到他的时候，他的周围总跟了一群男生，只有几个是固定的，另外的每次都不同。看上去热闹又闹腾。

一行人打完饭，找着位置坐，突然注意到跟向朗面对面吃晚饭的温以凡，桑延挑了一下眉。有几个男生开始起哄，但很快就离开了。

当天晚修，两人原本就没消停的传言，又因这事发酵起来，开始衍生出新的后续。

说是，温花瓶其实一点都不喜欢桑延这一款，只不过是因为他穷追不舍，便勉强同意下来，但见到更优秀的，就见异思迁劈腿了。

温以凡不用像其他同学那样到班里上自习，晚修的这段时间，她都是到舞蹈室练舞，所以这后续她也丝毫不知情。

宿舍也没一个人会跟当事人提八卦。只是她迟钝地察觉到，宿舍的氛围似乎有点奇怪。

第二天早读，温以凡回到班里，觉得其他人看她的眼神有些奇怪。她一开始没有想太多，只觉得是又多了几个不靠谱的传言，也并不把这事情放在心上。哪知，大课间去上厕所的时候，偶然听到同班的同学在议论她。

"没想到温花瓶是这种人……"

"还挺恶心的。"

"漂亮了不起呗。"

"人品差，漂亮有什么用啊。"

温以凡格外茫然，完全不知道发生了什么，自己就成了班里其他人口中"恶心"的人。等她们离开，她从隔间出来，磨磨蹭蹭地把手洗干净，思考着自己最近做了什么不好的事情。

她什么都想不到，干脆当没听见，左耳进，右耳出。

回到班里，温以凡刚坐到位置上，桑延忽地抓着一个男生的领子，扯着他走到温以凡面前："道歉。"

这动静来得突然，温以凡蒙了，以为他让自己道歉。看着他这么牛哄哄随时要上手打人的模样，她一点骨气都没有，尽管没觉得自己做错事情，还是非常识时务地说："对不起。"

"……"桑延额角抽了一下，"没让你道歉。"

被他抓着衣领的男生戴了副眼镜，看上去十分惶恐。

桑延垂眼看他："要我教你？"

"我就是随便说着玩……"眼镜男笑得讪讪，"开玩笑呢，也不止我一个人说……你能、能先松手吗？"

"开玩笑？"桑延笑了，"你一大老爷们儿嘴这么碎，不嫌丢人？"

"……"

"我话就撂这了，之后谁再传这种话，"桑延抬头，轻描淡写往四周扫了一眼，一字一顿道，"被老子听到了，咱就来一个一个算。"

"我这人呢，对什么都不感兴趣，"桑延很嚣张，"唯一的爱好就是记仇。"

话毕，桑延把抓着他衣领的手松开。

眼镜男立刻低头，跟温以凡道了声歉："对、对不起，是我跟别人说你劈腿的。但我没证据，就是瞎掰的。以后不会了。"

"……"

什么劈腿？温以凡一脸蒙。

道完歉，眼镜男就打算坐回自己的位置。桑延抬起腿，撑在旁边桌子下的铁杆下，将他拦住，慢吞吞提醒他："我不是受害者？"

"……"

"你能考虑一下实际状况吗？什么叫对方见到比我更优秀的把我甩了？"说到这，桑延忽地瞥了温以凡一眼，"要真有这种被我穷追不舍的状况——"

温以凡抬头看他，桑延的脸半逆着光，表情是一如既往地傲慢："对方只能被我迷得神魂颠倒，懂吗？"

话音刚落，上课铃声便响了起来。

这声音等同于解脱，眼镜男微不可察地松了口气，又飞速地道了声歉。桑延也没再计较，只扫了他一眼，而后便回了座位。

周遭的人渐渐散去。此时教室里非常难得地，在老师到来前就保持着安静的状态。

温以凡从抽屉里拿出课本，翻到这节课会讲的内容，思绪却放在刚刚的事情上。联想到昨天在饭堂遇见桑延一行人的事情，她慢吞吞地捋顺。

所以就是，其他人以为她劈腿了桑延，跟向朗在一起了。

温以凡笔尖一顿，怪不得有人说她恶心。

她抬头，往桑延的方向看去。

因为长得高，他的座位被安排在第一组最后一排，跟她中间隔了好一段距离。这会儿他正低着头，不知道在看什么书。

坐他隔壁的男生跟他说着话，他眼未抬，脸上情绪没多大变化。

温以凡收回视线，心想着晚点找个机会道个谢好了。

这只是温以凡的想法，她完全没想到，她根本找不着机会跟他道谢。

因为桑延的周围几乎不存在没有人的时候。他像是无法独立行走，就连上个厕所打个水，都是成群结队的。不过温以凡也没着急，想着总能找到机会。

这一等，就直接到了隔周周五放学。

班里的值日表是按单双周排的，桑延被排到双周周五。因为要值日，他比其他同学晚走了些。平时跟他称兄道弟的人，也在关键时刻选择抛下他去打球。

桑延站在讲台上，拿着湿抹布擦黑板。

温以凡收拾好东西，背上书包走到他旁边喊他："桑延。"

桑延侧头瞥了她一眼，继续擦黑板："说。"

温以凡诚恳地道："之前的事情谢谢你了。"

他的动作一停，又看她："什么？"

"班里人说的那些话，"温以凡认真解释，又道了声谢，"谢谢你帮我说话和澄清。"

桑延噢了一声："你这谢道得还挺及时。"

温以凡："嗯？"

"在我即将忘记这件事情的时候，"桑延懒懒地道，"你又帮我回忆起来了。"

"……"知道自己这拖得确实有点久，温以凡有些尴尬，面上却不显："没找着机会。"

"不用了。"桑延压根没把这事情放在心上，把剩下的最后一块黑板擦完，"这要跟我没关系，我也不会管这破事儿。"

温以凡点了点头："还是谢谢了。"

桑延没再应声。温以凡也没多说，抬脚往外走。走到门口，不知为何，她又回头看了桑延一眼。

他恰好把黑板擦完，这会儿似乎是想去厕所把抹布洗干净。抬眼的瞬间，与她的目光撞上。

桑延的神色没太惊讶，眉梢一扬："怎么？"

"啊？"

桑延吊儿郎当地道："还真要被我迷得神魂颠倒了？"

"……"

在他之前，温以凡从没见过这样的人。

与生俱来的狂妄自信，骨子里的每一个角落仿佛刻满了心高气傲，却又不惹人生厌。只会让人有种，他生来就该是这样的感觉。

像个众星捧月的存在。

所在之处，总有光芒随同。

从二楼卡座区下来，桑延进了楼下的员工休息室。他坐到沙发上，翻出手机看了看，没多久又放下。他的酒量不小，今晚喝得也不算多，但脑袋莫名一阵一阵发疼。

桑延从口袋里翻出包烟，抽出一根点燃。他低着眼，自顾自地抽了会儿烟，看着缭绕的烟雾，神色不明。

过了一会儿，苏浩安也进来了。

"你没走啊？不是困吗？"苏浩安诧异地道，"还是要等着温女神一块回啊？"

桑延双腿交叠搁在桌上，没搭理他。

苏浩安坐到他旁边，也从烟盒里抽了根烟出来，看上去心情不太好："唉，我本来都快调整好了，结果今天提到这个女的，我整个人又不好了。"

"……"

"老子当了这么多年的情场浪子，"苏浩安把烟点燃，但也没时间去抽，一张嘴不停地在说话，"这还是我第一次被绿，你敢信，我长这样——"

苏浩安停了一下，指了指自己的脸，强调："我长这样！还有钱！"

"……"

"但我被绿了！"

"你这智商，"桑延轻哂了一声，"还情场浪子。"

"滚吧，你还是不是人？"苏浩安谴责道，"我就没听你安慰过我一句！"

"安慰什么？"桑延似是有些困了，眼皮耷拉着，说话也显得低沉，"大老爷们儿说这些话矫不矫情？"

"主要是，这王琳琳一直跟我说，那是她表哥。"苏浩安疯狂吐槽，"我还信了，还见过几回，每回都好声好气地喊着表哥。结果我上回去找她，两人在那亲得难舍难分。"

"……"

"我隔夜饭都要吐出来了！"

"行了，"桑延不耐烦道，"不都分了。"

"那我还不能发泄一下？！"苏浩安也开始不爽了，"你今晚咋回事儿？你兄弟我被绿了！分手了！失恋了！你居然还对我不耐烦！"

桑延听烦了，忽地直起身把烟掐灭："我走了。"

苏浩安一愣，这会儿再迟钝，也察觉到了他的情绪。

"你这是咋了？"

"……"

"你没开车来，又喝了酒，你咋回去？"苏浩安立刻拦他，"钱飞一会儿要过来，让他送一程得了，你回去也没事情干。"

可能是觉得他说得有理，桑延没起身，又靠回椅背。

苏浩安盯着他："你这是喝多了？"

"……"

苏浩安："还是因为向朗而心情不爽？"

桑延依然沉默。

"你有这必要？他俩都认识多久了，要能在一起，早在一起了——"说到这，他突然发觉这话放在桑延身上也合适，立刻改口，"话说，你还喜欢温以凡不？我本来是以为你还对她有那个意思，才想着给你找个机会让你俩合租的。但你对人这态度，又让我觉得猜错了。"

"……"

苏浩安拍了拍他的手臂："来，跟我谈谈心。我可以保证，我绝对不会像你那么嘴贱，人说什么伤心事你就往哪里扎刀。"

"我有病吗跟你谈心，"桑延笑，"你说你跟个喇叭有什么区别？"

"……"苏浩安噎住，正想跟他争。

"老子就是困，"桑延耷拉下眼皮，说话欠欠的，"你还挺能脑补。"

"滚吧，"苏浩安起了身，"算我浪费感情。"

苏浩安本就不是静得下来的人，坐了这几分钟又打算出去外面浪。听了桑延的话，他也觉得自己今晚有点儿矫情，居然还觉得这什么都看不入眼的大少爷会被影响了心情。

出休息室之前，苏浩安抬眼，看着这会儿躺在沙发上的桑延。倏忽间，觉得他此时的状态有些熟悉。

让苏浩安想起了，他们高考录取结果出来的那一天。

苏浩安成绩烂得一塌糊涂，高三时能进理科重点班，还是因为有个在一中当校长的舅舅。当时的制度是高考结束后先估分，等志愿报完了成绩才会出来。

从考场出来的那一刻，苏浩安就知道自己这回完蛋了。

但因为苏父先前跟他说过，如果他高考能考上任意一个一本大学，就给他买台新电脑。

苏浩安对此极为心动，考完当天，因为成绩没出来，胆子也特别大。他信誓旦旦地跟父亲说，自己一定过一本线了，甚至连考上南芜大学都轻而易举。

苏父听信了他的话，第二天就给苏浩安买了台新电脑。

时间就这么一天天过去，高考第一批次录取结果出来的时候，苏浩安一整天都不敢回家，找了个网吧待了一个下午，后来干脆去桑延家了。

当时已经晚上八点了，桑延和桑父桑荣都不在家。

桑延的妈妈黎萍正在教桑稚写作业，表情温温和和的，让他先去桑延的房间等着。苏浩安来桑延家算是家常便饭了，也不觉得尴尬，直接进了桑延的房间。

苏浩安打开桑延房间的游戏机，自顾自地玩起了游戏。一整天都对着这种电子设备，没玩多久他就觉得困，躺桑延床上睡去了。

再有意识时，是听见了一阵关门的声音。苏浩安被这动静吵醒，睁眼见到了桑延。

少年刚把房门关上，穿了件黑色的短袖，灰色长裤。

上身看不出来，但桑延裤子的颜色有几块明显深些，加上他头发有些湿润，苏浩安立刻问："外头下雨了？我来的时候天气还好好的啊。"

桑延瞥他一眼："你怎么来了？"

"录取结果出来了，"苏浩安叹息，"我不敢回去，怕被我爸打断腿。"

"活该，"桑延嗤了一声，"吹牛的时候怎么不怕断腿。"

今晚他是收留自己的恩人，苏浩安没跟他计较："你上哪去了？我等你打游戏等了半天。"说着，他看了眼时间，"我去，这都十一点了。"

"没去哪，这不回来了？"桑延也没去洗澡，坐到了游戏机前的地毯上，往他的方向扔了个游戏手柄，"还打不打？"

苏浩安立刻起身："打。"

两人边打游戏边聊着天。

苏浩安："你这么晚回来，叔叔阿姨没骂你啊？"

桑延："可能吗？"

"……"苏浩安无言，"所以你这不是自己欠的吗？"

他又问了一遍："你上哪去了？你都被南大录取了，这多爽啊。要是我有这成绩，我在家能当天王老子了。"

桑延："你哪来那么多废话？"

"唉，"苏浩安习惯了桑延的态度，继续说，"我也不知道我能上什么学校。我刚看到陈浅发了个说说，她考上Ａ大了。但我没报Ａ市的学校。"

桑延没吭声，苏浩安继续碎碎念。

过了不知多久，苏浩安发现，游戏界面上，桑延所操控的人物忽地定在那一动不动。他打游戏从没赢过桑延，只当是他卡了，趁机疯狂开大。

把他打死之后，苏浩安才看向他，假惺惺地冒出了句："你是卡了还是怎么，怎么这么菜——"

话没说完，就卡在了喉咙处。也不知道为什么，那一瞬间，苏浩安有些说不出话来。

桑延正低着头，沉默地看着手上的游戏手柄，却又不像是在看这个东西。他似乎走了神，身子微微下弯，看上去又显得紧绷。像个静止的画面，又像是条快绷到极限的弓弦。

苏浩安从初中开始认识他。从认识的第一面起，桑延就一直是一副轻世傲物的模样。他眼高于顶，过得旁若无人，不在意任何人，也看不上任何东西。

可在那一瞬，苏浩安莫名有了种错觉。

他的一身傲骨。

好像被人打碎了。

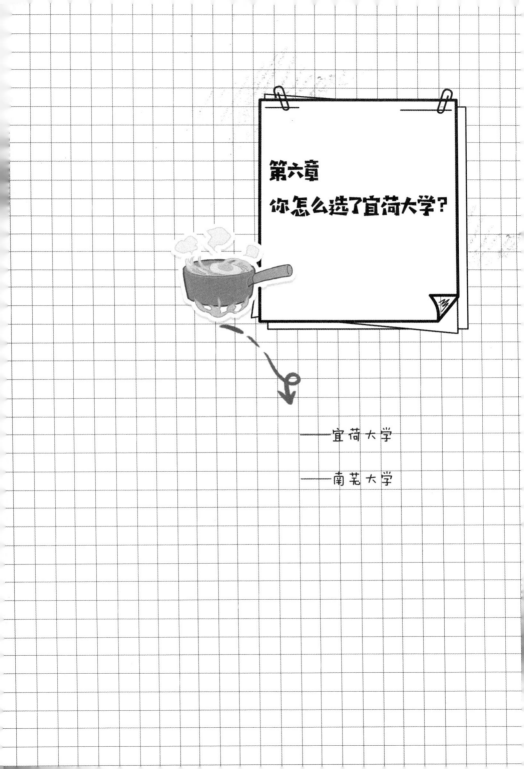

第六章
你怎么选了宜荷大学？

——宜荷大学

——南芜大学

接下来的三天，温以凡照常上班。

桑延似乎有什么忙碌的事，从聚会结束后，他一直没回来过。但他非常遵守之前提的规则，每天晚上十点，温以凡都会准时收到他的微信。随着时间的推移，他说话的字数也渐渐减少。

第一天。

桑延："今晚不回，锁门。"

第二天。

桑延："不回，锁门。"

第三天。

桑延："锁门。"

温以凡的态度倒是一直保持一致，每次都回复"好的"。

隔天下午，温以凡跟付壮外出采访完，到编辑机房剪片子。

前段时间因为学校的事情，付壮请了好几次假，所以这段时间接连上了一周的班都没轮到假期。他趴到桌上，唉声叹气："唉，太难了。"

温以凡随口接："难什么？"

"昨天老钱又把我臭骂了一顿，"付壮坐起来，绘声绘色地模仿起钱卫华的语气，"说我剪的是什么狗都拉不出来的屎！给我提修改意见比他自己重新剪一个还难！"

"嗯？"温以凡侧头，"那就让他剪。"

"……"

"让他轻松点儿。"

沉默了两秒，付壮继续老老实实剪片子："那我还是自己过得苦点吧。"

"……"

温以凡没多言，又看了遍刚写完的新闻稿，确认无误后便发给编辑。

等待审稿的时间，付壮又跟她聊起了天，扯到之前中南世纪城那场火灾的事情："对了姐，我跟你说个事儿，我们之前采访你同学的那段不是剪到新闻里去了吗？"

"嗯？"

"然后我昨天发现有人剪了个奇葩采访合集，把这段放进去了。"付壮觉得很搞笑，笑得浑身发抖，"还挺火，他都排到某站十大人物之最了。"

"……"

"还真应了我那句又惨又牛，现在都说他是美跩惨。"付壮说，"因为他虽然半张脸被马赛克掉了，但颜值看着依然非常能打。"

温以凡不关注这些，倒是不知道这个事情："影响很大吗？"

"那倒没有，毕竟打了马赛克。就是还挺好玩的。"

"那就行，"恰好稿子过审了，温以凡又转发给配音主持，起身说，"你一会儿自己下载主持的配音吧，有什么问题再找我。我得回去写提纲了。"

"好。"付壮收了心，戏非常多，"孤独！是强者的必经之路！"

"……"

温以凡今天没加班，把提纲写完后便回了家。

拉开门，温以凡习惯性地伸手去摸开关，突然发现此时灯亮着。她顿了一下，下意识朝沙发的位置看了眼，看到客厅依然是空荡荡的。

玄关处多了几个鞋盒，此时搭成高高几层，整整齐齐的。旁边的鞋子倒显得乱，仿佛是进门之后随意脱掉的，也没刻意放置。

温以凡往次卧看。也不知道桑延此时是在房间里，抑或者是回来了又走了。

温以凡没在意，坐到沙发处倒了杯水。她慢吞吞地喝着，往周围扫了一圈，总觉得房子里好像有了什么变化。

东西似乎多了不少。茶几下方放了几罐不同牌子的奶粉，旁边还有水果麦片和可可片。电视柜柜门没关，里头各式各样的零食满到塞不下，有些直接搁到了电视前。餐桌上放了几个黑色的箱子，用保鲜膜裹着，看着像是装着水果。

温以凡收回视线，暗暗想着，这少爷的生活水平确实挺高。

百无聊赖之际，温以凡想到了付壮的话。她翻出手机，下载了个某站。把水喝完，她起身走进厨房。

恰好下载完毕，温以凡点开，看到近期点击排名第一的标题里就有个"美跑惨"。她边把杯子冲洗干净，边点开，手机瞬间传出桑延冷冰冰的声音。

——我很快乐。希望你也能像我这么快乐。

手机音量开得有点大，在这安静的空间里称得上是震耳欲聋了。温以凡被吓了一跳，她立刻把水关上，腾出手把声音调小了些。

与此同时，身后传来了脚步声。温以凡回头望去，就见桑延也进了厨房。

"……"温以凡垂头将手机熄屏，有些尴尬，也不知道对方有没有听到刚刚的声音。

但桑延像压根没看见她一样，没说话，也没朝这边看，只沉默着开了冰箱。

温以凡也没主动说话。她把手机放回口袋里，垂眼时，忽然注意到之前一直漏水的水龙头被修好了，此时没再滴水。

见状，温以凡才认真看了眼厨房。那个总打不着的燃气灶也换了个新的，旁边还多了电磁炉和微波炉，甚至连榨汁机和烤箱都有。她的眉心一跳，头皮发麻，脑子里头一冒起的想法就是——这些平摊下来得多少钱？

温以凡犹豫："这些是你买的吗？"

桑延看着是刚洗完澡，穿着浅色休闲长裤，上身随意套了件外套。他没理她，从冰箱顶上拿了包泡面，伸手扯开，看上去像是要自己动手做晚饭。

温以凡觉得这个画面有些违和。毕竟在她看来，这人应该是个十指不沾阳春水的娇娇大公子，没人给做饭估计也只会叫外卖，哪知还会主动进厨房。

温以凡继续说："如果是的话，你列个清单给我，我把钱给你转过去？"

桑延敷衍地嗯了一声，打开水龙头往锅里装水。

"……"感觉他不想搭理自己的态度很明显，温以凡也不知道是什么情况，嘴唇又动了动，"那我回房间了，你整理好之后微信发给我就行。"

还是意料之中的没有回应。

温以凡一时半会儿也分不清这是常态，还是他此时情绪不好。她没再找存在感，转头回了房间。她坐到椅子上，打开手机，看了眼银行卡里的余额，忽地叹了口气。

要不找个机会跟他谈谈，如果之后还要买这些公共用品，得跟对方先商量一下的事情……

想到这，温以凡又想起桑延刚刚的态度。

唉。跟他沟通也是一件难事。

过了一会儿，温以凡莫名又觉得这状态好像也挺正常。

毕竟当时桑延都强调了那么一句，不要跟他套近乎。之前两人间有对话的原因，也只是因为他要给自己的酒吧招揽点生意。但最后，他一分钱没赚，反倒倒贴了小一千。

温以凡思考着他是不是因为这件事情心情不悦。她纠结了一会儿，又打开计算器算了算那天的账。想把钟思乔和向朗那份也付了，但这数目对她来说不算小。

温以凡只能付自己的那份。

不过这都过了好几天了，突然给他转这笔钱，好像有点尴尬。温以凡放下手机，干脆等他把清单发过来，再一起给他转过去。

但一整个晚上，桑延那头都没有任何动静。

温以凡后知后觉地发现，桑延似乎是完完全全把她当成了空气，仿若察觉不到她的存在。偶尔她不经意发出什么大的动静，他也像听不见似的，连眼皮都不抬一下。

两个人像是生活在不同时空的同个地方。

温以凡不是自讨没趣的人，跟他交流了几句后，也没再主动说话。只当是两人互不干扰的合租生活正式开始了。

除夕前一天晚上，到阳台收衣服的时候，温以凡接到了钟思乔的电话。

"你明晚加班不？"

"明晚吗？"温以凡抱着衣服，把晾衣竿放到一旁，"没意外的话，应该不加。"

"那你明天回家吗？"

"不回吧。"

钟思乔邀请她："那你要不要来我家，咱一块过年？"

温以凡很诚实："我懒得跑那么远。"

"……"钟思乔说，"你休息那么多天，也不分一天给我？！"

"你还挺残忍的——"温以凡进了客厅，声音停住。

也不知桑延是什么时候从房间出来的，此时正垂着眼，坐在沙发上看手机。他换了身衣服，表情照旧很淡，看着像是要外出。

温以凡收回视线，往房间的方向走，平静地继续跟钟思乔说话："等我真的休息很多天，你再跟我说这样的话好吗？"

钟思乔笑出声："那对比起平时，你这放得不确实挺多了吗？"

温以凡："我就只想睡足三天三夜。"

回了房间，钟思乔突然问："对了，那桑延过年回家吗？"

"当然回。"似乎是觉得她这个问题有些奇怪，温以凡语气纳闷，"他家就在本地，跟家里关系又不是不好，过年怎么会不回？"

"噢。"钟思乔说，"也对。"

温以凡躺到床上。

钟思乔又道："你跟他相处得怎么样？"

"也谈不上相处，我俩就是，"温以凡斟酌了下言语，"住在同一屋檐下的两个陌生人。没有任何交流。我现在看到他，都有种他是幽灵的感觉。"

"哪有那么夸张！"钟思乔说，"那天去聚会不是好好的吗？"

闻言，温以凡一愣，不知怎的，脑子里忽然闪过向朗那个真心话的答案。很快，她回过神，笑了笑："就是跟聚会时的状态差不多。"

又聊了一阵，温以凡听到玄关处传来关门的声音。

挂断电话后，温以凡再看微信，发现五分钟前桑延给她发了微信。

桑延："年初八前都不回，直接锁门。"

桑延："冰箱里的东西帮忙解决掉。"

桑延："谢了。"

温以凡眨了眨眼，照例回了个"好的"。

除夕当晚，温以凡晚上七点就回到家。

温以凡把门反锁，做好一切睡前准备后，拿了个小毯子到客厅。她躺到客厅的沙发上，春晚已经开播一段时间了。钟思乔一直催促着她，还在微信上同步给她发着消息。

温以凡回："我也打开电视了。"

翻了翻消息列表，温以凡一一回复了祝福短信。看到赵媛冬的消息时，她迟疑了一下，回复了一句："今晚要加班，新年快乐。"

窗户紧闭，因为没有空调，仍然有些冷。除了电视里传来的闹腾声，室内没有多余的声音。温以凡裹上毯子，盯着电视上的欢声笑语，完全无法被这些情绪感染。

如果不是放假，温以凡也记不起来今天是除夕。她吐了口气，心不在焉地刷着微博，没多久就想回房间。

温以凡其实对春晚没什么兴趣。她一直觉得，这只是一家人在除夕夜聊天玩闹时，用来充当背景音乐的东西。自己一个人看，好像是一件非常奇怪的事情。

但微信那头的钟思乔还在兴奋地跟她讨论节目，温以凡不想扫她的兴，思考着要不弄点东西来吃。

在这个时候，房子的门铃声突兀地响了起来。温以凡抬眸看向挂钟，此时已经接近九点了。

也不知道会是谁。温以凡觉得奇怪，又有些不安。她走到玄关，顺着猫眼往外看。

明亮的楼道，桑延插兜站在外头。

她松了口气，把门打开："你怎么回来了？"

桑延扫了她一眼，难得地开了口："家里来亲戚了，没地方睡。"

"……"温以凡点头，没多问，又回到沙发的位置。

桑延换上拖鞋，坐到另一张沙发上。两人都安安静静的，不发一言。

在这种节日，室内突然多了另一个人的气息，温以凡总有些不习惯，不自觉往他的方向看。

过了一会儿，桑延先有了动静。他起身，往厨房的方向走。温以凡看了过去，就见桑延从冰箱里拿出一包挂面、一盒丸子，以及一盒蔬菜。随后，他还从冷藏室拿了一包速冻饺子。

看起来是打算弄个夜宵吃。

这个画面违和感很强。温以凡不太相信他会煮东西，很怕他会把厨房烧了，暗自希望他不要用燃气灶。煮这点东西，用电磁炉就足够了。

没多久，温以凡听到厨房传来燃气灶打火的声音。

"……"她开始忧惧，但想到两人现在的相处状态，又不好贸然地过去。

坐立不安了一阵，厨房里响起水开了的声音。与此同时，桑延忽地喊了她一声。

"温以凡。"

凭两人先前的状态，这人能喊她名字，简直是比登天还难。这让温以凡更加确定是出什么事了，瞬间起身走过去。

"怎么了？"

刚进厨房，温以凡就见桑延手里还拿着挂面的包装，但里头已经空了。他的动作有些僵，盯着沸腾的锅，看着似乎是把整包面都下了下去。

场面像是定格住。几秒后，桑延抬头，面无表情地说："煮多了。"

"……"桑延低眼，把包装扔进旁边的垃圾桶，似是随口丢了句。

"帮忙吃点儿？"

厨房的结构呈正方形，空间不算小。"L"形的暗色流理台，旁边缺了一块的位置放冰箱，顶上嵌着米白色的橱柜。因为添置了不少电器，看着比先前逼仄了些。

温以凡走到他旁边，看着已经开始在锅里翻滚的面条。她沉默了一会儿，挽起袖子，打开水龙头洗了个手。而后，她指了指旁边的东西。

"那我把这些放回冰箱里了？"

桑延侧头瞥了一眼："蔬菜留下。"

温以凡："好。"

她刚拿起那盒丸子，桑延忽然冒出一句："丸子不吃？"

温以凡的动作一停："你想吃的话，可以放一点。"

"水饺呢？"

"那放几个就行。"

"噢。"桑延拿起旁边的酱油，顺带道，"拿两个鸡蛋给我。"

"……"温以凡对他在这种状况下，依然要样样俱全的态度有点无言。她不想浪费，实在忍不住了："桑延。"

桑延："怎么？"

温以凡平静地提醒："你下了一整包挂面。"

"……"

到最后，配菜只加了点儿蔬菜和菌菇，其余都被温以凡放回了冰箱。她从碗柜里拿了一大一小两个碗，给他递了个大的。

桑延接过，往碗里装面。温以凡站在一旁，看着锅里满得快溢出来的面。总觉得这种情况，她只吃一点根本没有任何用处，很担心桑延会强行让她一碗接着一碗地吃。

毕竟他这个性格也确实做得出来。

温以凡忽地说："我可能帮不了你多少。"

桑延刚好装完一碗，朝她伸手："什么？"

温以凡顺势把手里的碗给他，神色委婉："我不是特别饿。"

"……"瞧见她的模样，桑延一眼看出她在想什么，面无表情地道，"知道。"

因为还在放春晚，加上两人坐一块也没什么话聊，干脆回到客厅。刚出锅的面有点儿烫，温以凡直接把碗放到茶几上。

这会儿电视上正在演小品，已经演了一大半。前面的内容温以凡没看，所以她也不大清楚是在讲什么，看得有些茫然。

她又看了一会儿，实在看不明白，便低头舀了口汤。盯着迟疑几秒，才慢吞吞地喝下。味道倒是意料之外地好。

温以凡松了口气，抬眼时，恰好碰上桑延不可捉摸的目光。

"……"温以凡把汤咽下，礼貌性地夸道，"你这面煮得还挺好吃。"

"你这表情，"桑延此时也没动筷，慢条斯理地道，"我还以为我刚在面里下了什么毒。"

"……"温以凡说，"只是没想过你会煮东西。"

桑延轻哂一声，语气疑惑又狂妄："我还有不会的事情？"

温以凡诚恳地道："不是挺多的吗？"

桑延扬眉："比如？"

"比如，"温以凡思考了一下，语气听不出是嘲讽还是在说冷笑话，"煮一人份的挂面。"

也许是因为过节，也可能是因为桑延煮面出的小岔子，两人的相处比平时融洽不少。

本来想着今天是除夕，温以凡还打算下班回来给自己弄顿简单的年夜饭，但回家之后又懒得动，加上也没觉得饿，干脆作罢。

温以凡突然觉得有些不可思议。倒是没想过，她有生之年还能吃到桑延这大少爷给做的"年夜饭"。

温以凡吃东西的速度不慢，看上去细嚼慢咽的，但没一会儿就把碗里的面吃完了。恰好结束了一个节目，她起身，打算再去装点儿。

察觉到她的动静，桑延随口问道："你干什么去？"

温以凡顿住，往厨房的方向指了指："续面。"

"……"

虽然对方只是因为煮多了，顺带让她吃一点，但秉着吃人嘴软的想法，温以凡主动问："你要我帮你再装点儿吗？"

"吃不下就别吃了，"桑延上下扫视着她，悠悠地说，"吃撑了还得算我头上。"

"不是。"温以凡愣了一下，直接道，"我只是想吃。"

"……"

见他碗里还有不少，温以凡也没再问，自己去了厨房。怕吃多了晚上消化不好睡不着，她只盛了小半碗，但汤倒是盛得很满。

走回沙发旁坐下，温以凡往桑延的方向看了一眼。不知从何时开始，他的眉眼稍稍舒展，姿态懒散，心情看上去似乎不错，此时视线正放在电视上。

温以凡眨了眨眼，也往电视的方向看。前一个魔术表演已经结束，这会儿开始的节目是一段歌曲表演，表演者是最近大红的几个女演员，脸上挂着明媚的笑容，歌声也甜甜的，格外赏心悦目。

"……"哦。

温以凡瞬间懂了。

时间渐晚，温以凡本没打算在客厅待这么久，却不知不觉就过了十二点。

这期间两人都坐在沙发的两端，没有太多的交流，但也没人提前回房间。偶尔温以凡评价了句节目，桑延还会不咸不淡地嗯一声。新的一年到来，温以凡才突然意识到两人一块守岁了。

在这个时候，手机振动几声，钟思乔和向朗准点在群里发了句"新年快乐"。

温以凡手指动了动，正想回复，余光瞧见此时低着眼在看手机的桑延。她忽地起身，声音温暾："那我去睡觉了。"

桑延缓慢抬眼，温以凡很自然地补了句："新年快乐。"

桑延看她。她也没指望他能礼尚往来，说完就打算回房间。

但桑延今晚的态度倒是一改平常。他收回视线，还真礼尚往来了，只不过语气还是照常地像在敷衍。

"嗯，新年快乐。"

回到房间，温以凡花了点时间回复消息，没多久就把手机放下，开始酝酿睡意。她把台灯关上，睁眼盯着漆黑一片的虚空，思绪有些飘。温以凡又想到了刚刚的事情，莫名其妙地冒起了一个念头。

原来春晚也是挺好看的。

收回心思，温以凡正打算闭眼睡觉，忽地想起刚刚吃了碗面。她立刻爬起来刷牙，如果不是因为饱腹感，她还觉得这情况有些不真切。这似乎是两人重逢之后，头一回单独同桌吃饭，而且彼此都异常地心平气和，像是关系和缓，又像只是被节日柔化。

是让她有些熟悉的感觉，仿若回到了高二下学期到高考的那段时间。

当时温以凡刚搬到北榆市，在新的环境下过了几个月。比起在南芜一中，她变得更加沉默，过着封闭式的住宿生活，两周回家一次。

每天除了学习，什么也不干，连手机都只是偶尔开机看一眼。

也许是她给桑延发了那条成绩短信，高二下学期期末考试结束后，没过几天，温以凡又收到了桑延的消息。

桑延："你现在有空不？"

看到这话的时候，温以凡就有了他可能过来了的预感。

温以凡："怎么了？"

桑延："头一回来北榆，不认路。"

桑延："没空也没事儿。"

从南芜到北榆的距离不远，坐高铁大概一个半小时。

尽管有这样的念头，但得到他这肯定的话后，温以凡仍然愣了好半晌。反应过来之后，她问了他的具体位置，立刻出了门。

那时候因为连下了好几天的雨，北榆的气温降了几摄氏度。桑延不知道她家的位置，只知道她读的高中是哪所，便在她学校门口等了一阵。他只穿了件短袖，却像是不怕冷一样，看见她就挑眉笑。

"来这么快？"

在那次之前，两人已经很久没有说过话了。不光是因为温以凡转学来了北榆，就是在她转学的前一段时间，两人在学校也形同陌路。

所以他的这话一出，温以凡嗯了一声之后，场面又立刻陷入了沉默。

过了片刻，桑延提议道："去吃个饭？"

温以凡应了下来，带他到附近的一家面馆。

两人吃了会儿面。身边人的存在感格外强烈，温以凡主动打破沉默，轻声问："你什么时候回去？"

桑延抬眼，反问："你什么时候得回家？"

温以凡随口说："六点吧。"

"噢。"桑延的筷子一顿，唇角扯起，"那我六点回。"

……那好像是一个开始。

之后，桑延隔一段时间会来北榆找她一次。

次数并不频繁，每次也只是找她吃一顿饭便离开，不会占用太多她的时间。两人都不太提及自己的事情，似乎都只是借此见一面。

再无别的目的。

接下来的几天，桑延照旧早上出门，晚上七八点的时候回来。时间格外稳定，就像是到点了就被家人赶出来。

温以凡问过他这亲戚大概什么时候走，他直接回了个"不知道"应付了事，看着没多大情绪。她自我代入了一下这事情，确实也觉得他有点惨。大过年的被赶出来住。

之后也没太多跟他提这个事情。

年初三中午，温以凡刚从厕所出来，再看手机时，就看到了十分钟前桑延的消息。

桑延："我下午回去。"

桑延："可能会带上我妹。"

过了几分钟。

桑延："行不？"

两人合租之前，温以凡就说过这条要求，带人回来之前得跟对方说一声。

温以凡回道："可以。"

回复完，温以凡也没太把这事情放在心上。她打开电脑，找了部剧看，不知不觉就到了晚饭的点。她起身，出了房间，打算到冰箱拿杯酸奶喝。

在这个时候，玄关恰好响起了开门的动静。

温以凡顺着望去，就见桑延拿着钥匙走进来。他手上提着大袋小袋的东西，面上情绪淡淡，跟后面的人说着："光脚吧，没鞋。"

下一秒，桑稚的身影也出现在了温以凡的视野里。她没立刻脱鞋，也没应桑延的话。

因为第一次来，桑稚下意识往四周扫了一圈。注意到温以凡的存在，她的目光定住，脱口而出："哥哥，这个姐姐是你女朋友吗？"

桑延没出声，温以凡笑了笑，主动回答："不是，我俩合租。"

"哦，长那么好看——"桑稚眨眨眼，小声嘀咕，"也只能是合租了。"

"……"温以凡没打扰他俩，打算拿完酸奶就回房间。

但下一刻，桑稚又出了声，像是反应了过来："姐姐，你跟我哥是高中同学吗？"

温以凡一愣："你还记得我？"

两人没见过几次面。那会儿桑稚个子还小小的，年纪看着并不大。而且这都过了好些年了，温以凡本以为桑稚早把她忘得一干二净了，倒是没想过她还能把自己认出来。

看着当时的小朋友变成现在瘦瘦高高的漂亮女生，温以凡觉得神奇，忍不住多说了几句："你当时迷路了，找我帮你找哥哥，后来还说要请我吃冰激凌。你还记得？"

桑稚想了想，老实道："没有。"

温以凡："嗯？"

"我当时没迷路。"桑稚语速慢吞吞的，"但我哥说我迷路了。"

"……"

"那我就只能迷路了。"

"……"

印象里，应该是高一上学期的哪个周末。

温以凡忘了那天她是为了什么事情出门了，只记得当时她在买东西，突然就有个小朋友跑她面前，说要请她吃冰激凌。

过了一会儿，这小朋友又像是想起自己的目的似的，刻意地冒出了句："姐姐，我找不到我哥哥了。"

温以凡一愣："你跟你哥哥走散了吗？"

桑稚歪头，勉强地嗯了一声。

温以凡："在哪儿走散的？"

听到这话，桑稚回头，指了指后头的那棵树："在那里。"

温以凡往那边看了一眼，并没有看到任何人的身影。她放下手里的东西，从口袋里拿出手机："你记得你哥哥的电话吗？"

桑稚摇摇头："不记得。"

"……"

"但是应该就在那边，"桑稚主动拉住她的手，圆眼眨了眨，"姐姐，你能带我过去找吗？我一个人有点害怕。"

温以凡弯唇，温和地道："可以的。"

那天阳光很烈，拂过脸侧的风都是滚烫的。温以凡打开遮阳伞，被小小的桑稚拉着往前走。她个子矮小，步子也小，但走路的速度很快，一蹦一跳的，看起来情绪高涨。

桑稚扯着她直奔刚刚指的那棵树的位置。

直到快走到那棵树附近，温以凡才渐渐地感到有些不对劲儿。她觉得这小孩的目的性非常强，似乎非常明确，她所说的哥哥就在那。

温以凡正思考着，自己是不是遇上了什么以小孩为诱饵的人贩子团伙。下一刻，桑延瘦瘦高高的身影就映入她的眼中。

一瞬间，温以凡脑海里浮起某个猜测。

本该心虚的桑延神色却坦然。他站在树荫下，偏着头看她，眉眼带着少年生来就有的意气风发。

"这么巧啊？"

……如同此时此刻，桑延听到桑稚话时的模样。

桑延似是完全不介意被揭底，自顾自地提着东西往厨房的方向走。路过温以凡旁边的时候，他轻瞥她一眼，唇角勾了一下，模样极为嚣张，仿佛是在说——

是又怎样？

温以凡也默默进了厨房。

毕竟这事情已经过了七八年了，他的性子也向来如此，做过的事情从不遮遮掩掩，明目张胆到能让对方觉得自己才是做了亏心事的那一个。

她打开冰箱，拿了瓶酸奶。

余光瞥见桑延买回来的东西，看这架势，似乎是要在家里打火锅。温以凡收回视线，出了厨房。

注意到桑稚只穿着袜子，温以凡想了想，往玄关处走。她从鞋柜里拿出双拖鞋，笑着说："我这还有双拖鞋，你不介意的话可以穿。"

桑稚立刻道："谢谢姐姐。"

"坐吧，想吃什么都可以拿。"怕自己的存在会让她不太自在，温以凡又说了句，"基本都是你哥的东西。"

等温以凡回了房间，桑稚打开电视柜，看了眼里边的零食。桑延恰好从厨房里出来。

"哥哥，"桑稚有点饿了，伸手拿了包薯片，"你怎么跟人合租了，而且还跟女生合租？你跟爸妈说了吗？他们知不知道？"

察觉到她的举动，桑延把薯片扯回，顺带扔回电视柜里。

"守点儿规矩。"

桑稚莫名其妙："这不是你买的吗？"

"知道还碰？"桑延悠悠地道，"我难道还能是给你买的？"

"……"桑稚觉得他小气，但对这包薯片的兴趣也不是特别大，干脆选择忍气吞声，"那你快点吧，我吃完要回去刷题了。"

"还得半小时，先去写，自己争分夺秒点。"桑延朝餐桌的方向抬了抬下巴，"就坐那吧，不然去我房间里写也行。"

桑稚提起书包往餐桌的方向走，又问："所以你为什么合租？"

桑延："我现在做事还得跟你个小屁孩报备了？"

"哦。"桑稚往主卧的方向看了一眼，明白过来，"你喜欢那个姐姐啊？"

"……"

"算了吧哥哥，我也不是不想站你这边。"想到温以凡的长相，桑稚叹了口气，"但咱总得有点儿自知之明。"

"……"桑延气笑了，"自知之明？"

"是啊。"

"小鬼，你认清一点。"桑延把上回随手塞进柜子里的火锅底料拿出，闲闲地道，"其他人看上我的时候，才要去琢磨琢磨这个词，懂？"

"……"

桑稚觉得他实在是不要脸，不想再浪费时间跟他多说。她坐到餐桌旁，从书包里翻出几张试卷，专注地写起了题。

半小时后，桑延准时把锅底搬出来，懒洋洋地道："去厨房把配菜拿出来。"

桑稚哦了一声。

刚在超市买的肉和菜，该洗该切的，这会儿都被桑延整理好装了盘。桑稚一次能拿几盘，来来回回移动了几次后，自己弄了碗调料。

回到餐桌，桑稚刚坐下，忽地想起："哥哥，不喊那个姐姐一起吃吗？"

桑延没说话，从冰箱里拿了瓶啤酒。

"你真没打算喊啊？这大过年的。"桑稚不敢相信，觉得他这人可太没人情味了，"你俩既然是室友，就应该好好相处呀。"

桑延瞥她："有你什么事儿？"

桑稚很不爽："那人家还特地给我拿了拖鞋，还让我想吃什么自己拿，不是对我挺好的吗？那你不是也得客套一下，让她出来一起吃饭？"

"对你挺好，"桑延笑了，"跟我有什么关系？"

桑稚："……"

桑延懒得理她："要叫自己去叫。"

桑稚盯了他一会儿，也不打算多管闲事了，反正不是她的室友。她重新拿起筷子，往锅里放点蔬菜烫了烫。

没过多久，桑延忽然说："你这人还挺有良心。"

桑稚："？"

但他没继续说话。桑稚立刻就听出他是在说反话，讽刺她只会说人家对她好，只会让其他人帮她礼尚往来，除了张嘴其余什么都不会。

随后，桑延优哉游哉地拿起了筷子，明显是什么都不想管的样子，看着格外欠揍。

桑稚忍了忍，起身往主卧的方向走。

另一边，温以凡把最新一集剧看完，正打算回床躺会儿再去洗澡时，房门恰在这个时候被敲响。她起了身，过去开门。

外头站着桑稚。

小姑娘个头比她稍矮，笑起来唇边有两个小梨涡，主动邀请道："姐姐，你是不是还没吃晚饭？我们弄了火锅，你要不要一块吃呀？人多也热闹点。"

"不用，"温以凡笑了一下，"你们吃得开心点。"

桑稚当她是不好意思，直截了当地说："姐姐，你可能不太清楚。"

"嗯？"

"我跟我哥两个人单独吃饭，是不可能吃得开心的。"

"……"

最后温以凡还是被热情至极的桑稚扯了出去。

长方形的白色餐桌，温以凡跟桑稚坐在一边，桑延独自一人坐在她俩的对面。见到她俩，桑延只随意地抬了抬眼，什么话也没说。

温以凡的头发长得快，一段时间没去修剪，这会儿已经长到胸前了。她用皮筋把头发全数扎起，露出光洁的额头，整个人素面朝天的，却仍漂亮，像是带了妆。

狐狸眼璀璨，肤色白如瓷，唇色不点而红。桑稚忍不住多看了她几眼。

也不知桑稚这邀请她同桌吃饭的行为有没有经过桑延的同意，温以凡尽量放低自己的存在感，温暾地吃了几颗丸子。

倒是桑稚一直在招呼，时不时问她吃不吃这个，又问她吃不吃那个。

过了几分钟，桑稚才想起个事儿："姐姐，你叫什么名字呀？"

"温以凡，"温以凡补充，"以前的以，平凡的凡。"

"哦，那我喊你'以凡姐'？"桑稚格外颜控，对温以凡的印象也很好，所以对她的态度十分热情，"我叫桑稚，稚气的稚。你喊我'只只'就好了，这是我的小名。"

"好，"温以凡笑了笑，"你这小名还挺可爱的。"

听到这话，桑延忽地轻笑了一声。

桑稚立刻看过去，不满道："人家夸我小名可爱怎么了？"

桑延眼角稍扬，仍扯着唇角，没搭理她。

温以凡抿了抿唇，莫名觉得他这声笑是在嘲笑她。

因为桑延头一回知道她的小名的时候，就笑得像现在一样恶劣。后来还说了这样一句话——"你这小名怎么像个丫鬟一样？"

温以凡觉得他有些幼稚，只当没听见，接过桑稚的话。

"是可爱的。"

桑稚眨眼，在这种差别待遇之下，决定彻彻底底把桑延当成空气来看待。

两人又随意聊了一会儿。

"对了，只只。你今天怎么会过来这里，"温以凡觉得奇怪，随口问了句，"这不是大年初三吗？怎么不在家里待着？"

"我爸妈去走亲戚了，我不太想去。而且我快高考了。"说到这，桑稚的声音轻了些，"想多花点时间来学习，怕开学考考不好。"

"高三了吗？"温以凡说，"有没有想考的大学？"

桑稚沉默下来。本来也只是闲聊，温以凡没追问。但没多久，桑稚夹了块肉，边咬着边含混不清地说："没想好，在纠结南芜大学还是宜荷大学。"

温以凡愣了一下："都能考上吗？"

桑稚："没意外的话。"

温以凡当初的成绩不是很稳定，高考前对能不能考上这两所学校都很没底，这会儿还有种遇到了学霸的感觉："那你成绩很好呀。"

桑稚："就是怕没发挥好。"

"不用给自己太大的压力。"

"好。"

"这两所学校都挺好的，就看你比较喜欢哪所，或者是看你想选的专业在哪个学校排名高一些，看着选就好了。"温以凡说，"而且宜荷离南芜有点远，气候什么的跟这边也不一样，我当时待了好一段时间才适应。这些点你也要考虑考虑。"

桑稚小鸡啄米般地点头，反应过来："以凡姐，你是宜荷大学毕业的吗？"

温以凡："对的。"

桑稚："你读的是什么专业呀？"

温以凡："网络与新媒体专业。"

"啊，"桑稚愣了一下，迟疑道，"我有个同学也想报这个专业，所以我听她说过一点。南大的网媒专业好像是比宜大出名的。"

温以凡顿住。

桑稚问："以凡姐，你怎么选了宜荷大学？"

没等温以凡出声，桑延忽地把手里的啤酒搁在桌上，发出咯噔一声。

顺着这动静，两人同时看了过去。

"看我干什么？"瞧见她俩的视线，桑延往后一靠，轻描淡写道，"继续说。"

"……"

桑延眼眸漆黑，笑容也显得浅："我也想听听是什么原因。"

场面似是僵持了下来。静谧的空间，锅内浓汤向外冒泡，发着咕噜咕噜的声响。眼前烟雾缭绕，像是加了层滤镜，将桑延的眉眼染得模糊。

"本来不是想选这个专业。"温以凡低下眼，很自然地扯了个理由，"当时分估得有点问题，想选的专业没考上，被调剂到网媒了。"

闻言，桑延也收回视线，平静地喝了口酒。桑稚看了看桑延，又看回温以凡，总觉得气氛有些诡异。

温以凡倒像什么都没察觉到一样，继续道："不过现在好像是出了成绩才填报志愿，你到时候可以参考往年的分数线，填报的时候心里也能多点底。"

"好，"桑稚乖乖地道，"谢谢以凡姐。"

话题渐渐被带到其他方面，先前的那段小插曲似乎就这么被略过。

晚饭结束后，桑延作为做饭的那一个，吃完饭就撒丫子走人，像个大少爷一样坐到沙发上玩手机。

本来桑稚也习惯性地打算往客厅的方向走，但注意到温以凡起身开始收拾，她的脚步又停住，走了回去帮着一块收拾。

温以凡看她，笑道："你去学习吧，我来收拾就行了。"

"没事，"桑稚弯唇，"也不差这点时间。"

"那你帮我把那些菜放一块。"

"好。"

过了半分钟。

"以凡姐，"出于好奇，桑稚压低声音跟她窃窃私语，"我能问你一个问题吗？"

"什么？"

"你如果不想回答的话，就当没听见我说的话就行。"桑稚问得不太好意思，但又想知道，毕竟这些话也不可能从桑延的口中打听来，"你以前跟我哥谈过恋爱吗？"

"……"温以凡说，"没有。"

得到否定的答案，桑稚也不惊讶："因为我爸妈说过我哥高中的时候早恋了，然后刚刚想到我以前在你面前'迷路'的那件事情，所以我还以为是你。"

"……"

"所以他是没追上你，"桑稚思考了一下，猜测，"后来就换了个——"

没等她说完，桑延忽地站起身："小鬼。"

桑稚回过头："干吗？"

"走了，"桑延扯起沙发上的外套，淡淡地道，"送你回去。"

桑稚还没八卦完，讪讪地道："我在这多待一会儿不行吗？"

"你不是赶着回去刷题？"桑延套上外套，因为喝了酒，他只拿了房子的钥匙，"敢情是吹牛的？"

"……"桑稚只好对温以凡说，"以凡姐，那下回说。我先走了。"

温以凡抬头："行，路上小心点。"

出了小区，桑延拦了辆出租车。

桑稚先上去，绑上了安全带，提了句："哥哥，我怎么感觉你对以凡姐的态度不太好，她人不是挺好的吗？说话也温温柔柔的。"

桑稚见过桑延大部分的朋友，但基本全是男的，几乎全是话痨，聚在一起幼稚又闹腾。对待那些朋友，桑延的态度也称不上好，说话恶劣又跩上天，让人恨不得当场跟他打个你死我活。

他对待温以凡的方式却不太一样，近似冷漠忽视，就连说话也是冷冰冰的。

不过桑稚没见他身边出现过别的女生，也不知道这种态度算不算正常。

"这是你现在泡妞的手段吗？"桑稚盯着他的脸，小声嘀咕，"但你俩光看颜值就不是一个世界的人啊。"

桑延瞥了她一眼。

桑稚很真诚地给他建议："而且哥哥，你这种态度，女孩子是不会喜欢的。"

"……"

"一般都会喜欢温柔的，"桑稚思考了一下，掰着手指一点一点地说，"脾气好，细心，不会总不搭理人。家庭环境不算好也没事儿——"

想到桑延辞职那么长时间都还没去找工作的事情，桑稚想借此提醒他一下："只需要上进努力就可以了，不要整天在家当个无业游民。"

桑延终于出了声，不耐烦地道："你的理想型是段嘉许？"

"……"桑稚瞬间闭了嘴。

一路安静到小区门外。

桑稚下了车，回头时见到桑延还在车上。她一愣，狐疑道："你怎么还不下来？"

桑延："你自己上去。"

桑稚反应过来，不可置信地道："你今晚还不回来睡？"

桑延："嗯。"

"你不怕爸妈把你腿打断！"桑稚没想过他胆子这么大，"那你自己给他们打电话，不然他们一会儿回来得问我。"

桑延喷了一声，连敷衍都懒得多敷衍几句："你随便帮我说几句怎么了？"

"……"

"走了。"

收拾完餐桌，温以凡便回了房间。

温以凡没立刻去洗澡，坐到书桌前，翻看了一下手机。发现赵嫒冬又给她发了几条微信。内容跟先前的差不多，都是让温以凡春节加班要注意身体，放假了就回去看看她。

她回了个"好"。

发送成功后，温以凡又打开了新的一集剧看了起来，不知不觉便走了神，想起了桑稚刚刚的话。

——因为我爸妈说过我哥高中的时候早恋了。

如果没错的话，这说的对象应该就是她。

高中的时候，老师以为他俩早恋了，当时还找他们两个过去提了这事情，后来还叫了家长。她记得这事儿还发生了两次，分别在高一和高二。

温以凡的思绪被手机铃声打断。她接起电话，听到那头传来钟思乔的声音："你明天是不是要上班了？"

温以凡嗯了一声。

钟思乔："唉，咱俩这几天还没见过呢。"

温以凡笑："也不是没机会了。"

"我们怎么就住得这么远……"钟思乔继续唉声叹气，"我走了几天的亲戚，又累又无聊。不是在问我有没有对象，就是在问要不要给我介绍对象，像约好了一样。"

"你跟你男神怎么样了？"

"本来感觉差不多了，但他又一直没提。"钟思乔有些苦恼，"他这是在把我当备胎吗，还是想找个比较有意义的节日再跟我告白？"

"如果真喜欢的话，你主动点也没什么关系。不过你得先看清这个人怎——"还没说完，温以凡忽地听到玄关处传来门打开又关上的声音，声音顿住。

"怎么了？"

"没事儿，听到客厅有动静。"温以凡没想过他今晚还会回来，随口道，"应该是桑延回来了。"

钟思乔诧异："他年初三就不在家住了吗？"

没等她没回答，钟思乔又接着说："不过我现在听到你俩合租，还是觉得有点儿诡异。毕竟他以前不是喜欢你吗？你俩真没发生什么啊？"

温以凡诚实地道："面都没见过几次。"

"行吧。"钟思乔说，"好像也是，毕竟也过去那么多年了。"

想到今晚说起大学的事情，温以凡重新问起之前的问题："乔乔，向朗他之前本来是打算考宜荷大学的吗？我怎么对这个没什么印象？"

"有吧，不过就高一开学的时候说过几回。"钟思乔反应过来，"你想说的是咱出去那回他说的真心话吧？他当时说的时候我也很想吐槽，不过还是忍着了。"

"……"

"他就是欠，那话是故意说给桑延听的。他俩高三同班的时候就不太对付。"钟思乔笑了起来，"我还忘了跟你说了，把你送回家之后，这傻 × 还不小心说漏嘴了。还说觉得桑延现在冷冰冰的，看着太没意思了，以前他说这种话能把桑延激得讽刺他几百回合。"

两人又聊了一会儿。

把电话挂断后，温以凡起身，想去洗个澡的时候，又拿起了手机。她抿了抿唇，打开跟桑延的微信聊天窗，慢吞吞地敲打："之前向朗说的跟我一块上宜荷大学……"

敲到这，她盯着屏幕，动作停了下来。

不知过了多久。温以凡吐了口气，把敲的字全部删掉。

还是算了。这事情都过了多少了，再提起来好像也有些莫名其妙。而且，她当时就是没处理好这件事情，现在就算想解释，也没任何道理。

短暂的三天假期结束，温以凡又开始过上每日睁眼就准备出门，回到家洗漱完就闭眼睡觉的日子。

跟桑延那稍微和谐一点的相处，似乎也随着节日的过去而消失。之后又恢复了常态。基本上，两人每天都会见面，但对话的次数少得可怜。

不过温以凡觉得这相处也称不上是不愉快，顶多算是这段时间的相处没有让他们的关系拉近一分，履行了一开始的互不干涉的承诺，各过各的生活。

不知不觉间，整个二月就过去了。似乎是在一夜之间，彻骨寒冷被到来的春天赶走，温度也渐渐上升。

先前春节温以凡没去赵嫒冬那，也许是因为这个事，从那之后，赵嫒冬找她的次数明显多了不少。每天都会找她说话，说到最后都会演变成"你什么时候有空来见妈妈一面"。

时间久了，温以凡觉得这么拖着也有些麻烦，干脆见一面应付了事。想着见了面之后，赵嫒冬找她的次数估计也不会再像现在这么频繁。

温以凡的休息日在植树节后一天。

那天下午，按照赵嫒冬给的地址，温以凡坐地铁过去，刚到小区门口就见到了赵嫒冬的身影。

赵嫒冬穿着件长裙，脸上妆容很淡，头发及腰，被烫成卷。

时间似乎没在她的脸上留下任何痕迹，跟几年前相较，她的模样并没有太大的变化，漂亮到不像话，又带着这个年纪该有的韵味。温以凡的长相多是随了她。

见到温以凡，赵嫒冬的目光顿住，立刻走了过来。她神色间的激动完全掩盖不住，动作却显得局促，只轻轻拉住了她的胳膊："阿降来了啊。"

"嗯。"

"出来怎么才穿这么点？"

温以凡提着刚在路上买的水果，笑道："不冷。"

沉默。

赵媛冬的视线放在她的脸上。两人好些年没见了，对彼此都觉得生疏。

看着她的脸，赵媛冬的眼眶渐渐发红，下意识别过头："你瞧我也是……"

"……"温以凡不喜欢应付这种事情，轻抿了一下唇，"先进去吧，我晚点还有事儿，吃完晚饭就得走了，没法在你这待这么久。"

"好好好，跟妈妈回家。"赵媛冬抹了抹眼睛，"妈妈也怕打扰你工作和休息，你没空的话，我过去你那坐坐也行。以后你想吃什么，就给妈妈打个电话，妈妈过去给你做。"

"我跟人合租，怕会影响到室友。"

"那你有空的话多过来，"赵媛冬上下打量着她，眼里带了心疼，"瞧你这瘦的，一点肉都没有，是不是都没好好吃东西？"

温以凡："吃了的。"

赵媛冬又看了她好几眼，感叹道："我们阿降长大了，比以前漂亮多了。"

温以凡只是笑笑。

两人走到赵媛冬所住的那栋楼。赵媛冬现在住的房子，跟当初她再婚后，温以凡跟着一起搬过去住的不是同一个地方。她大概是前些年才搬的家，是个新的高档楼盘，小区绿化和物业都做得很好，空间也大了许多。

印象里，搬家这事情赵媛冬是跟她提过的。但温以凡没放在心上，所以也不太记得这是什么时候的事情了。

坐上电梯，赵媛冬在她旁边说话："对了，你还没见过鑫鑫呢。"说到这，她的笑容明显多了些，"都快三岁了。"

赵媛冬口里的鑫鑫全名叫郑可鑫，是温以凡同母异父的弟弟。

"你郑叔叔还在上班。"电梯恰好到了，赵媛冬从口袋里拿出钥匙，"佳佳也不在家，她上大学隔几个星期才会回家一趟。而且她之前还特地跟我说了一次，说以前是她年纪小，对你恶意太重了，但她现在都已经想开了，也觉得对不起你。"

温以凡温暾地嗯了一声。

赵媛冬把门打开，先让温以凡进去："先坐。"

说着，她突然想起了一件事儿："对了，阿降。你大伯母也在这。前些天，她听我说你来南芜了，今儿个也特地从北榆过来，说要见你一面——"

听到这话，温以凡抬了眼。

同时，她就见赵媛冬口中的大伯母车雁琴从房间里走了出来。

"哟，霜降来啦。"车雁琴烫着大妈头，跟赵媛冬年纪差不多，却像是两个年龄层的人，声音也显得粗，"快来快来，让伯母看看。"

"……"

"都多少年没见了，"车雁琴边走过来边笑骂，"你这孩子也真是没良心，去外面读大学之后像不知道家在哪儿了一样，也不知道回来看伯母一眼。"

温以凡表情僵住，转头安静地看向赵媛冬。

赵媛冬没注意到，只是问："鑫鑫呢？"

"睡觉呢，闹腾了一下午，这会儿也累了。"说完，车雁琴又把话题扯回温以凡身上，"霜降可真是越长越好看了。"

赵媛冬笑道："是啊，让人看着眼都挪不开。"

车雁琴："可比你年轻的时候好看多了。"

"那是当然，"赵媛冬失笑，而后拉住温以凡的手，扯着她坐下，"咱先坐吧，阿降跟妈妈坐一块说说话。"

车雁琴坐在另一张沙发上，随口问道："霜降现在在做什么工作啊？"

温以凡没搭腔，倒是赵媛冬主动帮她回答了："还跟宜荷的时候一样，新闻记者。"

车雁琴皱眉："那不是不怎么赚钱吗？又苦。"

"阿降喜欢就行，"赵媛冬说，"反正钱够生活了，也不需要太多。"

"也是。"车雁琴忽地伸手拍了拍温以凡的手臂，状似要生气，"霜降，你怎么见到伯母也不喊人，怎么书读多了还没礼貌了？"

温以凡抬眼看她，依然一句话不说。

"阿降现在的性子比以前沉稳，话也不多了……"见场面僵持了下来，赵媛冬笑容带了些尴尬，"阿降，你也是的，咋不喊你伯母？她对我们有恩，以前还帮妈妈照顾了你几年。"

车雁琴又是一副笑呵呵的模样："是啊，我对霜降可跟对亲女儿一样。"

温以凡只觉得她俩的声音像是轰炸机一样，吵得她的头都快炸了。她垂头，忍着现在就起身走人的冲动。

"媛冬。"瞥见桌上的水果，车雁琴说，"你看霜降这不是买了水果吗？你去洗洗，咱切来吃了，别浪费她的一番心意。"

赵媛冬才想起这事情："行，吃个水果我就来准备弄晚饭了。"

等赵媛冬进了厨房，车雁琴盯着温以凡的脸，嘴里啧啧有声："霜降，你说你，也不知道用用自己的优势。你长得这么漂亮，随便找个好老公嫁了就行了，哪用过得这么辛苦？"

温以凡只当没听见。

"别嫌伯母烦，伯母也是为了你好，看你过得这么累我也不好受。"车雁琴说，"你把工作辞了，跟伯母回北榆，伯母也好继续照顾你。"

"你大伯那边有个合作伙伴，特别有钱，就是年纪可能比你大一些，但对人很好。"车雁琴的话里似是带了心疼，"伯母给你介绍介绍，你也别总过这样的日子了，也得找人多疼疼你。"

温以凡抬起眼，车雁琴又道："还有，你哥哥今年要结婚了，婚房也没着落。我们以前照顾你这么久，你也适当帮点。反正你一女孩子也不需要什么——"

她口中的"哥哥"是车雁琴的儿子温铭。

"我之前认识了一个公司老板，"温以凡打断她的话，面无表情道，"也很有钱，还很巧，他喜欢男的。需要我帮忙把温铭介绍给他吗？"

"……"车雁琴愣了一下，立刻火了，"你这孩子怎么说话呢？！"

听到这动静声，赵媛冬立刻从厨房出来："怎么回事儿？"

从进来开始，温以凡身上的包就没摘下来过，这会儿直接站了起来。她觉得自己的忍耐已经到了极限，整理了一下衣服："我不会再来你这儿了。"

赵媛冬没听清："什么？"

温以凡的目光与她对上，清晰地重复："这是我最后一次来你这。"

"本来任何人我都不想再联系。但我爸跟我交代了，他走后，我得好好照顾你。"这次温以凡连笑容都露不出来了，慢慢地说，"他这遗言我也没法当没听见。"

"……"

"那你就当我跟他一起死了吧。"

温以凡回到家的时候，天已经彻底黑了下来。

她换上拖鞋，一抬眼就看到桑延一如既往地躺在沙发上玩手机。他穿着休闲服，碎发散落在额前，坐姿很懒，看上去舒适到了极致。跟年少时坐在她身后，动不动就用腿碰一下她的椅子找存在感的那个少年重叠在了一起。

客厅电视开着，放着某部不知名的电影，此时正发出浮夸的笑声。

温以凡有些失神，停在原地，莫名喊了他一声："桑延。"两人在家几乎没有任何交流。

也许是意外，桑延抬眼，把手机放下："怎么？"

"……"温以凡回过神，把嘴里的话咽了回去，笑了笑，"我今天可能要早点休息，你九点前能把电视调小声点吗？"

桑延盯着她看了一会儿，这回很好说话："行。"

温以凡点头："谢谢。"

她回到房间，飞快洗了个澡。从厕所出来后，温以凡就觉得精疲力竭，倦怠到似乎一闭眼就能睡着。大脑里却不受控地有无数画面划过，一点点地将她的精神撕裂。

最后，又被梦境和睡意一点点地拼凑起来。

另一边，见温以凡回了房间，桑延直接把电视关掉。总觉得她不太对劲儿，他继续玩了会儿游戏，很快就没了心情，直接退出。

桑延打开跟温以凡的聊天窗："你怎么回事儿？"

盯着看了一会儿，桑延也没犹豫多久，很痛快地点了发送。随后，他又漫不经心地开了把游戏，结束了一局后那头都没回复。

这么快就睡了？

见时间不早了，桑延把手机搁到一旁，起身回了房间。他拿上换洗衣物往浴室的方向走，瞥见主卧的门，他的目光停了一下，又回客厅拿上手机，而后才进了浴室。

桑延把手机音量调大，脱衣服开始洗澡。等他洗完澡，再点亮手机时，那头依然没回复。

桑延唇角轻扯，把衣服套上便出了浴室。他把手机揣回兜里，用毛巾擦着头发，往厨房的方向走，打算去拿瓶冰水喝。

他刚走到餐厅的位置，身后突然响起了开门的声音。

桑延回头，就见温以凡走了出来，动作有些缓慢，表情也呆呆的。他挑了挑眉，把毛巾搭在脖子上："你干什么呢？"

温以凡没说话，往他的方向走来，停在了他的面前。

"我刚洗完澡你就出来？目的性倒也不用这么强，"桑延垂眼看她，语气欠欠的，"想看美男出——"

话没说完，温以凡突然伸手抱住他。

"……"桑延的身体僵住。

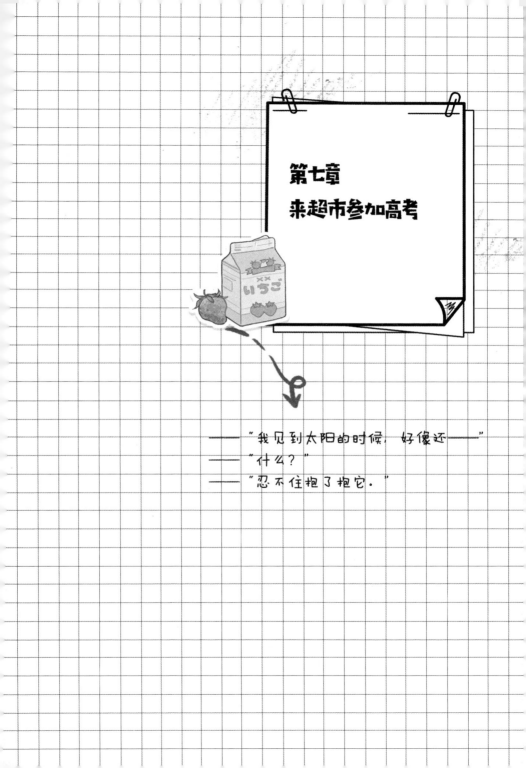

第七章
来超市参加高考

"我见到太阳的时候，好像还——"

"什么？"

"忍不住抱了抱它。"

剩下的话也像是卡带了似的，室内瞬间陷入寂静。

　　桑延的眼睫动了动。从他这个角度，只能看到温以凡略微凌乱的发丝，以及低垂着的睫毛。他的喉结上下滑动，哑着嗓子道："你这是干什么？"

　　温以凡没回答。

　　桑延的头发还湿漉漉的，发梢处的水珠从脸侧滑落，顺着下颚往下滴，砸了几颗到她的发间。他盯着看，而后慢条斯理地抬手，动作很轻地用指尖蹭掉。像没察觉到，她没任何反应。

　　温以凡生得不矮，身高大约到他下巴的位置，骨架却瘦小，身上也没几两肉，此时侧脸靠着他的胸膛，双手抱着他的腰，力道不轻不重。存在感却强得像是落到身上的一滴滚烫的熔岩，持续了十几秒的时间。

　　"能给我个准话吗？"桑延又出了声，不太正经地说，"你还打算抱多久？"

　　话音刚落，温以凡立刻松了手。她迟钝地往后退了一步，没看桑延，嘴里咕哝了几个字。字眼像在舌头里滚过一圈，听起来很含糊。

　　桑延没听清："说什么呢？"

　　温以凡却没再说话。像自己什么事情都没做一样，她转了身，慢吞吞地往主卧的方向走。看着镇定又自若，仿若她半夜突然跑出来抱他，是一件极为正常又理所当然的事情。

　　没想过她能给出这样的反应，桑延眉心一跳，话里带了荒唐的意味。

"温以凡？"

与此同时，温以凡刚好走到次卧门前。她的脚步顿住，似是听到他的声音，目光却放在桑延房间的方向，就这么定格了几秒。

她收回视线，继续往前走。

随着一阵关门的声响，两人被隔绝开来。

桑延还站在原地："？"

场面似是静滞住。

几秒后，毛巾从肩膀滑下，啪嗒一声掉到地上。

桑延收回思绪，弯腰捡了起来。

客厅内白灯大亮，刺目又让人晃神。周围悄然无息，静到能听到空气在缓缓流动，温以凡那短暂出现的气息，似乎也因此散去。

宛若一场梦境。

隔天醒来，温以凡的那些坏心情和不适感彻底消失，觉得自己像是充了一晚上的电，醒来就恢复如初。她坐起来，在床上坐了会儿醒神，胡乱地想着睡觉真是个终极武器。

只要睡一觉，所有的坏心情都能消化掉。

温以凡拿起手机，起身进了厕所。她习惯性先刷了会儿新闻，之后才打开微信看了眼。顺着下滑，注意到昨晚九点出头时，桑延给她发了条微信。

桑延："你怎么回事儿？"

温以凡顿了一下，也不太清楚那会儿自己睡着了没有。从厕所里出来之后，她就直接上床开始酝酿睡意了，之后也没再看手机。

她把牙刷含进嘴里，腾出手回："什么？"

下一刻。

桑延回了个问号："？"

"……"他这动不动就甩人一脸问号的毛病到底哪里来的？

温以凡边刷牙边思考着，昨晚桑延发微信的这个时间，她不在客厅，也没有发出动静影响他。再加上，她回家的时候，跟他说话的态度也挺正常。

想了想，温以凡又回："你发错人了吗？"

桑延："？"

过了几秒，他发了个竖大拇指的表情。

"……"温以凡一脸莫名，完全搞不明白他的想法。但也能通过他那两个问号明白，这个大拇指不会是什么好意思。她吐掉嘴里的泡沫，此时也不知道该怎么回了。

总觉得这个人的情绪起起伏伏的，每天都有点儿奇怪。

温以凡也没想太多，干脆把这个大拇指理解成它最初的含义，只当是一大早桑延就给她发来了鼓励。

想着这事儿总得你来我往一下，她考虑了一下，也回敬了他一个大拇指。

此时才八点出头。温以凡拿上外套，搭在臂弯里，踩着拖鞋走出了房间。虽然桑延已经醒了，但因为时间尚早，她的动作还是下意识地放轻了些。

本以为桑延还没出房间，哪知温以凡一进厨房，就看到他正靠在流理台旁喝冰水。

桑延似乎格外偏好深色的衣服，就连在家里穿的休闲服也不例外。纯黑色的T恤，同色的长裤。他的模样漫不经心，看着有些困，像是没睡好。

此时他低着眼，单手拿着手机把玩着，注意到她的存在，也只是闲闲地抬了一下眼皮。

温以凡从冰箱里拿了盒酸奶，以及一包吐司。她关上冰箱门，犹豫须臾，还是提了一下他刚发的微信："你昨晚微信找我有什么事情吗？"

桑延抬眼，直勾勾地盯着她，忽地笑了。

"想当没发生过？"

"？"如果温以凡不是确定自己昨天没喝酒，她都要以为自己是喝断片做出了什么事情。

电光石火间，温以凡又想到九点出头这个时间。

昨晚她一回家，就跟他提起自己今天想早点睡，让他九点前把电视调小声点。但两人合租前，她提的要求是十点后不能弄出太大的动静。

提前了一个小时。

温以凡本不觉得这是什么大事儿，但桑延这人向来小题大做。可能是他越想，越觉得提前了一个小时的这个事，让他心情很不痛快。

"昨晚是特殊情况，"温以凡解释道，"抱歉影响到你了，以后不会有这样的情况了。也谢谢你愿意迁就我。"

"……"桑延不冷不热地收回眼，"行。"

温以凡松了口气。

"这对我来说，不算什么小事情。"桑延偏头，一字一顿道，"希望你以后做出这种事情之后，能给我一个合理的解释。"

"……"这回温以凡是真觉得他这人小气又莫名。

这也算大事。

不就让你把电视调小声点吗？

温以凡忍了忍，还是没吐槽："好的，我会的。"

温以凡到电视台时，办公室里还空无一人。她先去茶水间泡了杯咖啡，等她回去之后，就见苏恬也已经到了，困极了似的，此时正趴在桌子上补眠。

跟她打了声招呼，温以凡问："你今天怎么这么早？"

"没回家呢。熬了一个通宵，刚从机房回来，"苏恬迷迷糊糊地道，

"我先睡一会儿。"

"行。"温以凡说，"那你多睡会儿，有事我再喊你。但趴着睡是不是不太舒服，你要不要去沙发那边睡？我这里有毯子。"

"不用，"苏恬说，"我就睡半小时，然后得起来写稿了。"

温以凡没再多说，依然把毯子给苏恬。她打开文档，翻阅着资料，写了会儿采访提纲。

不知过了多久，隔壁的苏恬突然坐直了起来，一副睡蒙了的样子。她转头看向温以凡，呼吸有些急促："以凡。"

闻声，温以凡转头："怎么了？"

"我刚做了个噩梦，光怪陆离的。"苏恬的额间还冒了汗，看起来睡得并不太好，"梦到我就趴在这睡觉，然后能听到你敲键盘的声音，周围还有个小孩在哭，背上好像也有东西压着我。"

温以凡愣住："这听着怎么这么吓人？"

"对啊，我刚刚都快窒息了。"苏恬叹了口气，"我感觉我是有意识的，但就像是被一层保鲜膜裹着，怎么都动弹不了。"

"那应该是鬼压床了，你刚刚趴着睡，血液可能不太流通。"温以凡安慰道，"你去沙发那边睡吧，应该就不会了。"

"算了，我心有余悸。"苏恬说，"第一次做这么奇怪的梦。"

听她这么一说，温以凡也想起个事儿："我昨晚也做了一个挺奇怪的梦。"

苏恬拿起水杯："什么？"

"不过算不上是噩梦，"温以凡认真说，"我梦到自己一个人进了一片深山老林，在里面一个人走了半天，一直找不到出口。后来天都黑了，我什么都看不到，开始觉得很冷。"

"然后呢？"

"我就突然想起，我来的路上好像看到了太阳。"温以凡说，"然后我就想回去找那个太阳取取暖，又走了一段路，还真找到了。"

苏恬指出她的逻辑问题："天不都黑了，哪来的太阳？"

温以凡笑："所以是梦。"

"这就结束啦？你没从深山老林里出来吗？"

"出来了，见到太阳的时候就出来了。"温以凡勉强回忆了一下，但梦境的记忆淡，她也记不太清了，觉得这场景似乎有点离谱，"而且，我见到太阳的时候，好像还——"

"什么？"

"忍不住抱了抱它。"

温以凡今天来得早，加上台里最近事儿不多，所以准时下了班。

她回了小区，很巧地在电梯里碰见了桑延。他似乎也刚回来，应该是直接从地下停车场坐电梯上来的，正打着电话。温以凡朝他点点头，算是打了个招呼。

桑延只看了她一眼。过了一阵，桑延懒洋洋地说了句："不用怀疑了，就是对你没意思。"

"……"

恰好到十六楼，温以凡从口袋里拿出钥匙，走出电梯。桑延跟在她身后："你倒是跟我说说，她对你做了什么暧昧行为。"

温以凡打开房门，正准备换上拖鞋，后头的桑延又冒出了一句："抱了你一下？"

"……"

这话伴随着关门的声音，同时，桑延拍了一下她的脑袋："喂。"

温以凡回头。

"都是女生，你来回答回答。"桑延抬了抬下巴，意有所指道，"这人抱了我朋友一下，第二天当没事情发生一样，这是什么意思？"

温以凡没反应过来："啊？"

桑延："这行为可以报警不？"

"……"温以凡惊了一下，迟疑地说，"抱一下……好像也不至于……"

注意到桑延的神情，她又温暾地补充："主要看你朋友跟这个女生关系怎么样吧，可能她就是心情不好，需要点安慰什么的。"

桑延没说话。他这姿态，莫名让温以凡有种自己才是做出这种行为的恶人，说话都艰难了几分："这拥抱可能也没别的含义，就只是朋友间……"

被桑延这么盯着，温以凡也说不下去了："但我具体也不知道你朋友跟这个女生现在是什么情况，我说的话也没什么参考价值。"

闻言，桑延面无表情地收回眼，又对着电话里的人说："问你呢，跟那人关系怎么样？"

"你有病吧！什么报警！"那头的大学舍友陈骏文被他忽略半天，这会儿音量都大了几分，"关系还能怎样！我女神！追了小半年了！"

"……"

陈骏文："而且你这说的什么啊！我跟你说得不清楚吗！我女神是情人节送了我巧克力！不是抱好吗？！"

"噢，他说是个，"桑延放下手机，上下扫视着温以凡，像是由她身上得出了结论，"发了疯地爱慕着他的人。"

"……"

总感觉气氛有些诡异。不知道他这话为什么要看着自己说，温以凡收回视线，抬脚往里走，客套地说："那你这朋友还挺有人格魅力的。"

说完，她暗自在内心感叹，果然是桑延的朋友，连说话的方式都如出一辙。

桑延目光仍放在她身上，意味深长，而后挂断了电话。

温以凡照例坐到茶几旁边，自顾自地烧了壶水。等水开的期间，余光见桑延也坐到他惯坐的位置上。温以凡没事儿干，想起他刚刚的电话，又百无聊赖地问："不过，那个女生跟你朋友告白了吗？"

桑延抬眸："怎么？"

"就是听着逻辑有点儿不通。"温以凡思考了一下，"如果这女生这么喜欢你朋友，那她抱你朋友的原因其实就很清晰了。你朋友应该也不用特地找你讨论这个事儿。"

"噢，所以是，"桑延悠悠地吐出一个词，"色令智昏。"

"……"虽说这评价的人不是她，但温以凡总有种很古怪的感觉。

她沉默了一会儿，平静地继续说："但我刚刚听你跟你朋友说的话，这个女生似乎是没有明确表达出自己的心意的。"

桑延靠着椅背，神色居高临下。

"所以，有没有可能是你朋友，"温以凡停了一下，把"自作多情"这么锐利的词咽了回去，换了个温和一点的说法，"理解错了？"

"……"

恰好水开了，桑延冷淡地看着温以凡往杯里倒了开水，又兑了点冷水。她拿起杯子焐了焐手，慢吞吞地喝了一口之后，才注意到他的眼神。

温以凡一顿："你要喝水吗？"

桑延瞥她，语气听起来不大痛快："自个儿喝吧。"

温以凡点点头，也不知他这情绪又从何而来。她继续喝了小半杯，又往里倒了点开水，这才起了身："那我先去休息了。"

桑延敷衍地嗯了一声，拿起遥控打开电视。

温以凡拿上水杯回了房间。

听到房门打开又关闭的声音，桑延半躺到沙发上。他的手肘搭在扶手上，单手支着脸，眼皮略微耷拉着，懒散地调着台，换到某个频道，正在播综艺节目，里头的男明星说了句："我有一个朋友——"

被另一个人打断："你这人怎么还无中生友啊。"

桑延毫无情绪地看着，立刻摁了换台键。这回是一个正在播电影的频道，看着是一部搞笑电影。老旧的滤镜里，中年男人大大咧咧地说："少自作多情啦！"

再换。

切到最近大火的一个偶像剧，屏幕上的女演员红着眼，苦巴巴地掉着泪："你是不是从没爱过我……你是不是一直都在耍着我玩……"

桑延冷笑了一声，直接关了电视，把遥控扔到一旁。他顺手拿起手机，看到陈骏文给他发了一连串的消息轰炸他，全是在谴责他直接挂电话这种令人作呕又没素质的行为。

见桑延一直爱搭不理的，陈骏文还把阵地换到宿舍群。

桑延正想回复，手机瞬间跳到来电提醒的界面。

——段嘉许。

桑延摁了接听，起身往厨房的方向走。

"说。"

那头传来男人清润的声线，说话语气平缓，听起来温柔含笑："兄弟，在干吗呢？"

从冰箱里拿出一听啤酒，桑延单手打开。

"你今天这么闲？"

"还行，"段嘉许也不花时间客套了，慢条斯理地道，"你搬家了是吧，一会儿把地址发我，我晚点寄个东西过去。"

听到这话，桑延立刻懂了："我是送快递的？"

段嘉许低笑："这不是顺便吗？"

"这次又是什么，"桑延懒懒地道，"补三八妇女节的？"

"小孩过什么妇女节，"段嘉许说，"你妹下周六不是十八岁生日吗？小姑娘要成年了。到时候你帮我把礼物拿给她吧。"

"行。"桑延停顿两秒，挑眉，"她下周六生日吗？"

"……"桑延半靠在流理台上，喝了口酒，"你直接寄我家不得了。"

"提前收到，"段嘉许笑，"惊喜感不就没了？"

"还惊喜感，"桑延轻嗤一声，"你也是够土的。"

"小姑娘都喜欢这种东西。"说着，段嘉许突然想起个事儿，"对了，兄弟。我怎么听苏浩安说，你前段时间来宜荷了？"

"……"

"因为咱俩那大学绯闻，他还特地打电话骂了我一顿，"说到这，段嘉许停顿几秒，话里带着玩味，"还说，你来宜荷，是来见我的？"

桑延拿着啤酒，往客厅的方向走，顺带道："挂了。"

南芜市的天气总反反复复的，温以凡以为温度要开始上升的时候，一夜起来，又突然连着下了好几天的雨。不是瓢泼般的大雨点，都绵绵密密的，像是细绒，持续不断，让人有些心烦意乱。

气温也因此降了好几摄氏度。

在这种天气下，钱卫华还收到个热线爆料。大概说的情况是，南芜大学主校区附近有个精神有问题的流浪汉，有时候还会莫名上手打人，已经在这区域游荡了一段时间了。

这打人的对象没有指向性，不过每次都没有人受严重的伤，所以这事儿也没什么人管。

今天早上，也不知是出于什么原因，这流浪汉脱光了身上的衣服，赤裸着身子在街上呆呆地游走，后来还想打一个男大学生一耳光。学生躲开之后，流浪汉便收了手，僵着脸继续到处走。很快，流浪汉就被民警带到派出所去了。

大致了解了状况，温以凡跟台里申请了采访车，跟钱卫华到了派出所。两人先听对接人员说了现在的情况。

流浪汉没造成人员受伤，但这事情把几个刚巧看到他的初中生吓到了，老师和家长那边在安抚情绪。之后警方会把流浪汉送到南芜救助站，加强附近的巡逻。

钱卫华架着摄像机，温以凡在旁边做笔录。除此之外，温以凡注意到，此时派出所里还坐着一个男生。听民警说，这男生叫穆承允，是南芜大学传媒系的大四学生。

今早流浪汉想攻击的人就是他。穆承允反应很快，躲开后还把身上脱下来的大衣盖到他身上，之后便报了警。警方到现场之后，他还很配合地一块过来说当时的情况。

温以凡看了他一眼。穆承允生得清隽明朗，这会儿身上只穿了件毛衣，五官偏柔，有点男生女相，像个还未长开来的小弟弟，但长得很高，身材也偏壮。

像把可爱和帅气中和在了一起。

跟民警对接完毕后，钱卫华走到他面前，礼貌地问："您好，我们是南芜电视台都市频道《传达》栏目的记者，可以向您做一个采访吗？"

温以凡跟在钱卫华后头。

穆承允往他俩身上看了一眼，视线在温以凡身上多停了几秒。他眼眸明亮，露出个笑容，看起来格外青涩："可以的。"

话毕，他指了指手表："不过我一会儿还有点事情，可能没太多时间了。你们有什么要问的吗？"

钱卫华没有耽误他太多时间，简单问了几个问题就完事儿。

随后，钱卫华把摄影设备收拾好，温以凡站在一旁等着。余光瞥见穆承允的脸，距离一拉近，她总觉得在哪见过这个人，也因此忍不住多看了几眼。

也许是察觉到了温以凡的视线，穆承允突然看向她。他挠了挠头，表情没半点不悦，只是道："我脸上沾了东西吗？"

"不是。"温以凡神色一愣，老实说，"觉得您有些眼熟。"

话脱口后，才意识到这像在搭讪。穆承允却没觉得这话奇怪，轻点了一下头，突然说："有纸笔吗？"

虽不知他要做什么，但温以凡还是把口袋里随身携带的小本子和笔给他。穆承允拿过，直接翻了个面，往封底写字。

温以凡有点蒙："……"

他不会是要给联系方式吧？很快，穆承允把本子递还给她，表情有些腼腆。

"谢谢喜欢。"

温以凡接过，往本子上看。

是个签名。

"……"敢情这是哪个有知名度的人物吗？

温以凡盯着看，一时半会儿也认不出这鬼画符是什么字。沉默了两秒，她把本子收回口袋里，诚恳地道："谢谢您的签名。"

穆承允顿了一下，抿唇笑："不用。"

钱卫华没太注意到两人的动静，拿上设备："小凡，走了。"

她应了声："好。"

穆承允还站在原地，看上去没有要离开的迹象。他的手里拿着个手机，目光还放在温以凡身上，耳根稍稍发红。

温以凡礼貌跟他道了声再见。

穆承允像是想说什么，最后却只笑着跟她摆了摆手。

两人到南芜大学校外做了简单的采访和拍摄。

没多久，钱卫华就把温以凡送回了台里。因为他还得去做一个后续采访，剩下的新闻稿和后期剪辑都要交给温以凡独自一人解决。

温以凡在机房里待了一下午。听同期音写稿，而后把新闻成片，赶在晚间栏目播出前拿去送审。确认片子上单之后，温以凡也没打算再加班，准备收拾东西回家了。

刚起身，温以凡就碰见刚外出采访回来的苏恬。

苏恬跟她打了声招呼："要走了吗？"

温以凡点头。

"行，"苏恬说，"我也走了，咱俩一块。"

出了单位，两人往地铁站的方向走。

苏恬突然想起个事情："对了以凡，你还要不要找合租室友？我之前听你说，好像现在这个室友只租三个月？"

温以凡："对。"

"还有多久到期呀？"苏恬说，"我有个朋友也想找人合租，是一个人挺好的女孩子。我觉得你俩可以一起。"

闻言，温以凡算了算时间："还剩一个月。"

"一个月应该可以。"苏恬说，"那你要不先跟现在的室友商量好？如果他确定要搬，你还要找室友的话，我就把我朋友的微信推给你？"

温以凡都忘了这茬了，立刻应了声好。两人住的方向不一样，进了闸口就各自回家。

温以凡上了地铁，戴着耳机刷了会儿新闻。临到站时，她的屏幕界面跳出了条消息，是桑延发来的："在哪？"

她点开，回道："马上下地铁了。"

温以凡："怎么了？"

这回桑延发了条语音："行，一会儿直接来小区外面这个超市。"

桑延："买点东西。"

语气依然欠揍："尽快，我提不动。"

"……"

温以凡："好的。"

桑延说的超市，就在尚都花城附近。

下地铁后，温以凡走五六分钟就到超市门口了。她没看到桑延的人影，也不太清楚是要直接进去，还是在外边等他，干脆发了个微信："我到超市门口了。"

桑延没立刻回复。

夜间温度低，加上还下着雨，温以凡觉得有些冷。她把手揣回口袋里，忽地碰到里头的小本子。她拿出来瞅了一眼，注意到封底的签名，顿时想起了今天下午发生的事情。

见状，温以凡翻出手机，打开网页输入"穆承允"三个字。想查查对方具体是做什么的，让这签名有个去处。不然总拿着个有别人签名的本子，好像也挺奇怪。

温以凡刚按下搜索键，旁边的光线顺势暗下来。还没看清楚词条的内容，温以凡抬头，注意到桑延的身影出现在了视野里。此时他稍弯腰，凑到她旁边，气息铺天盖地将周边笼罩。

出现得无声无息，两人间的距离在一瞬间拉近。

像是再靠近一些，温以凡就能触碰到他的脸。她的目光定住，看着他垂着眼，视线放在她的手机屏幕上，侧脸曲线硬朗流畅。

画面变得清晰起来。男人眼睫如鸦羽，根根分明。眸色似点漆，眼皮薄到能看到血丝，缀着颗淡淡的妖痣。嘴唇颜色偏淡，扯着个不咸不淡的弧度。

温以凡动了动唇，还没来得及说话。

下一刻，桑延看向她，漫不经心地道："你喜欢这一款？"

温以凡立刻往后退了一步，把手机放回兜里。她没回答这个问题，低下眼，瞅见桑延空空如也的手："你不是要买东西吗？"

桑延站直身子，淡淡地啊了一声："走吧。"

"……"温以凡问，"你还没买吗？"

"嗯？"桑延侧过头，语气没丝毫不妥，"这不准备去买吗？"

温以凡提醒："你不是说提不动吗？"

桑延："是啊。"

"……"温以凡被他这副理所当然的模样弄得有些无言以对。

行。她就当自己理解有误。

他的意思估计是一会儿提不动，而不是现在就提不动。

两人进了超市，保持了一段时间的沉默。

不知从哪天起，温以凡察觉到，两人之间的氛围变得有些怪异。跟之前的互不搭理，互当成是陌生人有些相似，但又感觉哪里有些不同，不过她也说不上来。

温以凡先上了扶梯。想到苏恬的话，她问："你的房子装修得怎么样了？"

桑延站的位置比她矮了一个台阶，这会儿看着只比她稍高些。他靠着扶手，单手拿着手机，随口答："怎么？"

温以凡："今天我算了下时间，当初我们说好的期限是三个月。"

闻言，桑延抬了眼。

"你是一月二十号入住的，已经过了两个月了。"温以凡说，"所以我想先跟你沟通一下这个事儿。"

"沟通什么？"

温以凡温和地说："你大概什么时候搬？"

桑延懒得管似的："到时候再说。"

"我不是催你搬的意思。主要是，我可能得提前找新室友。"温以凡跟他商量，"就是想确认一下，如果你那边不打算续租，就按照我们之前说的那样四月二十号前会搬走的话，我这边就可以开始跟下一任室友交接了。"

扶梯恰好到二楼，两人的对话因此而中断。温以凡正想再提一次的时候，就听到桑延出了声："行吧。"

她回头，桑延扯唇，闲闲地道："我问问情况再给你答复。"

这一块是当初尚都花城开盘时，配套建起的一个小型商圈。

小区外头有一圈商铺，再往外，是一个大型的商城。里头总共有三层，一楼是各种大品牌入驻的店铺，往上两层是超市。二楼是食品区，三楼是生活用品区。

桑延推了辆购物车，两人直接上了三楼。

温以凡有好一段时间没来超市了。在等着当苦力的期间，看着桑延一样东西一样东西地往购物车里丢，她突然想起家里的生活消耗品似乎是用得差不多了。

桑延买东西格外随意，缺什么东西拿了就走，看到熟悉的牌子就往车里扔，不会多花一分的时间去对比价格和牌子。

但温以凡跟他买东西的风格完全不一样。除工作之外的时间，温以凡做什么事情都慢吞吞的。加上她从大学时期就过得节俭，经济条件不算好。所以光是比对价格，她都能在原地算个好几分钟。

两人也因此渐渐拉开距离。

路过纸巾区域的时候，桑延瞥了一眼，伸手拿了卷纸和抽纸往车里扔，而后继续往前走。走了十来步，他忽地觉得不太对劲儿，停下脚步回头看，就见温以凡还在原来的位置。

她认真看着价格标签，又看向包装上的卷纸数量，看起来是在对比两者之间哪个更物美价廉。

桑延走了回去："你干吗呢？"

"算一下价格，"温以凡没抬头，心不在焉地道，"都是四层的。这个 20 块 10 卷，一卷 140 克，这个 23 块 12 卷，一卷 120 克……哪个划算点？"

"……"

温以凡看到数字就头疼："有点难算。"

桑延明白过来，看着她的模样，眼里带了几分玩味。

"所以这个一卷 2 元，"她自顾自地算着，很快就停住，"23 除以 12 是多少……"

温以凡正想翻出手机计算器，桑延就给出了答案。

"1 块 9 左右。"

"哦。"温以凡的手停在 12 卷的卷纸上，迟疑道，"那拿这个？"

桑延倒也没催，低着眼看她。闻言，他似是觉得好笑，微不可察地弯了一下唇："拿，不是划算点吗？"

温以凡抬头："但这个只有 120 克。"

桑延："那拿十卷的。"

温以凡没算出答案，也不确定："我再算算。"

桑延盯着她看，忽地笑了一声："温以凡，你是来超市参加高考的？"

"……"温以凡一噎。

"这点数你能在这算半年，"桑延翻出手机看了眼时间，吊儿郎当地道，"快九点了，我怕你交白卷。这回我替你考了，行不？"

温以凡还没说话。

桑延稍扬眉，指节在旁边的卷纸上轻扣两下，贴心似的给出了答案。"十卷的划算。"

"……"

接下来的时间里，温以凡再对比商品价格时，情况还是跟刚才差不多。到后来，她干脆也不挣扎了，直接全部交给桑延来"代考"。

两人买完东西，到收银台结账。

工作人员替他们把东西装进袋子里。东西不算太多，有两袋，一袋大的，一袋小的。剩余两个体积太大装不进袋子里的东西，是刚买的卷纸和抽纸。

桑延全数提起，顺带指挥了她一句："把车推回去。"

"好。"温以凡把购物车归位，拿起里头的两把伞，随后走回桑延面前。看着他大袋小袋的样子，她主动说："这些我来拿吧。"

"你撑伞吧。"桑延没把东西给她，慢吞吞地补充，"替我。"

"……"

"别让我被淋到了。"

"……"

两人出了商城。

外边雨势比先前大了些，气温似乎又随着夜的加深降了几摄氏度。周围人也少，远处车灯将雨点染了色，像是一条条带了颜色的光线。

两人用的都是单人伞，但相较之下，桑延的那把伞会稍大一些。

温以凡把伞打开，抬手举高，大半边挡在桑延身上。两人靠得近，但伞的空间不大，雨点还是顺着伞尖往下落，冰雨砸到她的肩膀上，顺着衣服往里渗。

没多久，桑延忽地出声："喂。"

温以凡看他："嗯？"

"伞往你那边挪点。"桑延傲慢地道，"挡着我视线了。"

"哦。"

温以凡没挪，只把手举高了些。

桑延："快点儿。"

"好。"她只好往自己这边挪了一下。

"再挪，"桑延啧了一声，"自己多高没点儿数吗？"

"……"温以凡感觉再这么挪，他都相当于没撑伞了。看着他被打湿了的右肩，她提议道，"那要不你来撑伞？"

桑延瞥她："想什么呢？"

"？"

"想什么活都不干？"

"……"

反正回家的路途也不远，温以凡没再纠结这点事。

回到家，温以凡把伞撑开，放到阳台晾干。回客厅时，她用余光看到桑延此刻的模样。他的大半个肩膀都被打湿，发尾也沾了水，外套上还沾着水珠。

桑延把外套脱掉，搭在餐椅上。

温以凡提醒他："你先去洗个澡吧。"

她也没立刻回房间，仔细地收拾着刚买回来的东西。温以凡没怎么淋到雨，瞅见两人鲜明的对比，还有点担心桑延会出声讽刺——

"让你打个伞都打不好。"

但等了半天，桑延倒是什么话都没说。他只嗯了一声，而后拿上衣服便去浴室洗澡了。

把东西收拾好，温以凡翻出小票和手机，正准备开始算账。一点亮屏幕，就看到刚刚还未退出的网页。

是她搜索完"穆承允"后，还没来得及看的界面。

词条下边带了张照片。少年抿着唇笑，穿着简单的白 T 恤，看上去精神而开朗，介绍的内容也很少。

穆承允，男，演员。

2013 年 1 月，主演电影《梦醒时见鬼》。

"……"看到这个电影名时，温以凡还愣了一下。很快就回想起来，她似乎是看过这个电影的。但她没认真看，这会儿什么剧情和人物都想不起来。只记得里头那张时不时出现几次的，煞白的鬼脸。

百科里也没具体说，穆承允饰演的是哪个角色。

温以凡懒得再翻，想着钟思乔好像是看过这个电影的，干脆晚些去问问她认不认识这个明星。要是她喜欢这个人的话，就把这个签名送给她。

她收回思绪，打开计算器，还没开始算账，桑延就已经洗完澡出来了。

桑延没用风筒吹头发的习惯，每回都是用毛巾搓几下就出来，头发蓬松而湿。穿着深色休闲服，模样看着比平时柔和些。不知道他用的是什么沐浴露，味道很特别，夹杂着浅浅的檀木香。

桑延没说话，坐到沙发上打开电视。

温以凡对着小票，垂头开始计算。

过了一阵，温以凡听到桑延给人发了条语音，语调闲散："推荐部鬼片，催催眠。"

"……"温以凡对这种惊悚灵异片很感兴趣。

她动了动唇，本想推荐几部她的心头好，但又担心对方会直接来一句："看过了。"

对此，温以凡干脆保持沉默，打算等着一块看。

温以凡算了两遍，确定数字没错之后，才用支付宝跟桑延转了钱。与此同时，电视也响起了声音。她立刻来了兴致，看向屏幕。

家里用的是网络电视，除了电视频道，还能点播一些影剧和节目。桑延应该是选好了电影，直接从片头开始播放。

此时，电视屏幕上，女人似是刚从梦中惊醒，满脸惊恐，重重地喘着气。周围的光线很暗，背景音乐也显得诡异，幽幽的，一下又一下的咚咚声。

像是鬼到来时的脚步声。

温以凡觉得有些熟悉，继续看着。

女人像是被控制住，又像是察觉到了什么，全身僵住。而后，她生硬地转头看向左侧，就对上了一张煞白的七窍流血的脸。

音乐在此刻加重，伴随着女人不可自抑的尖叫声。

"啊——！！！"

桑延那头突然有了动静，他的手机掉到了地上。

温以凡下意识看过去，就见桑延背对着她弯腰，捡起了手机。她看不见他的表情，收回视线。

下一刻，屏幕现出"梦醒时见鬼"五个字，染着淋漓的鲜血，蜿蜒往下滑落。

哦。

温以凡想起来了。

虽然印象里，这部鬼片格外无聊，但温以凡的兴致依然半点未减。因为上回没认真看，这会儿也完全不影响被她当成一部全新的打发时间的电影来看。

客厅内安安静静。

温以凡看电影不怎么说话，注意力向来格外集中。

但不知为何，可能是对这部电影有浅薄的印象，也可能是拍得实在太烂了，伴随着一个重音，以及鬼脸的出现，温以凡忍不住笑了一下。

"……"这场景有点儿恐怖。

夜晚，封闭的空间，两人默不作声地看着鬼片。到最令人紧张的画面时，隔壁的人突然笑了起来。

桑延眉心一跳："你笑什么？"

温以凡看得认真，几乎都要忽略了他的存在。听到他的声音还有些愣神，过了半天，她才说："挺好笑的呀。"

"……"桑延盯着她看了一会儿，"这是鬼片。"

"但刚刚那里确实挺好笑的，"温以凡又看向屏幕，给他指出，"那个鬼脸上涂的应该是面粉，而且涂太厚了，出来的时候还往下掉——"

"……"

并且，在刚刚的十来分钟中，温以凡还渐渐发现，电影里这个鬼，就是今天见到的穆承允。

怪不得她会觉得眼熟。整部电影里，她只记得这张脸了。

温以凡正想继续看，但注意到桑延的表情，突然察觉似乎是影响到他看电影的情绪了。

她自我反省了一下，在看鬼片这种严肃惊悚的场合笑，好像确实不妥当。担心自己还会没忍住笑，她没继续留下，打算回房间用电脑来看。

温以凡刚起身，桑延立刻问："你干什么去？"

温以凡诚实地说："回房间。"

"不就是个鬼片，"桑延停顿几秒，往后一靠，"怕成这——"

他的话还没说完，猛然间，穆承允那张流着血泪的脸近距离出现在屏幕前，附带着那熟悉的震慑人的音乐。

桑延的表情僵住，剩下的话也卡在喉咙里，没继续说出来。

顺着他的视线往屏幕看，温以凡盯着看了一会儿，又有点想笑。她抿了抿唇，又道："你继续看吧，我回房间了。"

她刚走两步，桑延又喊："喂。"

总觉得他有些奇怪，温以凡看他。联想起他先前的反应，她反应了过来："你怕吗？"

"……"见他不说话，温以凡也没再问，抬脚往里走。

桑延再度出声："行了，温以凡。"

她第三次回头，见到桑延拍了拍旁边的位置，懒洋洋地偏头："坐吧。"

"？"

"我知道你也怕。"

"……"温以凡反驳："我不怕——"

撞上桑延的视线，她又反应过来他话里的那个"也"字，声音顿住几秒。她下意识想给他留点面子，强行加了个："……吗？"

温以凡是真没想过桑延会怕这个。

毕竟桑延总是一副天不怕地不怕的样子，而且她也记得这并不是桑延第一次在她面前看恐怖片。

印象里，高一有一节体育课，因为暴雨天没法上课，体育老师便让体育委员通知大家直接留在班里自习，或者找个电影看。

当时班里的电脑无法联网，再加上只有一个同学的 U 盘里存了个恐怖片，所以别无选择。因为大多数人不想自习，所以在少数人的拒绝之下，最后班里还是果断选择了放这个恐怖片。

那个时候，温以凡坐在教室第三组后边。桑延坐在第四组末尾，比她靠后一排，在她的斜后方。

温以凡看过这个电影，所以她也没看得太认真，只是边写着题，边时不时扫投影屏幕几眼。某次抬眼时，恰好对上电影里的鬼脸。

同时，温以凡听到隔壁传来了惊呼声。她顺着望去，是桑延的男同桌。

这会儿男生似是被画面吓得往后靠，因为动作太大，椅子随之后倾，像是下一刻就要摔倒。情急之下，他抓住了桑延的椅背，想稳住身子。但他生得胖，倒是把桑延拽得一块后倒。

两人发出了极大的动静，全班的人都因此看了过来。

桑延神色惺忪，似乎是因为这动静被吵醒。他的情绪不太好，眉头皱起，从地上站了起来："你干什么呢？"

男生还在惊恐之中："妈呀，吓死我了。"

"……"

闻言，桑延看向屏幕，恰好看到鬼从电视里爬出来的那一幕。他的目光定住，表情没半点变化："这能有你吓人？"

所以当时，桑延是因为怕才睡觉的？好像也说得通。

因为桑延那个拍沙发的举动，温以凡很自然地坐到他隔壁。

室内除了电影的声音，再无其他动静。桑延身上沐浴露的气息淡，观影的过程中，他多数时间都是沉默的，存在感却又格外强烈。

温以凡倒了杯温开水，继续看电影，但这回思绪没法太集中。片刻后，她才察觉到自己坐的不是平时惯坐的位置。两人间的距离也靠得比往常近。

这个距离让温以凡莫名想起了，今晚在超市外边，桑延突然出现在她旁边的画面。

哗啦一下，周围的一切似乎都断了线。

冷雨天弥漫着的潮湿气味，在顷刻间，被男人身上带有的气息覆盖。她抬头望去，在一片雾气中，对上桑延清晰到能数清睫毛数量的眉眼——

思绪被桑延侧身拿水杯的举动打断。

距离瞬间再拉近。

不知为何，温以凡有点儿紧张。她突然站起了身，桑延抬眼。

没等他开口问，温以凡神色平静地说："我去拿瓶酸奶，你要喝吗？"

"噢，"桑延收回视线，"不喝。"

从冰箱拿了瓶草莓酸奶，温以凡回到客厅。

桑延正喝着水，目光没放在电视上，情绪淡淡的模样。温以凡脚步停了半拍，转了个方向，似是习惯性地坐回自己平时坐的位置，没再坐到他旁边。

电影结束后，温以凡随口扯了几句观后感，也没刻意说让他不要害怕这种有损他自尊心的话。她拿上自己的东西，回了房间。

在衣柜里翻找着睡衣，不知不觉就开始神游，又想起今晚看的电影，以及刚在词条上看到的穆承允。

温以凡的动作稍滞，这时候才注意到这点，觉得有点儿巧。难道说桑延今晚是看到了词条上边的内容，所以才找了这部电影来看？

下一瞬，温以凡也回想起桑延洗完澡时发的语音。

——推荐个鬼片，催催眠。

温以凡恍然，没再胡思乱想。

隔天一早，温以凡换好衣服走到客厅，打算弄个早餐吃。她拿出茶几下的奶粉，瞥见隔壁空荡荡的沙发，总有种不太习惯的感觉。

按照两人这段时间的合租生活，温以凡大致观察出来，桑延的作息不太稳定。他入睡时间时早时晚，有时候大下午的也在睡觉。但不管多晚睡，他早上都会早起。

每天温以凡出房间，都能看到他躺在沙发上，耷拉着眼皮玩手机，困倦又百无聊赖。

上回可能是没跟王琳琳住太久，温以凡也没有太大的感受。

但这会儿，温以凡想到再过一个多月桑延就要搬走了，再想到她又要开始跟新室友磨合相处，她的心情后知后觉地有点儿异常。说不上不开心，但也不知道如何形容。

温以凡眨了眨眼。不过应该也正常吧，毕竟也朝夕相对了两个月了。有第一次的话，再跟接下来的室友分别时，应该也就有经验且能很快适应了。

走到厨房，温以凡用烤箱烤了几片吐司。回到餐桌旁，就见桑延恰好从厕所里出来，看着似乎是刚洗漱完，脸上还沾着水。

路过餐桌时，桑延扫了一圈她的早餐。

温以凡动作停住，客套道："你要吃吗？"

"啊。"桑延停下脚步，很不客气地拉开椅子坐下，"那谢了。"

"……"

瞥见她面前的牛奶，桑延轻敲桌面，像在餐厅里点餐一样："牛奶也要一杯，谢谢。"

温以凡："……"

反正也不是什么大事情，温以凡忍了忍，回到茶几旁，用剩余的开水给他泡了杯牛奶。她正想拿起杯子，桑延也起身走到茶几旁，拿了袋水果麦片。

他边扯开包装，边自顾自拿起牛奶，回到餐桌旁。

温以凡愣了一下，跟在他后边。两人的位置并排靠着，杯子也放得近。

温以凡坐下，注意到旁边的桑延还站着，用包装里自带的勺子往她的杯里倒了点麦片。她抬头，提醒道："你倒错了。"

桑延嗯了一声，似是才反应过来，这才开始往自己杯里倒麦片。

感觉他像是刚醒来，脑子还不太清醒，温以凡没太在意。她用勺子搅拌牛奶，舀了口麦片进嘴里，想了想，又问起来："你问装修情况了吗？"

"没接电话。"桑延漫不经心地道，"我过两天直接去看看吧。"

温以凡只是随口提一下，也不太着急。

"行。"

周二早上。

温以凡出门去上班，在等地铁的期间，她随意地扫了眼手机，恰好看到赵媛冬又给她发了消息。

从赵媛冬那回来的那天起，她就一直锲而不舍地找温以凡说了很多话。可能是不敢，赵媛冬一直没给她打电话，只是用文字来替自己解释。

温以凡没回复过，但看多了总觉得影响心情，干脆设置为"消息免打扰"。

恰好地铁到站了，温以凡收起手机，刚坐上去，手机铃声又响起，来电归属地显示是南芜。她直接接起，礼貌性地打了声招呼："您好，请问您是……"

"霜降，是伯母啊。"那头立刻传来车雁琴的声音，带着讨好般的笑意，"你这孩子也是的，要不是那天见了你，伯母还不知道你心里这么怪我。咱好好说说，毕竟伯母也养了你那么多年，而且那都是你的误会——"

"……"温以凡没听完，直接挂断电话，把这手机号拉进黑名单。

从温以凡到宜荷读大学，再回到南芜工作的这几年，她中途换了好几次号码。也因此，车雁琴那边早就已经没有联系到她的方式了。

所以这手机号码，也只能是赵媛冬给车雁琴的。

温以凡不知道车雁琴还要在南芜待多久才回北榆，觉得有些烦躁。她抿了抿唇，很快就调整好心情，没把这事情太放在心上。

毕竟南芜大，巧遇的可能性不大。再加上，温以凡回到南芜之后，从没跟赵媛冬提过她的近况，也没提过她的住址和工作单位，再被她们找上的可能性也不大。

温以凡只当这是一段无足轻重的小插曲。

回到单位，温以凡刚坐到位置上，付壮就过来她旁边叽里呱啦地跟她说话："以凡姐，张老师离职了。"

"张老师？"温以凡随意说了句，"怎么最近这么多人辞职？"

恰好路过一个拿着保温杯的老记者，听到温以凡的话时，他停下纠正了温以凡的话："是一直都有很多人辞职。"

而后又很佛系地飘走。

"……"

"是啊，咱俩之后都走了多少人了。年前琳姐不是也辞职了吗？然后前段时间陈哥也跳槽了，最近组里太缺人手了。"付壮继续说，"我刚刚偷偷听主任说，好像又要招人了。"

温以凡："那挺好的。"

"好像社招和校招都有。"付壮嬉皮笑脸地说，"我有个同学听说我在南芜广电实习，前些天还来问我了，问我台里还招不招人。"

温以凡："那你可以给他答复了。"

付壮："我已经跟他说了，他到时候应该会来面试。"

两人又说了几句也没再多聊，各自打开电脑开始干活。

忙碌了一天后，晚上十点，温以凡回到家。

里头黑漆漆的，静谧得过分。温以凡伸手打开灯，恰好手机响了一声，她打开一看，是桑延的微信，只有三个字："晚点回。"

温以凡回道："好的。"

因为酒吧有点事，桑延直到凌晨两点才回到家。他动作放轻，把门关上。从玄关望去，室内只有过道的灯开着，客厅的灯没亮。

桑延没开灯，到厨房拿了瓶冰水，又回到客厅。他拧开拧盖，同时听到主卧那边传来了开门的声音。

桑延的眉眼动了动，没多久就看到穿着睡衣的温以凡出现在视野里。她一声不吭，面无表情地走到沙发的位置，安静地坐下。

"……"桑延觉得这画面有点诡异，打量着她，"你干什么呢？"

温以凡没说话。

桑延又问了句："睡不着？"

她喉咙里似是含糊地嗯了一声。

"那去开个灯吧。"桑延窝在沙发里,总觉得她看着不太对劲儿,"你倒也不必特地出来迎接我,这大半夜的还挺吓人——"

没等他说完,温以凡就已经站起身。

以为她是乖乖去开灯了,桑延把话收回,边喝着水边看着她的举动。哪知,温以凡似乎只是把他的话当成空气,转头往房间的方向走,像丢了魂似的。

又过了十几秒,过道传来一阵关门声。

"……"

桑延:"?"

因为第二天是休息日,温以凡醒了之后,也没立刻起床。在床上赖了几个小时的床,见时间差不多了,她起身换衣服洗漱,准备出门去跟钟思乔会合。

前段时间,钟思乔就跟她约好了,等温以凡的这次休息日,两人一块出去逛个街。她走到玄关,套上鞋子正准备出门。

在这个时候,桑延恰好从厨房里出来,与她的视线撞上。他面无表情地站在原地,眼神意味深长,像是在等她主动说点什么。

温以凡拿上钥匙,问了句:"你昨天什么时候回来的?"

桑延皱眉:"你不知道?"

"不知道,"觉得他反应有点奇怪,温以凡解释,"我昨天睡得还挺早的,所以没听到你是什么时候回来的。"

"……"

见他不说话,温以凡打开门:"那我出门了?"

桑延沉默下来,像是在思考什么事情,过了几秒后,又抬头看向她,只敷衍地嗯了一声。

温以凡和钟思乔在地铁站碰面。

两人都没吃午饭，先在附近随意找了家面馆吃午饭。等面上了的时候，温以凡从包里翻出那个签名，问道："你认识这个演员吗？"

钟思乔接过，盯着研究了很久："这什么字？"

"……"温以凡说，"穆承允。"

"不认识。"

"是我之前去采访的时候遇到的，他以为我是他的粉丝，就给我签了个名。"温以凡跟她解释，"我后来查了查，好像是《梦醒时见鬼》里的那个男鬼。"

"《梦醒时见鬼》的男鬼？"钟思乔笑出声，"那应该是个三十八线演员了吧。"

"别人特地签的，扔了也不好。"温以凡叹息道，"行吧，那我换个本子用。"

两人有一搭没一搭地聊起天。

"对了，"钟思乔突然想起个事情，"前几天，我侄子发高烧，我就跟我嫂子带他一块去医院。然后你知道我遇到谁了吗？"

"遇到谁了？"

"我看到崔静语了，我俩还聊了一会儿。她现在已经结婚了，都生二胎了。"钟思乔觉得时间过得快，感叹道，"我对她唯一的印象就是，她高中的时候特别喜欢桑延，追得也很高调。"

温以凡对这个人也有点印象。

"哎，提到这个，我还挺好奇一个事情的，"钟思乔说，"一直也没问过你。"

"什么？"

"你以前真没喜欢过桑延吗？"

第八章

你刚亲我了

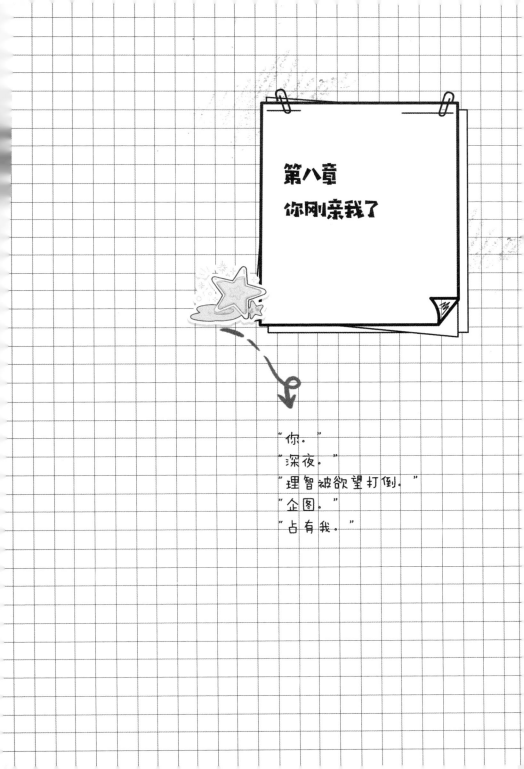

"你."
"深夜."
"理智被欲望打倒."
"企图."
"占有我."

"……"温以凡稍愣，"为什么问这个？"

"因为他帅啊，而且是真的很耀眼。"钟思乔托着腮帮子，"而且我虽然没怎么跟他说过话，也知道他特别喜欢你。好像还对你很好。"

这话以及刚刚钟思乔提及的那个名字，让温以凡有一瞬间的恍惚，思绪被拉扯进从前的某个场景。

因为桑延先前跟眼镜男说的那番话，之后班里再没有人谈论他们两个的八卦，也不再有各种荒唐的谣言传出。

时间长了，其他人也发现温以凡这人很好相处，只是性子慢热了点。因为长得好看脾气又好，渐渐地，很多人会主动找她说话，她也开始有了不少熟悉的同学。

但忘了从什么时候开始，桑延对待温以凡的态度有了个很明显的转变。他做什么事情都明目张胆，觉得理所应当，也不屑去隐藏半分。任何事情，都是摊开来，放在明面上。

所以也因此，很多同学私下会来问她，是不是真的跟桑延谈恋爱了。

当时温以凡自己也不太清楚是怎么回事，觉得按照桑延那个性格，不可能会有这种想法，也不可能会拉下脸去解释这些。听到这些问题时，她都只是笑着否认。所幸这事儿只偶尔会在班里起哄一下。

后来不知怎的，这事情就传到了跟钟思乔同班的崔静语耳中。

温以凡班里很多人都知道这个女生，因为崔静语经常会来找桑延，不是送东西就是找他没话找话，表现出的喜欢格外热烈。

被桑延拒绝之后，也没放弃半分。

知道这件事情之后，崔静语直接找上门来了。

记得是在大课间的时候。

当时广播体操结束，所有同学陆陆续续回到班里。温以凡走在后头，走到班级门口时，就见桑延被崔静语堵在门口。

崔静语长得漂亮，胆子也大，带着这个年纪的女生该有的明媚："桑延，我听别人说，你在追你们班的舞蹈生？"

桑延手里拿着听可乐，因为被挡了路，神色有些不耐烦："有你什么事儿？"

"我这不就好奇问问，都说你喜欢她呢。"崔静语笑了起来，恰好注意到后头的温以凡，"不过我只是听别人说的，你不用不开心。"

闻言，桑延看向崔静语，又顺着她的目光，侧头看向温以凡。

看到她，桑延唇角松了一下，随之弯起。阳光从外头洒了进来，在他身上染上浅浅的金色，像是带了万丈光芒。那一瞬间，温以凡才发现，他笑得明显时，右唇边上会有个浅浅的梨涡。

"这种话好像也传了很多次了，他们也太无聊了。"崔静语又说，"我知道肯定都是乱说的，就是随便跟你说一下。"

桑延眉梢一扬，瞧着她，说话仍带着那副欠揍的腔调。

"我说不是了吗？"

以前的很多事情，温以凡其实都记不太清了。

温以凡很少会刻意去回忆。但只要一回想起来，关于桑延的那些记忆，每个场景，每个细枝末节，她似乎都记得一清二楚。

也记得，那一瞬间，她清晰地感觉到，自己的心脏停了半拍。

眼前的钟思乔还在说话："我当时跟崔静语一个班，天天听她在那说桑延。所以我们班原本不知道桑延的人，因为她全知道了。"

温以凡安静听着，唇角弯着浅浅的弧度。

"欸，我刚刚那问题你怎么不回答！反正都过了这么久了，咱随便聊聊嘛。"钟思乔扯回原来的话题，半开玩笑，"我也不说喜欢吧，动心有吗？就是有好感。"

"……"

"不说的话，那我当你默认了啊。"

这回温以凡总算出了声，认真道："可以。"

"你这个意思是，我可以当成你是在默认？"听到这个回答，钟思乔反倒愣住，"真的假的？"

温以凡失笑："你怎么这反应？"

"你之前真喜欢桑延？"

"嗯。"

钟思乔是真的惊了，在她的印象里，温以凡一直对什么都淡淡的，像是不在乎任何东西："那你现在还喜欢吗？"

温以凡弯唇："你也说了，都过了多久了。"

"那你俩不是合租吗！"钟思乔的情绪激动起来，"天天朝夕相对的！双方还都曾经对对方有那个意思！万一旧情复燃了呢！"

"……"温以凡轻声说，"不会的。"

"嗯？"

"他很快就要搬了。"

钟思乔随口扯了句："所以你的意思是他再住久点你就要把持不住了？"

"……"

钟思乔作为一个局外人都觉得有些遗憾："那你那时候为什么没跟他在一起？"

温以凡没回答。

"因为你转学搬走了？"钟思乔猜测，"所以你俩就没联系了？"

"不是。"

"那是为什么？"

沉默下来。恰好两人点的面上来了，温以凡给对方递了双筷子。她垂眼，没回答刚刚的问题，忽地说："我不知道其他人会不会像我这样。"

"嗯？"

"我之前被我大学舍友说过，觉得我这人情感太淡薄了。"温以凡说，"本来我们的关系挺好的，但我很少会主动联系她们，像是毕业之后就直接断了来往。因为这个事情，她们觉得挺难过，觉得我对她们一点感情都没有。"

温以凡眨了眨眼："其实我也承认这一点。"

钟思乔嘴唇动了动，却没说出话来。

"也不是说不在乎，只是我特别懒得去维系这些关系。"温以凡咬了口面，轻声道，"向朗那边，他出国之后我们联系少了，我也没有因为这个事情，觉得特别难过。"

"……"

"我觉得这都是，"温以凡说，"很自然的事情。"

"对的。"钟思乔说，"你不用管别人说什么。"

"我知道这是我的问题，说白了就是，我还挺没人情味的？"温以凡笑了笑，说回最初的话题，"我那个时候，对桑延的感受就是，我觉得他那样的人——"

她停了几秒，觉得这话有些矫情，但还是认真说了出来。

"是应该要被人热烈爱着的。"

没有特别的例子。至少要像年少时的崔静语那样，喜欢不隐瞒，满心欢喜都只为了他，跟他说话连眼睛都是亮的，生动又明媚到了极致。

"所以不会是，"温以凡沉默了一下，"像我这样的人。"

"你干吗这么贬低自己，你长得多好看啊，脾气又好。"钟思乔皱眉，很不赞同她这样的想法，"人家可能就喜欢你这种性格的。"

温以凡又安静了一会儿，突然说："我前段时间又见到我大伯母了。"

钟思乔啊了一声："什么时候？"

温以凡："就前两周吧。"

因为温以凡不太会主动提起自己不开心的事情，钟思乔不知道她在她大伯家过得怎么样，只知道似乎是不太开心的。所以这会儿钟思乔也不知道该说什么。

"我以前，刚搬到我大伯那的时候，"温以凡动了动筷子，没立刻吃，"有一天晚上，不小心听到我大伯母说了一句话。"

"什么？"

"当时我堂哥在上大学，隔一段时间才回来一趟。所以我大伯母每次都会给他炖汤喝，让他补身子。"说到这，温以凡笑了一下，"然后有一次，我听到我堂哥说了句'我不想喝，给阿降喝吧'。"

"……"

"我大伯母就说，"温以凡轻声道，"霜降用不着喝那么好的。"

钟思乔一顿，立刻火了："你大伯母有病？"

温以凡语气很平："我当时只觉得这话挺搞笑的，没有太放在心上。"

"……"

温以凡从小就不爱跟人争辩，听到这话时，是真的觉得莫名又好笑。因为在此之前，她在家里过的是众星捧月般的生活，被家人百般宠爱，在吃喝穿戴上边，也没受到过一点委屈。她从没听过这样的话。

"但很奇怪，渐渐地，我就开始听进去了她那句话。因为当时的我，是个，"温以凡思考了一下措辞，最后还是按照自己的想法说了出来，"所有人都在推脱的包袱。"

"……"

"确实也没必要，给我太好的东西。"

"点点，"钟思乔叹了口气，伸手摸了摸她的脑袋，"你不要在意那些话。"

"其实到现在再想，我也依然不觉得那句话是对的。"温以凡说，"可我看到那些几百块钱的裙子，几十块钱的小蛋糕，犹豫了很久，都不会给自己买。"

"……"

这个观念似乎随着时间，从微弱的萌芽，变成了根深蒂固的大树，一点一点地，无孔不入地在跟她灌输一个观念。

她不配用太好的东西。

当然，也没资格拥有最好的东西，包括那个耀眼的少年。

"也不是说买不起，"温以凡笑了笑，"就是总会感觉，这么贵的东西，这么贵的裙子，这么贵的化妆品……用在我身上，好像是有点儿浪费。"

钟思乔沉默地看着她，突然觉得很难过。

跟从前相比，温以凡似乎是没有太大的变化的。实际上，骨子里却有了很大的区别。

"别听你大伯母的话，脑子有坑，我真他妈无语。"钟思乔越骂越气，干脆扯开话题，"咱聊回男人。"

"……"

"桑延呢，你确定他不喜欢你了？"钟思乔说，"想想不挺奇怪的吗？他那样的性格，而且又不缺钱，没事怎么会找人合租。"

温以凡："还挺确定的。"

钟思乔："为什么？"

"因为我对他挺不好的。我有段时间，性格有点尖锐。"温以凡抿了抿唇，有些失神，"桑延是唯一一个，对我很好——

"却被我伤害了的人。"

她觉得愧疚和抱歉，也知道，他不会允许，有人多次地将他的骄傲踩在脚底。

温以凡记得很清楚，第二次被老师误会跟桑延早恋时，她已经搬到大伯家住了。

那会儿虽然老师通知的人是赵媛冬，但因为赵媛冬没有时间，依然把这事情托付给大伯温良贤。所以替她来见老师的人，是温良贤。

那天刚好是周五下午，等双方家长谈完话，温以凡就被温良贤带回家了。

温以凡一路忐忑，小心翼翼地解释了很多话。但温良贤全程不发一言。她怕说多了，他会觉得烦，之后也只能保持缄默，直到回到大伯家。

见到温以凡的身影，车雁琴立刻谴责："霜降，你也太不听话了。我们照顾你也不容易，成天给你大伯找事情做。他工作已经够忙了，你就不能让我们省点心？"

当时温以凡还站在玄关，手指有些发僵。她连脱鞋的举动都做不出来，觉得自己不应该走进去，觉得自己似乎做什么都是不对的。

安静了一路的温良贤也在这个时候出了声："阿降。"

温以凡抬头，沉默地等待着审判。

她永远忘不了他那时候的话。将明面上的所有虚伪，都撕开来，像是无法再忍受。

"大伯也不是想怪你，不过你得清楚一点——我们是没有义务要养你的，"温良贤的长相跟父亲有八成像，眉眼却多了几分锋利，"但我们还是把你当成亲女儿那样看待。"

我们是没有义务要养你的。

没有义务。

要养你。

"……"温以凡喉间一哽，一瞬间什么话都说不出。

那是第一次，他们那么明确地摊了牌。清晰又委婉，用言语来告诉她，他们并不想让她住在这里。

"我最近公司一堆事情，你大伯母也要去照顾奶奶，我们没有多余的精力了，知道吗？我们只需要你听话一点，别做什么出格的事情。"

温良贤平静地道，"你这样都没法做到吗？"

温以凡站在原地，头渐渐低了下来，低到了尘埃里。

良久后，她轻声说："对不起，我以后不会了。"

回到房间，温以凡立刻从柜子里翻出手机。她长按开机，手都在不受控地发抖。等待的十几秒，她却觉得像是过去了一个漫长的世纪。

温以凡找到赵媛冬的电话，打了过去。

过了很久，在温以凡几乎觉得电话要自动挂断的时候，那头才传来赵媛冬的声音："阿降？"

温以凡鼻子一酸，强忍着的眼泪立刻掉了下来。

温以凡想告诉她——

我会乖乖听话，不会跟郑可佳吵架。

我会好好跟郑叔叔相处。

所以你能不能来接我回你那儿？

你能不能不要让我一个人住在大伯的家里？

妈妈，大伯他们不喜欢我。

你能不能带我回家？

可温以凡一句话都还没说出来，赵媛冬那头就响起了郑可佳的声音。

她的语气立刻着急起来，匆匆地说了句："你有什么事情找你大伯，在大伯家要好好听话，不要早恋，知道吗？"

之后便挂了电话。

听着电话里冰冷的嘟嘟声，温以凡把手机放下。她垂头，看着渐渐熄灭的屏幕，眼泪还在往下掉。

温以凡僵硬地坐在原地，在那一瞬间，觉得自己唯一的支撑都断掉了。

不知过了多久，手里的手机再度振动起来。温以凡迟缓地低下眼，看到来电显示。

——桑延。

温以凡盯着看了很久，才接了起来。

两头都沉默，半晌后，桑延主动开了口："你到家了？"

温以凡轻轻嗯了一声。

"被骂了？"桑延的语气似是有些紧张，说话也显得磕巴，"我也没想到老师能为这点儿破事叫第二次家长，是我影响你了，对……"

温以凡猛地打断他的话："桑延。"

一切情绪好像都是有预兆的。他的声音戛然而止，没有继续说话。

那是温以凡负面情绪最强的一刻。

她疯狂阻止着自己的行为，知道自己不该说那样的话，在那个少年那样抱歉的时候。可她又完全控制不住情绪。

在那沉默的小房间里，温以凡听到自己很轻地说了一句。

"你能不能别再烦我了。"

当时桑延没说任何话，安静到就连半点儿呼吸声都听不见。两人在沉默中过了大约半分钟，温以凡伸手抹掉眼泪，挂断了电话。

从那天起，他们两个在学校里再无交集。

后来，温以凡跟着大伯一家搬到北榆，也因此转了学。在她以为会跟桑延彻底断了联系时，她开始收到他发来的成绩短信。

持续不断。每隔一段时间就发来一条。

再然后，在节假日或者双休，桑延偶尔会来北榆找她。次数不算频繁，最多也只是一个月来找她一次，还都会提前问过她的意见。

两人每次去的都是同一家面馆。

那家面馆的店面很小，装修也老旧。面的味道普通而无特色，因此生意不算好。每次去的时候，店内都冷冷清清的，只有老板一人坐在收银台看电视。次数多了，老板也就认得他们两个了。也不用点单，见到他俩就直接起身进厨房。

仅剩下两人的小空间。

因为她的那句话，桑延在她面前的话变得少了起来。他的神态如从前那般不可一世，但又似变得小心翼翼起来，不像从前那般肆无忌惮。

像是心照不宣，两人没再提起过那通电话。

基本上，钟思乔就没见过温以凡发火的时候，所以这会儿也有些好奇了："你做什么了？你这性子，确定你那行为能伤害到他？"

这次温以凡没回答，低头吃面。

"说不定只是你想得比较严重，可能对方根本不觉得是什么大事情，连给他挠痒痒都算不上。"钟思乔像个知心姐姐一样，开导她，"或者是他真的很在意这个事情，但你道个歉，解释一下，他也就不在意了。"

温以凡嘴角翘起："都多久了。"

"这咋了，道歉什么时候都不晚呀。"钟思乔说，"嘴巴长在你身上，你想说什么就说什么，这权利在你这儿。只是接不接受的权利在对方那而已。"

也不知听没听进去，温以凡只笑了一下。这话题就终止于此。

吃完面后，两人起身出了面馆。

钟思乔背上包，跟她提起别的事情。说到一半，她忽然欸了一声，抬手捏了捏她的手臂："点点，你是不是胖了点？"

"……"温以凡抬头，"啊？"

"你之前瘦得像只剩下骨头，我跟你靠一块都觉得硌得慌。"钟思乔盯着她的脸，认真地道，"但我现在感觉你好像稍微有点肉了。"

温以凡倒是没感觉："是吗？"

钟思乔打趣道："你是不是跟桑延合租过得还挺好？"

"……"

闻言，温以凡才后知后觉地察觉，从桑延住进来之后，她吃的东西似乎是多了起来。

原本她没有吃晚饭的习惯，却也因为他煮东西大手大脚不知适当加分量的行为，而充当了一个替他一块解决剩菜的垃圾桶。

两人聚会挑的地点是两人住所靠中间的位置，离彼此的家都有一段距离，所以也不能在外待到太晚。吃完晚饭后，她们便各自回了家。

拿钥匙进门，温以凡脱鞋的时候，一如既往地瞥见桑延躺在沙发上打游戏。电视照例放着叫不上名字的剧，音量开得不大不小，倒也显得吵闹。

时间久了，温以凡莫名还有种自己在家里养了个宠物的感觉。不论她何时出门，何时回家，都能看到这"宠物"在家慵懒潇洒的模样。

温以凡收回思绪，坐到沙发旁喝水，看了他几眼。想到钟思乔的话，她的嘴唇张了又合，好半天终于鼓起勇气喊了声："桑延。"

桑延眼也没抬："说。"

"……"温以凡莫名又说不出口了。

时隔那么多年，说不定对方都不记得当时的事情了，现在突然提起来，似乎还挺让人摸不着头脑。

不过喊了人不说话也挺奇怪。看到他这副闲散的模样，温以凡想了想，随口扯了个话题："你的主业是酒吧老板吗？"

桑延："副业。"

温以凡想了想："我记得上回说你大学是计算机系的。"

"嗯。"桑延这才抬头，似笑非笑道，"怎么？"

"没，只是有点好奇。"温以凡说，"看你每天都不用上班，就随便问问。"

"换份工作。太多家公司挖我了，这不是还在抢吗？"桑延打了个哈欠，语气又跩又不要脸，"等他们抢完再说。"

"……"

温以凡也分不太清他是在吹牛，还是说他现在就真的身处这种被人争抢的状态。她没对这话发表评价，想到换室友的事情，又道："对了，你房子的装修情况，你去看了吗？"

桑延收回视线："嗯。"

温以凡："怎么样了？"

"还没装修好，新年工人不上班。"桑延语气平淡，直截了当道，"装修好也没法立刻住进去，可能得延一段时间。"

温以凡稍愣："那你一个月之后不搬吗？还要住一段时间？"

"是这个意思。"说着，桑延看向她，"行了，你倒也不用高兴成这样。"

"……"温以凡点头，没再吭声，心里琢磨着只能让苏恬那个朋友找别的房子了。毕竟她也不能直接这么把桑延撵走。她边喝着水，边百无聊赖地看着电视。

两人在一块住了一段时间后，温以凡才发现，桑延每次打开电视似乎都不是为了看，只是给房子找点儿声音。

先前有一次，她在桑延开电视的时候跟着看了一会儿。当时电视里的女人边哭边吃着东西，哭得极为惨烈。温以凡不知道前面的剧情，看着觉得有点心酸，便问了句："这是怎么了？"

闻言，桑延掀起眼皮扫了一眼，懒懒地道："太饿了吧。"

所以这会儿，温以凡虽然依然看不懂剧情，但也没打算去问他，只是自顾自地看了一会儿。

这回桑延倒像是对这剧来了兴趣，没多久就收起手机，跟着看了起来。几分钟后，还跟她聊起了剧里人物的行为举止："这人是什么情况？"

这是个悬疑剧，此时剧里的时间是深更半夜，光线都显得昏暗。男人似是从睡梦中醒来，动作缓慢地换了身衣服，把自己裹严实后便出了门。

温以凡猜测："双重人格吧。"

"我怎么感觉——"桑延转头看她，一字一句地说，"更像梦游？"

"是吗？"这个词让温以凡愣了一下，她又看向电视，"我也区分不来，双重人格的主人格是不知道副人格做的事情吗？我只知道梦游是不记得的。"

桑延问："你怎么知道？"

"因为，"温以凡老实地道，"我以前也会梦游。"

"……"

毕竟住一块，温以凡没觉得这种事情有什么好瞒着的。注意到他的表情，她才反应过来自己这个毛病是有点吓人，补充："我就只有小时候，还有大学住宿的时候梦游过，但已经很久没犯这毛病了。"

桑延指出其中的逻辑问题："你怎么知道你很久没犯过了？"

"啊，"温以凡顿住，给出了个合理的解释，"没人跟我说过我梦游。"

"所以你毕业之后，"桑延笑，"跟别人一起住过？"

温以凡思考了一下："就只有王琳琳，但只一起住了一周。我也是来南芜之后，才开始跟人合租的，之前都没有这样的经历。"

沉默下来。总觉得他话里有话，温以凡隐隐有个猜测，犹疑地问："我在你面前梦游过吗？"

想到自己可能还会梦游，温以凡有些恐慌。

因为这是在她不清醒的状态下发生的，所有事情都不可控，她也不知道自己会做出什么，有种对未知的恐惧和无力感。

不知是什么原因，她刚上大学时，梦游这毛病又开始犯了。

头一回在宿舍里梦游，她把半夜起来上厕所的舍友吓到了。以至于后来几天温以凡都不太敢睡觉，怕又会梦游吓到人。

这事情被三个舍友知道后，四个人找机会谈了一番。

几个小姑娘人都很好，都说能接受，再加上温以凡梦游不会做出什么事情，久而久之她们也就习惯了。

见他不答，温以凡又问了一遍："有吗？"

桑延反问："我昨晚回来的时候你知道不？"

这是他第二次问这个问题了，温以凡觉得纳闷："我昨天睡得还挺早的，没有听到你回来的动静。"

桑延直勾勾地盯着她，像是在观察她说的是真是假。

"……"温以凡突然明白了过来，也沉默了，而后略带肯定地提出来，"你昨天回来的时候看到我出房间了是吗？"

桑延靠在椅背上，歪头，轻描淡写地嗯了一声。

这对温以凡来说就如同晴天霹雳，她也不知道该做出什么反应，只能讷讷地询问："那我做了什么事情吗？"

桑延倒也诚实，用视线指示了一下："就在这坐了一会儿，然后就回去了。"

温以凡有些窘迫："没吓到你吧？"

"吓到我？"桑延笑了，"温以凡，你搞清楚一点。我这人呢，就没有害怕的东西。你就梦个游能吓到我什么？"

"没吓到你就好。"他语气照旧讨嫌，温以凡反倒松了口气，"我大学舍友跟我说过，我梦游的时候不会做出什么事情，你之后如果再看到我，直接当成空气就好了。"

桑延意味深长地噢了一声。

温以凡："只要睡眠质量好，我应该就不会梦游了。应该也不会太影响你。"

桑延："行。"

"对了，"温以凡突然想起自己还遗漏了个关键的事情没问，"昨晚那次，应该是你第一次看到我梦游吧？"

桑延："当然。"

温以凡的精神放松："那就——"

话还没说完，又听到桑延慢条斯理地吐出两字："不是。"

"……"温以凡蒙了，"嗯？还有吗？"

桑延唇角轻轻一扯，坐直身子，气定神闲地给自己倒了杯水。随后，他稍稍抬眸，非常有耐心地告诉她："还有一次。"

"那，"温以凡有种不好的预感，神色犹豫，但也没办法不问，"那次我做了什么吗？"

"做了什么呢，"桑延拖着尾音，像是想不起来了似的，"我想想——"

温以凡心平气和地等着，觉得需要想这么久的话，估计也不是什么大事情。

过了好半晌，桑延才道："啊，我想起来了。"

温以凡接话："什么？"

桑延若有所思地盯着她："你突然跑出来抱住我。"

"……"温以凡表情僵住，完全不敢相信自己的耳朵，"嗯？什么？"

本以为这已经是个惊雷，哪知还有更难以接受的事情在后边等着她。

桑延挑眉，闲闲地补充了一句："还亲了我一下。"

四目对视。

在此刻，电视背景音乐仿若听懂了人话，极其配合地消了音。周围静谧到像是连针掉落的声音都能听见，陷入尴尬至极的局面。

温以凡从容不迫地收回视线，内里的情绪却如同惊涛骇浪般地翻涌。

抱、住、我。

亲、了、我、一、下。

抱。

亲。

"……"

这两个字，几乎要将温以凡烧炸了。温以凡能很清晰地感受到脸颊烧了起来，完全不受控。她想平复一下心情，想努力静下心来，镇定分析这事情的可能性，而后迅速给他一个合适的回答。

但桑延压根就不给她这个时间。他的目光还放在她身上，吊儿郎当地道："不是，你怎么还脸红了？"

温以凡淡定地道："哦，红了吗？"

像发现了新大陆一样，桑延打量着她："是啊。"

"可能是我今晚吃的东西太辣了吧，"温以凡面不改色地扯理由，说话也不慌不忙，"刚刚我朋友也说我脸很红。"

桑延扯了一下唇，看上去明显不信："原来如此。"

温以凡也不管他信不信，这会儿能应付下来就足够了。冲击一过，她再一细想，又觉得桑延说的这话不太对劲。

如果他单说抱了一下，温以凡还觉得可能是真的，毕竟这行为的难度系数不大，但加上亲……

温以凡觉得自己梦游起来把他打了一顿，都比他说的这句话靠谱。

"这件事情，你是不是说得，"温以凡声线细细的，斟酌了下用词，"稍微夸张了些？我可能只是梦游不小心撞到你身上了，然后有了一些肢体上的触碰。"

"噢。你的意思就是，"桑延语气悠悠的，直接戳破，"我故意往你身上泼脏水。"

"……"温以凡立刻道，"我不是这个意思。"

"我也不是要指责你。"桑延碎发散落在额前，神色松散，"但我现在是被占了便宜的那一方，你总不能这么反咬我一口吧？"

温以凡完全没有记忆，此时有种极其浓郁的哑巴吃黄连的感觉。她觉得这话实在不合理，没忍住说："既然有这种事情，你怎么没跟我说过？"

"怎么没有？"桑延说，"但你不都说了是特殊情况吗？"

"……"

"我呢，也不是这么小心眼的人。"

这话让温以凡稍微愣了一下，回想起从赵嫒冬那回来的第二天早上，醒来后收到桑延那个莫名其妙的竖大拇指的表情。

温以凡沉默下来，也开始怀疑自我了。

桑延很欠地补刀："不过这算什么？"

温以凡抬头。

"日有所思，夜有所梦——"桑延拖着腔调，又吐了个字，"游？"

"……"温以凡忍了忍，"我能问你个问题吗？"

桑延："说。"

他刚说这个情况的时候，温以凡就想问这个问题，但又觉得这个问题很尴尬，会把现在的局面推到一个更尴尬的境地。

所以温以凡忍着不提。但这会儿还是被他这态度逼得憋不住："我亲你哪了……"

"……"桑延神色一顿。

暧昧似乎顺着这话融于空气中，抽丝剥茧地发酵，扩散开来。

话一出来，温以凡也有些后悔了。但说出的话就如同泼出的水，也无法收回。她的大脑绷成一条线，视线却平和地放在他的身上，装作在耐心等待的模样。

桑延抬睫，随意地指了指自己右唇角的位置。

"怎么？"

"你指的这个位置，以咱俩的身高差，我应该是——"温以凡停了两秒，没法再说出那个词，改口道，"碰不到的。"

桑延直勾勾地盯着她看了一会儿，而后宽宏大量般地说："行吧，不承认也没事儿。"

"……"温以凡突然站起来，"不然——"

桑延抬头。

下一刻，温以凡又冒出了一句："咱俩案件重演一下？"

"……"桑延笑了，"你想借此占我第二次便宜？"

"我不会碰到你的。"温以凡好脾气地说，"我只是觉得你说的这个可能性有点低，想证实一下。这样的话，接下来你住在这里的时候，也能觉得自己的人身安全是有保障的。"

"……"

温以凡看他："你能稍微站起来一会儿吗？"

桑延靠在沙发背上，稍稍仰头，自顾自地瞧了她半晌。他倒也没多说什么，把手机搁到一边，似是妥协般地站了起来。

两人的处境在一瞬间颠倒。

桑延比她高了差不多一个头，她的脑袋恰好能到他下颚的位置。顺着他的举动，温以凡的目光从下往上，看他从低头变成了仰头。这角度，看着根本触碰不到他所说的位置。

"对吧。"温以凡盯着他的唇角，立刻松了口气，"我根本没法碰到，所以是不是哪儿有误会……这除非是我踮脚，或者是你低头——"

温以凡边说边抬眼，撞入了他的目光。她表情微怔，才发现两人的距离在不知不觉间拉近。

场面静滞。

仿佛下一秒，眼前的男人就要顺着她所说的那般低下头。

温以凡别开视线，心跳莫名快了些。她抿了抿唇，往后退了一步，没再纠结于此："不过这也只是我的猜测。"

桑延眸色乌黑，像是外头漫长无垠的夜。

"你确实也没有骗我的理由。虽然这行为是我不可控的，但我还是要跟你道声歉。"温以凡想了想，认真地道，"以后如果还有这种事情，你直接给我来一拳就行了。"

"？"

温以凡憋了半天，提醒道："保护好自己。"

扔下那一连串话之后，温以凡便回了房间。她关上门，靠着门板站着，思考了一会儿自己刚刚都胡乱说了些什么。

——捋顺，觉得没什么问题之后，温以凡才回过神往里走。她躺到床上，盯着天花板，想着桑延刚刚指的位置，似乎是他那梨涡的位置。

唉，不会是真的吧。

可她大学四年梦游了那么多次，也没听哪个舍友说过，她梦游会主动做出抱人亲人的举动啊……

但她以前，确实也非常喜欢，桑延的那个梨涡。

温以凡这会儿也不怎么肯定了。她觉得自己的脑子就像是糨糊一样，糊成一团又一团，什么都思考不清。良久后，温以凡猛地坐了起来，搬起梳妆台前的椅子，放到房门前。

接下来几天，温以凡每天醒来的第一反应，就是看看椅子还在不在原来的位置。就这么紧张了一段时间，确定没什么异常，她的精神才放松下来。

虽不能证实桑延说的话是真是假，但温以凡总觉得自己做了亏心事。见到他的时候，心里总有几丝不知名的心虚和尴尬在徘徊。导致温以凡觉得，比起从前，跟他相处起来好像多了点怪异。

但桑延仿若压根不在意，像没发生任何事情一样，情绪没有丝毫异样。也因此，温以凡不好表现得太过在意。

她只希望自己不会再梦游，也不会再做出相同，甚至更夸张的行为。

临近清明节那周，温以凡提前跟主任调了休。

前一天晚上，不知怎的，温以凡怎么都睡不着，干脆找了好几部恐怖片，连着看了一整晚。直到天快亮了，她才迷迷糊糊睡去。但睡了不到两小时，又自然醒来。

温以凡爬起来洗漱，翻出衣柜里的黑卫衣，出了房间。她起得比往常早得多，桑延应该是还在睡觉。此时客厅空无一人。

外头是阴天，房子的光线显得暗沉。

温以凡没什么胃口，只从冰箱里拿了盒牛奶，很快就出了门。查了查路线，她坐上附近的公交车，去往南芜郊区的墓园。

前几次，温以凡都是跟着赵媛冬，抑或者是大伯和奶奶一块来的。那时候都是直接被他们开车送过去，这还是她头一回自己坐车过来。

位置离市区还挺远，坐公交往返要四五个小时。下了车之后，还得走大约一公里的路。这片区域周围在施工，道路坑坑洼洼的。没有专门的停车位，所以车也停得乱七八糟。

温以凡顺着手机地图指示的方向走。到墓园后，温以凡做了简单的登记，而后进了骨灰堂。

走廊漫长到像是没有尽头，两侧看过去，是高高的长排柜子，装着数不清的逝者的灵魂。温以凡沉默地走着，直至其中一排停下。

她走了进去，仔细地找到温良哲三个字。距离上一次来见他，也忘了过了多少岁月。温以凡盯着名字，看了好半天，才轻声喊道："爸爸。"

"……"

"霜降回来了。"

是得不到任何回应的呼唤。

那时候，温以凡总觉得不敢相信，明明前些时候还活生生的人，为什么突然就变成了冷冰冰的尸体。那个高高壮壮的父亲，不知是被施了什么魔法，被缩小化，装进了这个小小的盒子，从此再不会说话。

她总感觉是一场梦，醒来就没事了。可这噩梦一直持续着，无论怎么挣扎都没法醒来。

温以凡站在原地，沉默了很长一段时间，什么话都没说。某一个瞬间，她的眼皮动了动，突然察觉到灵牌上的灰尘，跟隔壁的灵牌形成了鲜明的对比。

看起来是很久没有人来探望了。

赵媛冬有了新家庭，时间长了也许就几年才来一次。奶奶跟大伯一家都在北榆住着，大概也不会特地因这个事情赶过来。

温良哲的笑容被刻在牌位上，永远定格在那一刻，不会再有任何情绪。

温以凡眼眶渐渐发红。她用力眨了眨眼，伸手把灰尘一点点擦干净。

到家的时间比平时下班稍微早些。

温以凡习惯性往客厅和次卧看了一圈，看起来桑延还没回来。她收回视线，抬脚进了厨房。一整天下来，她都没吃什么东西，这会儿胃里饿得有点难受。

温以凡先煮了点粥。她翻了翻冰箱，拿了点食材出来，打算随便弄个汤来配粥喝。

打开水龙头，温以凡把水瓜去了皮，清洗干净。她垂眸，拿起菜刀，动作利落干脆地切成整齐的小块，而后又从冰箱里拿了盒鱼皮饺，拆了两排扔下去。

煮得差不多时，桑延恰好从外头回来。他边脱着外套，边往厨房的方向瞥了眼，随口道："你今天翘班？"

"没什么事，就早点回来了。"温以凡说，"你晚饭吃了吗？"

"没呢。"

"那一块吃吧，我煮得不少。"温以凡关掉火，把汤端了出去，"不过晚上喝粥，不知道你能不能吃饱。不然的话你再煮点别的？"

桑延也进了厨房，卷起衣袖把粥端了出来："懒得。"

温以凡点头，两人沉默着吃起了晚饭。

先吃完的依然是桑延，但他也没起身回客厅，只坐在原位看手机。温以凡龟速把粥喝完，起了身："那桌子你来收拾？"

以往都是桑延煮晚饭，煮多了让她来吃。虽然这听起来是他有求于她，但出于吃人嘴软的心理，温以凡每回都会帮着收拾桌子。实际上也挺轻松，家里有洗碗机，把桌子收拾干净之后也没什么可干的。

桑延这人很公平："行。"

温以凡回了房间，洗漱完后趴回床上。

昨晚只睡了不到两小时，但不知为何，温以凡也不怎么困。在床上翻来覆去了好一阵，她放弃挣扎，起身打开电脑开始写新闻稿。

直至凌晨两点，温以凡才打了个哈欠，揉着快睁不开的眼睛。正准备回床睡觉，她又想起个事儿，转身把椅子挪到门口。

堵住自己往外的唯一道路。

凌晨两点四十分，桑延打完最后一局游戏，走到厨房翻了瓶冰水出来。他拧开瓶盖，连着灌了几口，打算回房间时，突然听到外头有动静。他的眼睫动了动，抬脚往外走。

恰好看到温以凡从过道走出来，像没察觉到他的身影一样，脚步半分未停。她的动作迟缓，表情也呆滞异常，看上去快要撞上旁边的书柜。

桑延眉心一跳，快步走到她面前，伸手抵在她的脑袋前。同时，温以凡的额头磕到他的手心上。

动作定住。

过了几秒，温以凡转换了方向，往沙发的方向走着。桑延收回手，继续喝水，一边注意着她的举动。

跟上次一样，温以凡走到沙发旁坐下，盯着虚空发呆。

桑延没坐回平时的位置，走到她面前，随意把旁边的板凳拖了过来，大大咧咧地坐下。

客厅的灯依然暗着，桑延没特地去开灯。窗外的月光照射进来，再加上过道格外明亮的灯，这会儿室内也不显暗淡。

氛围安静得过分，只偶尔传来桑延喝水的声音。

不知过了多久，温以凡眼眸垂下，像是才注意到旁边的桑延，看着似乎没有任何思考能力，又死板地定住。

在这光线和夜里还显得有些瘆人，桑延倒是觉得好笑："终于看到我了？"

温以凡没吭声，眼珠子动了动，停在他右唇角的位置。

桑延玩味道："看什么呢？"

见她的视线一直未移，桑延突然想起自己那个位置有个娘里娘气的梨涡，正想敛起笑意，但与此同时，原本乖乖坐在沙发上一动不动的温以凡忽然弯下腰。

对着他的方向。动作依然缓慢，看着却像是带了目的性。

她的目光依然放在他的右唇角上。

距离渐渐拉近。

像是预料到了什么，桑延直直地盯着她，喉结缓慢地滑动了一下。他没主动做别的举动，但也没半点躲闪，只定在原地。

宛若潜伏在暗处的侵略者，却耐心到了极致，等着她主动，一点点地将自己送过来。

温以凡抬手，虚撑在他的肩膀上。

那一刻，时间仿佛放缓下来。一秒像是比一年还要漫长。

桑延低眼，看到她那双让他魂牵梦萦的眉眼。睫毛浓密如同刷子，像是在他心上挠痒。面容素净，肤色白到几近透明。

如同虚化过的场景。

下一瞬间，如他料想的那般，桑延清晰感受到，有什么东西触碰了一下自己右唇角的位置。

温以凡的唇瓣温热而干燥，宛若烙印落下，在皮肤上在灼烧。

呼吸轻轻浅浅，平缓而有规律，像羽毛一样掠过。她的身上带着很淡的玫瑰气息，宛若在里头种了蛊，在四周蔓延，无孔不入地扰乱人的心志。

距离近到，她眨眼的时候，睫毛还会扫过他的侧脸。触感似有若无，让不真切的感受加剧，一点又一点地将他的理智撕裂。

桑延的手不受控地抬起，很快，又停在虚空中。他闭了闭眼，用尽全力克制住欲念，掌心渐渐收紧，往回收。

他还想当个人。这不避让的行为，已经够乘人之危的了。

在这期间，温以凡身子慢慢坐直，与他拉开距离。她的脸上没带任何表情，神色平静到无波无澜，仿若刚刚垂头亲吻他唇角的人并不是她。

眼前的场景又变回一分钟前那般，仿佛没发生任何事情。

"喂，温霜降。"桑延抬眼看她，声音低哑，"你刚亲我了。"

"……"

像是时间到了，温以凡站了起来，开始往房间的方向走。

怕她会像刚刚那样差点撞上柜子，桑延也站了起来。他的声音很轻，像是怕会把她吵醒："你这是亲了人就跑？"

温以凡缓慢往前走，路过他房间的时候，又停了一会儿。

"但我这人最吃不得亏，"桑延靠在墙上，盯着她的举动，"所以你欠我一次。"

她又继续往主卧的方向走。

确认她不会撞到任何东西，桑延才停下，没继续跟上去。他的眼神意味不明，慢条斯理地把话说完："等你清醒的时候，再还给我。"

因为严重缺觉，温以凡睡到第二天早上十点钟才勉强被闹钟吵醒。她迷迷糊糊地关掉闹钟，又躺在床上醒了会儿神，半晌后才艰难地坐了起来。

她表情温暾，习惯性往门口的方向看，很快便若无其事地收回眼。

过了几秒，温以凡又慢一拍地抬起眼，看向房门前的位置。此时才反应过来那片区域空荡荡的，完全没看到椅子的身影。她的眼皮动了动，瞬间清醒，往四周看了一圈。

没多久就发现椅子正好好地靠在梳妆台旁。像是回到了它该待的位置，看上去没丝毫不妥。

"……"温以凡茫然了。

难道是她昨天太困了，精神上觉得自己把椅子挪过去了，但实际上身体并没有做出这样的行为吗？

还是说，就是梦游了？

在这个瞬间，温以凡甚至想在房间里装个监控，记录下自己梦游时所做的事情，就不会有现在这种完全不知道发生什么的茫然无措感。

如果真发生了什么事情，至少温以凡还有时间能提前想些话来应付一下。她爬了起来，边努力回忆着昨晚自己睡前到底有没有挪椅子，边进厕所里洗漱。

但这事情，越想反倒越不肯定。

整理好自己，温以凡出了房间。这会儿时间也不早了，她进了厨房，打算拿个三明治就出门，恰好撞上在厨房煮面的桑延。

她的脚步停住。桑延抬眸，扫了她一眼。

"……"总觉得氛围怪怪的。

前些天放在她身上的那些怪异，此时好像转移到了桑延的身上。可他的表情不带任何情绪，也没主动说什么话，看着又似乎只是她的错觉。

温以凡关上冰箱，犹疑地问："我昨天……"

桑延用筷子搅拌锅里的东西，她小声地把话说完："梦游了吗？"

桑延淡淡嗯了一声。

"那我应该没做什么吧？"没等他回答，温以凡抢先一步重复了一遍先前的话，"你就按我之前说的那样，看到我梦游的时候，直接把我当成空气就好了。我如果靠近你，你就尽量躲开。"

闻言，桑延关了火："我这还没说什么呢，你怎么就开始撇清关系了？"

温以凡解释："不是撇清关系，就是提醒一下你。"

桑延拿起锅，随口道："吃不吃？"

温以凡正想说句"不吃"，毕竟时间有些来不及了，但看了眼他锅里的面，犹豫了一下，感觉也不差这点时间："吃。"

桑延："自己拿碗。"

温以凡从碗柜里拿了两个碗，跟在他屁股后头，继续套话："那我昨晚具体做了什么行为？你当时还没睡吗？"

她记得自己昨晚凌晨两点才睡觉的。

他眼也不抬："半夜起来上了个厕所。"

温以凡坐到餐桌旁，耐心等着他接下来的话。但见他只顾着装面，半天没再出声，便又主动道："我昨天还有，就，做一些什么不太合适的行为吗？"

把刚装好的面搁到她面前，桑延瞧她，似笑非笑道："你昨晚？"

温以凡："嗯。"

桑延停顿了几秒，似乎是在回忆，而后道："没做之前那样的行为。"

温以凡松了口气。

他又补充："不过呢——"

温以凡立刻看向他。

桑延笑："做了更过分的事情。"

温以凡："？"

注意到她的神色，桑延挑眉："你可别脑补那些不太纯情的画面。"

"……"她压根没往那块想！！！

温以凡平复了一下心情，感觉自己快疯了，却还得表现得格外平静，完全不觉得这是大事情。她抿了抿唇，锲而不舍地问："所以是……"

"具体我就不说了，"桑延懒洋洋地道，"怕你听完之后觉得世界崩塌，不敢相信自己居然还有这样的一面。"

"……"

他非常欠揍地说："我呢，就是这么贴心又宽容的人。"

"没事儿，你说吧。"温以凡忍气吞声道，"我都能接受。"

桑延看着她，目光顺着她的眼睛下滑，落在某处。他眸色深了些，轻抿了一下唇角。他收回视线，语气云淡风轻，又似是受了极大的欺辱："算了，我说不出口。"

温以凡："……"

你这性格……你，还有说不出口的话？

"这么跟你说吧。"桑延的指尖在桌上轻敲，咬字清晰地说，"我最近呢，心情还不错。所以暂时不跟你计较这些事情。"

"……"

"但以后，我会一笔一笔地让你还回来。"

温以凡实在不喜欢这种有债在身的感觉，诚恳地道："能不能现在就还？"

桑延身子往后，靠在椅背上："现在还不到时候。"

温以凡："那要怎么还？"

桑延没回答。

现在的处境，让温以凡想到了她头一回去"加班"酒吧时，因为口误而叫出的那个称呼——"桑头牌"。当时还被桑延误以为是去嫖他。

现在她的行为好像跟"嫖"有点像，但也算太上。她做了不好的事情，总得给他点精神损失费。大概是这个意思？

温以凡实在想不到自己做出的这行为能怎么还，只能想出个她觉得最符合逻辑的解决方式，迟疑道："是要，收钱吗？"

桑延的表情僵住。

"那个，我先给你打个欠条行吗？"这段时间温以凡穷得有些窘迫，等过段时间转正了估计就没这么卑微了，"然后你下回直接把我叫醒就好了。"

桑延面无表情地盯着她，没再跟她继续这个话题，过了好半晌才不耐烦地说："赶紧吃吧。"

之后的局势似乎颠倒了过来。

温以凡先前已经听他说过，自己梦游时亲了他一下的事情。加之已经过了好些天了，她再怎么不敢相信也早已接受。

虽说桑延说她这次做了更过分的事情，但他说话向来如此，温以凡也不太相信自己能做得多离谱。

上回亲他，还能用他毫无防备来解释，但现在桑延已经清楚了自己梦游的毛病。如果真做了什么过分的事情，他也不可能不拦着。

温以凡也没太把这次的梦游放在心上。

反倒是桑延那边变得怪异了起来，像是重复了她先前的反应。宛若只是反应迟钝，此时才后知后觉地认为她亲了他一下这个事情格外难以接受。

通过睡前被她放在房门前的椅子，温以凡大概判断出，自己梦游的频率并不算高，偶尔才会出现一次。加上桑延也没怎么提起她梦游的事情，她渐渐也就放下心来。

四月底的某个下午，温以凡跟付壮外出采访回来，发现办公室里多了俩生面孔。

先前付壮跟温以凡提的那些组内会招新人的话，迟迟没有后续，温以凡还以为他的消息有误，早把这事儿抛之脑后。

这会儿都快忘记这事儿了。

新来的实习生是一男一女，两人看着年纪都不大，像是两个大学生。因为刚来没老师带，此时他们俩都没什么事情干，正坐在位置上翻阅资料。

付壮似乎认识其中一个人，见到便笑嘻嘻地喊："穆承允。"

听到这名字，温以凡再注意看了看男生的脸，才发现这是之前给他签名的那个男生。她转头看向付壮，随口问道："你认识？"

"认识啊，我同学，叫穆承允。"付壮热情地给她介绍，"我先前跟你说过的，就是那个来问我我们组还招不招人的。他在我们系挺出名，他还拍过电影呢！贼牛！"

听到两人的对话，穆承允站了起来，过来打招呼："前辈好，我是新来的实习生穆承允。"

"你喊以凡姐或者温姐就行了。你喊前辈谁知道你在喊谁，这里全是你的前辈。"付壮很骄傲地拍了拍自己的胸膛，"我也是你前辈。"

穆承允立刻看向温以凡，似乎是在征询她的同意。

"怎么喊都行。"温以凡说，"我们之前见过吧？"

"对。"穆承允腼腆地笑，"没想到以凡姐还是我的粉丝。"

"……"

付壮惊了："姐，你看过他的电影吗？"

温以凡沉默三秒，没解释："嗯。"

另一个实习生在此刻也插了话。她看着是比较活泼的性格，笑起来还有颗小虎牙："什么电影呀？我听听我有没有看过。"

没等人回答，女生又道："对了，我叫方梨。前辈，那我以后也喊你以凡姐啦？"

温以凡应了声好，也没继续跟他们说话，回到了座位上。她打开电脑，看到方梨拿出手机，跟付壮和穆承允加起了微信。

过了一会儿，温以凡刚打开文档，感觉自己旁边光线一暗。她抬起眼，看到穆承允站在自己旁边，礼貌地问："以凡姐，我能加一下你的微信吗？"

方梨也走过来，站在隔壁等着。

温以凡稍顿，拿起了手机，点点头："可以的。"

通过他俩的好友验证后，温以凡翻看了一下微信。恰好看到前不久，现任房东给她发来消息，跟她催了这个月的房租。

看到这话，温以凡才注意到已经到交租时间了。工作一忙起来，她什么都记不住。

温以凡连忙道了声歉，直接通过网上银行给他转钱。转账成功后，她找到桑延的微信，发了句："这个月的房租该交了。"

温以凡："你转我支付宝就行。"

随后，温以凡把手机放到一旁，开始写新闻稿。过了不到半分钟，旁边的手机屏幕亮起。温以凡边看着电脑，边拿起手机解开锁屏。

界面上显示的是桑延的转账记录。她随手点开，打算确认一下金额。

——桑延向你转账 30000 元。

退出支付宝，温以凡打开微信，正想给他回个"收到"时，莫名觉得不太对劲。她歪头，重新打开支付宝，再度看了一眼桑延的转账金额。

温以凡无声地数着后边的零。

一、二、三、四……

"……？"

四个零，那不是万吗？

他一个月的房租三千，要是想多住两三个月，也不至于转三万吧……温以凡直接截图，发到微信上问他："你怎么转了这么多？"

桑延回得快："什么？"

又过了大约一分钟。

桑延："噢。"

桑延："多打了个零。"

"……"温以凡想着有钱就是不一样。感觉要是她不主动提及，他根本就没发现钱打多了的事情。

温以凡："那我给你转回去吧。"

桑延："不用了。"

桑延："留着下次扣吧。"

温以凡还以为他只是多住一个月，看到这话时有些蒙。她想了想，还是问了出口："你大概住到几月？"

桑延："？"

文字看不出语气，温以凡又补充了一句："我确认一下。"

温以凡："这样才好决定什么时候开始找新室友。"

这回桑延没立刻回，过了好半天，他才发了条语音过来。

温以凡点开来听。

桑延懒懒地拖着尾音："住到你把欠我的债还了。"

"……"温以凡没懂，"什么债？"

又一条。

桑延："怎么，还要我提醒你？"

温以凡还没琢磨过来，桑延这回倒是发起了文字。接连的一串消息，像重锤一样，一句一句地往她脑子里敲。

"你。"

"深夜。"

"理智被欲望打倒。"

"企图。"

"占有我。"

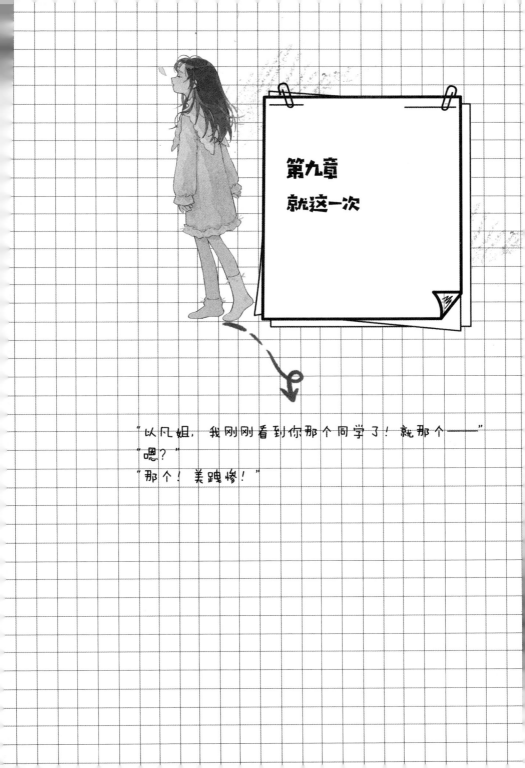

第九章
就这一次

"以凡姐，我刚刚看到你那个同学了！就那个——"
"嗯？"
"那个！美跑惨！"

"……"

温以凡盯着屏幕看了好一会儿，被"欲望"和"占有"两个词惊得头皮发麻。她的表情有些僵硬，指尖在屏幕上动了动，缓慢地敲出了个问号。

没等她发过去，刚从机房回来的苏恬打断了她的注意力。

苏恬的滚椅一滑，凑过来跟她说起了悄悄话："我去，我刚进来看到那实习生还以为我走错了，把我吓一跳。"

下意识把手机熄屏，温以凡抬眼："嗯？"

"那新来的男实习生啊。"苏恬装作不经意地往那边看，模样像是坠入了爱河，"我的天，我恋爱了。小奶狗型帅哥，又高又帅又可爱的。"

温以凡好笑道："怎么不见你说大壮小奶狗？"

恰好付壮从旁边经过。

苏恬翻了个白眼，很直白地道："他顶多算个小土狗。"

"……"付壮立刻停住，虽然没听到前面的话，但还是很自觉地就对号入座了，"恬姐，你怎么还人身攻击啊！我怎么就土了？！"

"没说你。"苏恬把他打发走，继续跟温以凡八卦，"我咋感觉这小奶狗一直往我们这边看，他是看上你了还是看上我了啊？"

话毕，余光瞥见温以凡的侧脸，她瞬间改口："行吧，是我自取其辱。"

"……"温以凡也顺着看去。

此时穆承允正坐在位置上，面容清冷地盯着电脑屏幕。可能是注意到她俩的视线，没过几秒，他忽地抬眼。撞上她们的目光后，他顿了一下，不好意思地笑起来。看上去确实挺可爱。

温以凡也礼貌地笑了一下，收回眼。她没感觉有什么异样，温和地道："哪那么多心思？应该只是第一天来上班，想熟悉一下同事吧。"

"我这不是随便八卦一下，倒是你，怎么对帅哥一点兴趣都没有？"说到这，苏恬有些好奇，"欸，你是不喜欢这种类型的吗？"

"啊？"

"咱俩是不是都没聊过这方面的话题？那你的理想型是啥类型的呀？"苏恬开始给她列举，"温柔的？霸道的？开朗的？……"

温以凡愣了，脑海里莫名闪过桑延那张不可一世的脸。

意识到自己这个念头，温以凡的呼吸一停，恰好对上苏恬等着她回答的脸。安静须臾，她打消了这个心思，只笑了笑，没回答。短暂的聊天结束。

温以凡继续写了会儿稿子，很快就想起她刚刚还没来得及回复桑延的消息。她点亮手机，又看了眼那一串话，恍惚间还有种收到了什么垃圾消息的感觉。

但有了一个缓冲期，此时再看也没觉得太难以接受，反而有种麻木了的感觉。

温以凡把输入框里的问号删掉，犹豫地重新敲。

"那你……"

"还好吗？"

三秒后。

桑延："？"

不知道自己梦游具体做出了什么事情，温以凡也无从解释。关心完"受害者"的状态后，她直接问："这事儿你希望怎么解决？"

桑延："再说吧。"

温以凡忍不住道:"你好像已经想了挺久了。"

像是真的很懒得打字,桑延又发来一条语音。只两个字,又跩又理所当然:"是啊。"

"……"再无其他的话。

仿若在说,我就算再想十年,你都得等着。

温以凡忍了忍,好脾气地回:"好,那你慢慢想。"

虽然是这么说,但这事儿,温以凡不主动提,桑延那边也像是完全忘了一样。

他的状态就像是,他可以不提这个事情,但如果温以凡表现出半点把这个事情忘掉的反应,他就会面不改色,用极其直白谴责的言语提醒她,让她完全无法忘记自己的"恶行"。

无法忘记他是弱小的,卑微的,受到了凌虐的那一方。而她则是一个爽完就忘的无情淫魔。

时间久了,温以凡还真开始觉得,自己梦游时是被什么东西魂穿了,变成了一个嫖客。而房子里唯一能给她嫖的,还极为倒霉的是闻名堕落街的桑头牌。

身价高到让人无法负担,她负债累累。

也因这种山雨欲来前的平静感到惶恐。总有种桑延在这平静之外,在她看不见的地方,正准备着什么大招来对付她的感觉。

五一过后,组内又通过社招找了两个新记者。

隔几天,主任特地挑了个人齐、大家都比较空闲的时间,组织了个小 party 来欢迎新人。这聚会的通知在中午就下来了,但地点还没确定。

知道这个消息后,付壮特地跑来温以凡面前,委屈巴巴地抱怨:"姐,主任说这聚会会把欢迎我的那一份也一块算上。"

温以凡没反应过来:"这怎么了?"

"我来这实习都四个月了！他说他这人绝不厚此薄彼，"付壮神色憋屈，"让我不要觉得受到了怠慢！"

"挺好的。"温以凡安慰道，"要是这回不算上你，只欢迎方梨他们，那你在团队里跟空气有什么区别？"

"……"付壮沉默三秒，"也有几分道理。"

穆承允在一旁听到他们两个的对话，也参与了进来："以凡姐，你晚上来吗？"

这个聚会不是强制性的，毕竟大部分人第二天都要上班，主任也说了是自愿原则。但出于礼貌和尊重，大部分人都会参与。

温以凡晚上跟一个专家约好了时间做电话采访，也不太确定几点能结束。

"不一定，我看看情况吧。"

付壮啊了一声，有些失望："姐，你晚上有事吗？"

穆承允也问："要忙到很晚吗？"

"嗯。"温以凡随口说，"我尽量赶过去吧。"

等温以凡结束电话采访，又依据这采访写完初稿后，已经过了晚上九点。她收拾好东西，正准备离开，主任也恰好从办公室里出来。

温以凡愣了一下："主任，您没去聚餐吗？"

主任名甘鸿远，年近五十，身材微胖，笑起来眼睛眯成一道缝，和蔼得像个弥勒佛。他的手上提着个公文包，笑眯眯地道："刚开完会。"

温以凡点头。

"你也刚忙完吧，一块去聚会吧，轻松轻松。"甘鸿远说，"他们聚餐已经结束了，现在换下一场了。就在公司附近，咱一起过去。"

温以凡原本没打算去，此时也不得不应了声好。

路上，甘鸿远跟她聊起了各种往事，声音和缓无起伏，听着像在催眠。说到最后，他还会补几句心灵鸡汤，希望能引起温以凡内心上的共鸣。

温以凡心情无波无澜，但面上也只能表现出有了共鸣的样子，相处得也算是和谐。

趁甘鸿远沉醉于回忆的时候，温以凡抽空瞟了眼手机。看到群里的消息，才知道这下半场定在了"加班"酒吧。一行人已经到那开了个卡座，让没到的人直接过去就行。

这地点，让温以凡想起了桑延。

最近温以凡在家里看到桑延的次数不算多。他似乎是忙碌了起来，不像之前那般整天待在家里——不是像瘫痪了一样躺在床上玩手机，就是无所事事地在房间里睡觉。

她也没问桑延在忙什么，猜测他估计是找到了新工作，开始过上了上班族的生活。

到"加班"酒吧，温以凡被服务员带着到了其他人所在的卡座。

远远地，她就能听见他们玩得极开的声音，模样闹腾又兴奋。但一见到甘鸿远，全部人都安静下来。像被什么东西捆绑住天性，没原本那么外放了。

不过甘鸿远也只是象征性过来走个场，没待多久就离开了。

温以凡晚来，也不知道他们在玩什么，只能先安静看着。她先是坐在边上，旁边的人恰好是苏恬。

这期间，总有人起身上厕所或是去干别的什么。人来人往的，位置一直在变换。不知不觉，温以凡旁边的人就变成了穆承允。

穆承允似乎喝了不少酒，脸颊红了几分，看上去不太清醒。见到温以凡，他弯起唇角，非常礼貌地喊了她一声："以凡姐。"

温以凡点头，提醒："别喝太多了，明天还得上班。"

"没喝很多，"穆承允看着很乖，"只喝了这一罐。"

话音刚落，付壮刚好从厕所回来，坐到了温以凡的旁边。他又一副来说八卦的样子，略显兴奋道："以凡姐，我刚刚看到你那个同学了！"

温以凡转头："谁？"

付壮："就那个——"

他停住，明显想不起来名字了。

温以凡："嗯？"

付壮挠了挠头，想半天，只能说出代称："那个！美跩惨！"

"……"温以凡往周围扫了一眼。

酒吧内光线太暗，温以凡所在的位置视野也不算好，理所当然地没找到桑延的存在。她"轻描淡写"地收回视线，又嗯了一声。

倒是旁边的穆承允主动问起："什么美跩惨？"

"我没跟你说过吗？"付壮拿出手机，飞速翻到那个视频，"来，咱一起欣赏，我的偶像！我这辈子的梦想就是能像他一样！有钱又帅又牛！"

穆承允低头看了好一会儿，忽地说："这好像是桑延学长。"

付壮愣了："你也认识？"

"学校的那个帖子你没看过吗？"穆承允把手机还给他，"就那个评校草的帖，现在还挂在论坛首页，每天都有人顶帖。"

"我没事关注谁是校草干什么，我又不是基佬。"付壮说，"所以你这意思是，这美跩惨也是南大的啊？"

"应该。"视频被打了马赛克，穆承允也不清楚自己有没有认错，"如果我没认错的话。"

"能考上南大。"付壮内心更不平衡了，"那他不是连成绩都很好吗？"

"对，我还见过他一回。"穆承允说，"我之前的部长跟他是一个班的。他们毕业典礼结束后，我跟着一块去参加他们的聚餐了。"

付壮："然后呢，发生什么劲爆的事情了吗？"

"也没什么，就印象挺深的。"穆承允笑了笑，"因为毕业了，当时每个人都会象征性地喝点酒，但都没喝多，因为第二天还要上班。但计算机系那两个风云人物，就段学长跟桑学长两个人，一个滴酒不沾，一个面不改色灌了十几瓶。"

付壮好奇："谁灌了十几瓶？"

穆承允："桑学长。"

闻言，温以凡喝酒的动作停住，看了过去。

付壮合理分析："那他是不是因为喜欢喝酒，现在才开了个酒吧啊？"

"也不至于。"穆承允回忆了一下，"他那天心情好像挺不好的，一直也没说话，就在那喝酒。有人劝他别喝了，他也当没听见。"

"噢。"付壮对这些不太感兴趣，随口说，"那估计是发生了什么事情吧，毕业分手季嘛。他可能被甩了，或者是告白失败，又或者是喜欢的人要去别的城市，跟他分隔两地了。"

"可能吧。"穆承允说，"当时一个晚上，我就听到他说了一句话。"

付壮又来了兴致："什么话？"

穆承允想了想，模样晕乎乎的："太久了，我也想不起了。"

付壮被他吊了胃口，憋得慌："那你就别提！"

话题就这么带过。从别人口里听到桑延的过往，温以凡虽没任何参与感，但心情总有些奇怪。她低头，盯着杯中冒着泡的酒，过了半晌才回过神。

第二天还要上班，加上温以凡忙了一整天，此时实在觉得困倦。她没待多久，把杯中的酒饮尽，便找了个理由离开。

穆承允也跟着起来："我也得回去了。"

其他人都玩得正起劲，也没强留他们，只是让他们路上小心，两人往外走。

路过吧台的时候，温以凡不自觉往那块扫了一眼，很快就收回视线。出了酒吧，她想往地铁站的方向走，又想到旁边的穆承允，问道："你是回南大吗？"

穆承允的酒量似乎不太好，这会儿眼神有些迷糊，像是醉了："唔，对的。"

温以凡："那咱俩一块去地铁站吧。"

穆承允："好。"

没走几步，穆承允就一副走不动路，即将要摔倒的模样。温以凡下意识抓住他的手臂，扶住他："你没事儿吧？"

穆承允喃喃道："有点站不稳。"

温以凡犹豫了一下，思考着该怎么处理的时候，后头突然上来一人。男人伸手扯住穆承允卫衣的帽子，面无表情地道："站不稳是吧？"

听到这声音，温以凡看了过去，瞬间对上桑延的侧脸。

桑延今天反常地穿了身黑西装。这会儿领带松松垮垮地系着，外套也敞开，露出里头的白衬衫。这身庄重的穿着没让他多几分规矩，狂妄也没被压住半分，反而更盛。

说完，桑延抬起眼皮，目光定在温以凡放在穆承允手臂上的手。而后，又抬起，与她对上视线。

温以凡正想说话，桑延先出了声："松手。"

"……"她立刻把手松开。

与此同时，桑延毫不客气地拖着穆承允往前走，像是在做好事一样。两人长得高，又走得快，渐渐跟后头的温以凡拉开了距离。

半晌，穆承允挣开他的手。就这么一会儿工夫，他的神色没了刚刚的迷离："桑学长？"

桑延也收回手，上下打量着他："你谁？"

"我也是南大的学生。"穆承允笑道，"之前见过你。"

"噢。"桑延扯了一下唇，"清醒了？"

穆承允的表情没半点心虚，又揉了揉脑袋，看上去还没缓过神："什么？"

桑延瞧他，忽地笑了："喂，别装了。"

穆承允动作停住。

"没别的招了？就你这点儿破伎俩，"像是完全没把他的行为放在眼里，桑延偏了一下头，神色散漫，"我八百年前就用过了。"

"……"

桑延笑："要是有用，还轮得上你？"

闻言，穆承允表情略显诧异，看了眼后头的温以凡。仿若没料到这情况，他的眉尾一扬，问道："学长，你认识以凡姐吗？"

桑延眼里不带情绪，冷淡地看着他。

"不过认不认识也没什么关系。"穆承允眉眼青涩，看着初生牛犊不怕虎，话里的势在必得极为明显。他仍然一副站不稳的姿态，语气却清明，"你可能经验比我多，但这种事情，我觉得主要是看人，而不是看招。"

"光看人？"桑延懒洋洋地道，"那你现在就可以回家洗洗睡了。"

"……"

桑延懒得多跟他废话，回头："温以凡。"

刚巧，温以凡跟了上来："怎么了？"

也不知道他们刚说了些什么，回想起穆承允刚刚在酒吧说的话，温以凡猜测这两人应该是认识的。再通过桑延像拽麻袋一样把穆承允拽着向前走，另一方没有丝毫不悦的状况来看，他们估计也挺熟。这会儿温以凡还有种自己打扰了他们叙旧的感觉。

桑延盯着她的脸看："喝酒没？"

温以凡点头，诚实地道："喝了一点。"

桑延："站得稳？"

不知道他为什么问这话，但温以凡还是认真回了："站得稳。"

"那帮个忙，"桑延从口袋里拿出车钥匙，往她的方向扔，"去前边先开个车门。"

温以凡立刻接住。

还没说话，桑延就抬了手，再度拽住穆承允的帽子，要笑不笑道：

"我这学弟呢，喝得实在是太醉了，走都走不动。"

温以凡看向穆承允，犹豫道："要帮忙吗？"

"别了。"桑延扯着穆承允往前走，力道看着毫不温柔，穆承允的脸都被勒红了，"你这人笨手笨脚又粗心大意，怎么照顾我这细胳膊细腿的学弟？"

"……"看着他的行为，温以凡沉默了一会儿："那你车停哪了？"

桑延抬了抬下巴："那边。"

穆承允被衣领勒得有点难受。但戏都演一半了，也不能就这么中断。他看着离自己好几米远的温以凡，同时还要承受桑延阴阳怪气地讽刺他细皮嫩肉娇滴滴的言论，也开始后悔今晚这装醉的举动。

走到垭口内停车的地方，温以凡快步走过去，把后座的门打开。桑延跟在她后边，直接把穆承允塞了进去，动作利落而干脆。

见状，温以凡把车钥匙还给他。她停在原地，也不知道桑延乐不乐意顺带捎她一程，想了须臾，还是没打算自取其辱。

反倒是穆承允先出了声："以凡姐，你怎么不上车？"

温以凡迟疑地看向桑延。此时此刻，桑延也站在后座旁边，低眼看着她。他的瞳色深如墨，眉梢微微一挑，似是在挑衅。而后，不发一言地把后座的门关上。

"……"拒绝的意味格外明显。

温以凡看了眼时间，还不到十点。

这时间算早，她也没太在意，正打算说句道别语就离开时，桑延已经抬脚往驾驶座的方向走，一边抛出了句："坐副驾。"

这意外的话让温以凡有些没反应过来："你在跟我说话吗？"

桑延打开车门，动作停了一下："不然呢？"

温以凡："哦，好的。"

"人喝醉了不舒服，让人在后座躺躺，"桑延闲闲地道，"你过去凑什么热闹？"

"……"温以凡顺着车窗往里看，注意到穆承允略微发白的脸色，莫名觉得今天的桑延考虑得格外周到，"也是。"

话毕，她朝穆承允说了一句："那你在后边好好休息，以后别喝这么多酒了。"

穆承允："……"

上了车，桑延随口问："他住哪？"

具体的，温以凡也不太清楚，只挑了自己知道的部分来回答："他是南大的大四学生，现在好像还住在学校。"

桑延："哪个校区？"

"……"温以凡回想了一下上次去采访时的地方，不太肯定地说，"应该是主校区。"

"对。"后头的穆承允含糊地补了一句。

之后车内没再有人说话，沉默到有些诡异。温以凡没察觉到这氛围有什么不对，只有种酒劲后知后觉上来的感觉。此时胃里翻涌着，喉间有什么东西上涌，不太舒服。

加上车内封闭，酒气在蔓延。这味道不太好闻，让她想吐的感觉更汹涌了。

温以凡没忍住说："我能开个车窗吗？"

桑延抽空看了她一眼，什么话都没说。他腾出手，向左侧一挪，往旁边控制车窗的按键上摁了一下。

下一刻，温以凡那侧的车窗就降了下来。外头清凉的风吹了进来，带着不知名的花香味。

温以凡瞬间觉得舒服了不少，道了声谢。她虚靠在车窗上，有点后悔空腹喝了那杯酒，想着到家之后煮个汤来喝应该会好些。

吹着风，温以凡思绪渐飘，想起了刚刚聚会上，穆承允说的桑延在聚餐时面不改色灌了十几瓶酒的事情。她不知他喝酒是出于什么原因，但也因此回想起高中时，他第一次在她面前"喝酒"的样子。

记得那天好像是苏浩安生日。为此，他请了班里的很多人，其中也包括温以凡。

对这种集体活动和聚会，温以凡的参与度其实都不太高。这次还是因为苏浩安邀请了她很多次，她也不好意思再拒绝。

地点定在了上安的一家 KTV。苏浩安提前跟她说了包间号。

一推门，温以凡就看到了坐在包间边上的桑延。他穿着黑色的 T 恤，靠着椅背，手里拎着听饮料。

见到她，桑延侧头，唇角弯起浅浅的弧度。

还没交流半句，温以凡就被另一侧的女生扯过去，参与进她们的话题。之后的几个小时，两人都没什么交集。

温以凡没打算待太久。快到九点的时候，她就起身去跟苏浩安道了声别，顺带说了句生日快乐。她没打扰其他同学的兴致，默默地出了门，通过 KTV 后侧的小门走出去。

顺着这楼梯下去，下头是个小广场。旁边开着一排商铺，还有个麦当劳。

温以凡摸了摸口袋，正考虑着要不要过去买个麦旋风，就见眼前的影子突然被一个更高大的黑影覆盖。她下意识仰头，瞬间撞上桑延吊儿郎当的眉眼。

她一顿："你也要回去了吗？"

桑延语调懒懒的："嗯。"

两人住的方向不一样，温以凡只点了点头："那周一见，你路上注意安全。"

说完，温以凡抬脚往麦当劳的方向走。但没走几步，旁边的桑延身子稍晃，忽地扯住她的胳膊，像是试图让自己站稳。

温以凡转头："怎么了？"

桑延手未松，慢悠悠地吐出了个字："晕。"

听到这话，温以凡看向他的脸。跟平时没什么区别，眼眸漆黑却亮，像是染上了路灯的光。她没反应过来他是怎么了，问道："你怎么了？"

"站不稳。"桑延看向温以凡，咬字重了些，"得让人扶着。"

"……"温以凡犹疑地走回他面前，恰好闻到他身上淡淡的酒味，"你喝酒了？"

桑延又嗯了一声。

温以凡觉得这不好："你一高中生喝什么酒？"

"拿错了，都一样是红色罐子。"桑延说，"以为是可乐。"

"哦。"温以凡也不知道该怎么处理，想了想，"那我给苏浩安打个电话，让他下来接你？或者你给你爸妈打个电话——"

桑延打断她的话："我不喜欢麻烦人。"

不喜欢麻烦人。那应该也包括她？

"那你，"温以凡思考了一下，指了指旁边的台阶，"先坐着清醒清醒？"

"……"她温暾地把话说完："我就先回去了？"

不知是好气还是好笑，桑延直勾勾地盯着她。似是有些憋屈，半晌后才朝她摆了摆手："行，你走吧。"

得了这话，温以凡又走向麦当劳。很快，她回了头，看到桑延真在那块的台阶坐下了。他坐姿松散，黑发落于额前，此时低着头，看不清眉眼。

看上去像个无家可归的可怜人。

温以凡收回眼，继续往前走。没多久，她又停下，叹了口气，走回他面前。

"桑延。"

桑延眼也没抬，漫不经心地啊了一声，算是回应。

没遇到过这种情况，温以凡也有些无从下手。她连自己都照顾不来，更别提照顾人了，只能说："你能走吗？我把你送到公交车站？"

下一瞬，桑延抬头，顿了几秒后，朝她伸手："站不起来。"

温以凡舔了舔唇，握住他的手腕，使了劲，想把他扯起来。

没动弹半分。

她又加了点力气，依然纹丝不动。

温以凡有些郁闷，半蹲下来："我上去叫苏浩安下来吧。"

桑延气定神闲地瞧她，不置可否："你就不能使点儿劲？"

"我拖不动你，你太沉了。"说着，温以凡又用力地扯了他一下，"你看——"

还没说完，这回桑延极为轻松地站了起来。

温以凡蒙了。

桑延站在原地，继续命令："走，去车站。"

"……"温以凡觉得有点怪怪的，但具体也说不上来，只能干巴巴地说，"我要怎么扶？"

桑延思考了一下："给我搭个肩。"

想到刚刚扯了半天才把他扯了起来，温以凡有点不愿意。唯恐他会把全部的重量放在自己身上，把她整个人压垮："我就扶着你的胳膊不行吗？"

桑延笑："那你能两边都扶着吗？"

温以凡没懂："怎么两边都扶着？"

她脑补了一下那个姿势，感觉跟拥抱没什么区别。

"只扶一边，"桑延扯唇，"我另一边站不稳。"

"……"温以凡考虑了好一会儿，才硬着头皮接受。想着距离也不算太远，咬咬牙也就过去了，放他这么个烂醉的人在这，好像也不太好。

她靠了过去："那你搭。"

说的时候，桑延怎么都理所当然，厚颜无耻到了极致。但一到实战，他反倒磨蹭了起来，胳膊半天也抬不起来。最后还是温以凡等得无奈了，直接抬起他的右胳膊搭在自己的肩膀上。

也不知是不是温以凡的错觉，桑延的身子似乎有些僵硬。接下来，也没有想象中那样，有像巨石一样的重量压到自己的身上。

她不自觉往他脸上扫了几眼。

走了一小段路，温以凡突然感受到，桑延身体轻颤，像忍不住了那般，发出低低的笑声。她抬起头，目光定在他唇边的梨涡，继续往上，对上他的眉眼。

桑延自顾自地笑，带着浅浅的气息，似有若无地喷到她的脖颈。

他这模样像是在发酒疯，温以凡茫然道："你笑什么？"

桑延还在笑："没什么。"

"……"她目光诡异，继续扶着他往前。

快到车站的时候，桑延忽地喊她："温霜降。"

温以凡："嗯？"

"跟你说个事儿。"

"什么？"

"刚记错了。"桑延扯了一下唇角，拖着尾音，又恢复了以往那副欠揍的模样，"我今晚喝的就是可乐。"

不知不觉间，车已经开到了南大门口。

可能是在车上休息了一会儿，穆承允看起来清醒了不少。他下了车，露出笑容，没提出让桑延送他进去的话，只跟他们道了声谢。

温以凡跟他摆了摆手，而后往南芜大学的校门口扫了几眼。她侧头，恰好与桑延的目光撞上，立刻收回视线。

又是沉默的一路。其间，桑延只开口问了一句："这是你同事？"

"新来的实习生，"温以凡说，"好像是你认识的学弟？"

桑延淡淡地道："是吧。"

车子开到小区的地下停车场。直到温以凡的脚落了地，她才极为真切地感受到，她喝的这酒后劲儿有点大。此时有种虚浮的感觉，感觉世界都在晃。

桑延比她晚几秒下车，正拿着车钥匙锁车。注意到温以凡的状态，他随口道："怎么了？"

听到他的声音，温以凡莫名想到了刚刚穆承允被勒得脖子发红的模样，下意识抬手，压着自己卫衣的帽子："没什么……"

"……"桑延觉得她的举动怪异，但也没从她的表情察觉出什么不妥，盯着她看了几秒便收回眼，往电梯的方向走。

温以凡跟在他后边，走得慢吞吞的。他进电梯好一会儿，她才跟着进去，走到里头靠着电梯内壁。

到十六楼后，见电梯门打开了，温以凡准备往外走。但站久了，脚底莫名无力，有些发软。

与此同时，桑延回了头，似乎是想跟她说些什么。他的声音还没发出来，温以凡的身子前倾，感觉什么都不受控，条件反射地扶住他的胳膊，另一只手拽住他的领带，脸也撞进他的胸膛。

一瞬间，所有的感官都被他身上铺天盖地的檀木香占据。

桑延的身子顺势下倾。她下意识仰头，鼻尖磕到他的下颚，又顺着后退一步。

电梯门在此刻也合上，画面像是静滞住。

先反应过来的人是桑延。

桑延站直起来，伸手扯了扯被她拽歪了的领带，不慌不忙地摁住开门键。他偏头，意味深长地看着她："这次又是什么理由？"

温以凡解释："抱歉，我有点站不稳。"

"刚问你时，"桑延若有所思道，"不是还站得稳吗？"

"……"

沉默三秒，静谧的电梯内，桑延仿若在这种状况中得出了个什么结论，忽然喊她："温以凡。"

温以凡慢一拍地抬头："啊？"

桑延上下打量她，挑了一下眉："你想追我？"

"……"温以凡的脑子混沌，一时间没太回过神，"什么？"

"有这个意思，你就直白点儿。说不定——"桑延稍稍弯下腰，与她的视线对上。他拖着尾音，停顿两秒后，慢条斯理地补了一句，"我可以考虑考虑。"

两人间的距离在顷刻间拉近。男人熟悉的气息压了下来，眉眼也近在咫尺。

他的眼睛是薄薄的内双，眼角微挑，带着与生俱来的锋芒。盯着人看的时候总像是在审视，高高在上，薄情而又冷淡。

此时俯下身与她平视，倒是少了几分距离感。

温以凡又靠回电梯内壁，回望着他，视线没有躲闪。她的思绪像成了糨糊，有点转不过弯，只觉得他这话不会是什么好提议，刻板地回："暂时还没有这个打算。"

桑延直起身，唇边弧度未敛，也不知是信还是不信。

思考了一下，温以凡又无法控制般，官方地补充："等以后有了，我再通知你。"

"……"

说完，温以凡也不等他的反应，镇定地抬脚往外走。她觉得自己走得挺稳当，但脚步又显得沉，抬得费劲，还有种在踩棉花的感觉。

桑延也终于察觉到她的不对劲："你今晚喝了多少？"

温以凡停住："一杯。"

桑延："一杯什么？"

温以凡摇头："不知道。"

桑延皱眉，语气不太好："不知道你就乱喝？"

温以凡："小恬拿给我的。"

她像个机器人一样，问什么回答什么，看着和平时的区别不大。要不是刚那句话，桑延完全看不出她是喝醉了。

怕她摔了，桑延走上前，伸手想扶住她："站好。"

瞅见他的举动，温以凡下意识往后退，顺带抬手重新压住卫衣的帽子："桑延。"

"嗯？"

盯着他的双眼，温以凡唇线抿直，莫名冒出了一句十分诚恳的话，像是要跟他拉近距离："我觉得我这段时间对你还挺好的。"

桑延的动作微微顿住，又听她继续说："你说什么我都没反驳，还言听计从。"

桑延收回手，淡淡地道："你想说什么？"

"所以我想跟你，打个商量。"温以凡又有点想吐，往他的方向靠近，闻到他身上的味道才舒服了些，"你能不能别勒我？"

桑延："？"

"我想，"温以凡一字一顿道，"好好喘气。"

"……"这话落下的同时，桑延才注意到她一直摁着帽子的举动。也因此，想起了他先前对穆承允做出的行为。他嘴角抽了一下，有些无言，抓住她的胳膊。

温以凡的手依然僵着未动，肢体语言里带着警惕的意味。

"行了，"桑延啧了一声，动作却轻，"不碰你帽子。"

听到这话，温以凡表情半信半疑，渐渐放下手。

桑延虚扶着她往家门的方向走。看着她的侧脸，他又低下眼，盯着她那软得像是没骨头的手臂，低不可闻地说："你不是那待遇。"

进家门后，温以凡换了室内拖，条件反射地往房间的方向走。但没走几步，就被桑延揪了回去，扯到沙发上："坐着。"

温以凡哦了一声，看着桑延烧了壶水，而后转身往厨房走。很快，他又回头补了一句："别碰那水。"

不知道他要干什么，温以凡只能点头。这会儿她胃里难受，眼皮也不受控耷拉下来。她想喝点热的东西，又想去睡觉。

等了一会儿，恰好瞧见旁边烧开了的水，温以凡精神放松，想装杯热水来喝，不自觉伸了手。

下一瞬，桑延的声音就响了起来："干什么呢？"

"……"温以凡立刻收回手。有种不经人同意，就碰了别人东西的心虚感。

桑延走了回来，坐到她旁边的位置。他的手上拿着罐蜂蜜，往杯里倒了几勺，随后倒了点冷水进去，又掺了开水。

他身上的西装还没脱，肩宽而腿长，让他身上的气质多了点正经，少了几分玩世不恭。

温以凡再度注意到他的穿着："你今天为什么穿这个？"

桑延没答，把杯子搁到她面前："喝了。"

温以凡接过，磨蹭地喝了几口，继续问："你找到工作了吗？"

他格外冷漠，依然没答。但氛围也没冷却下来，因为温以凡喝多了之后，话倒是比平时多了点："什么时候找的？"

虽然基本都是问题，但她似乎也不在意他回不回答，自顾自地问："这工作还得穿正装吗？"

桑延笑："你还挺多问题。"

温以凡眨了眨眼。

"但我现在呢，"看她喝了小半杯，桑延才起身，"没兴趣跟你这个酒鬼说话。"

感觉自己被诬陷了，温以凡立刻说："我只喝了一杯。"

桑延没搭理她，继续往厨房走。后头的温以凡又道："你毕业典礼的时候，喝了十几瓶酒，那才叫酒鬼。"

他瞬间定住，回头："你怎么知道？"

温以凡老实说："穆承允说的。"

"……"

"你为什么喝那么多？"

沉默了好一阵，桑延收回视线："多久前的事情了。"

桑延："早忘了。"

"哦。"半杯蜂蜜水下去，温以凡感觉自己的脑子似乎清醒了一些，胃里也没那么不舒服了，"那你以后少喝点。"

桑延没再应话，直接进了厨房。

没多久，桑延端了碗粥出来，放到温以凡的面前。他躺回沙发上，似是总算把事情干完，话里多了几分随意："喝完就回去睡觉。"

"……"

此时，温以凡是真切地感受到了，有室友的幸福感。她暗想着桑延人还是很好的，等他以后要是不舒服了，她一定也会礼尚往来地照顾他。

桑延躺着玩了会儿手机。温以凡慢慢地喝着粥，正想跟他说句谢谢的时候，桑延的手机响了起来。

桑延直接接起："说。"

他似乎一直是这样，跟认识的人打电话，寒暄的话一句都不会提。像是极其没耐心，一开口的语气就是让对方有屁赶紧放。

温以凡的话也顺势咽回了嘴里。

那头的人不知说了句什么，桑延问："谁生日？"

"噢，你倒也不用特地打个电话来提醒我一下。"桑延语调散漫，听起来毫不在意，"你直接转告段嘉许，他这个年纪，过生日有什么好昭告天下的？"

"……"

"要真想过，自己私底下偷偷摸摸过就得了。"停了几秒，桑延嗤笑了一声，"什么叫我也老？你让他那80后别碰瓷老子这个90后了。"

"行了，赶紧去学习，"桑延说，"下个月都高考了管这点破事做什么？"

"挂了。"

电话挂断，室内也随之安静。

温以凡大脑迟钝地运转着，想起个事情："你生日不是90年1月吗？"

桑延瞥她："怎么？"

"好像是元旦后一天，"温以凡说，"那跟89年也就差了两天。"

桑延把玩着手机，像没听出她的言下之意一样，说话的语调不太正经："你对我的事情倒是记得清楚。"

温以凡动作停顿了半拍，轻声说："因为这个日期挺好记的。"

"噢。"桑延看着也不太在意，表情风轻云淡的，"是挺好记。"

把粥喝完，温以凡跟桑延道了声谢，回到房间。洗澡的时候，被热气蒸腾了一番，她的思绪也渐渐清晰，回想起了自己今晚做的蠢事和说的蠢话。她后知后觉地懊恼起来，再度后悔起今晚喝了酒的事情。残余的醉意让温以凡的困倦升到了一个顶端。

出了浴室，她趴到床上，眼皮已经沉到睁不开的程度，也没什么精力再去纠结今晚的事情。迷迷糊糊之际，她想起了桑延塞进她手里的那杯蜂蜜水。

温热至极。

温度像是能顺着指尖蔓延到全身。

在彻底失去意识前，温以凡的脑子里不受控地冒出个念头。

希望桑延能在这，住久一点。

也许是因为今晚穆承允的话，温以凡这一觉，非常应景地梦到了自己毕业典礼的那一天。但画面有些虚化，看着真切，却又不太真实，让梦里的她也辨不出是现实还是幻境。

印象里，毕业典礼好像是下午就结束了。

温以凡穿着学士服，手里拿着毕业证，跟舍友随着人流从礼堂里出来。外边人很多，基本都是穿着学士服的毕业生在跟亲朋好友拍照。校内人来人往，一路走过去能撞见不少认识的人。

温以凡也时不时被扯过去拍几张照片。

因为大四实习，几个小姑娘各自在忙各自的事情，也好一段时间没见了。此时她们的话都不少，七嘴八舌地提着实习的各种经历。

一个话题结束后，温以凡听到其中一个舍友说："对了，我刚刚拿完毕业证下来，在后排看到个超级超级超级帅的帅哥。也不知道是哪个系的。"

另一个舍友说："我去，你咋没喊我看！"

"这哪能怪我，你们当时在等着上台拿毕业证，等你们下来，我想跟你们提的时候都找不到那帅哥了，我还有种眼花了的感觉。"

"行，我就当你是眼花吧。"

温以凡听着她们的对话，忍不住笑了一下。

没多久，四人被一个认识的同学喊过去拍照。

温以凡被舍友牵着走过去。她被安排在靠中间的位置，看着镜头，唇角弯起的弧度很浅。拍摄者捧着相机，嘴里大声倒数着："三、二……"剩下一个数字还没喊出来。

在这个时候，在混杂的人群中，温以凡突然听到有人喊她的名字。声音不轻不重，却格外熟悉。她的呼吸停住，不自觉转头往四周扫了一眼。

拍摄者欸了一声："学姐，你怎么突然动了呀？"

旁边的舍友也问："怎么了？"

温以凡还看着周围，心情有些怪怪的："我好像听到有人喊我。"

"啊？"听到这话，舍友也看了看周围，"你是不是听错了，我没听到有人喊你呀。可能是有人的名字跟你差不多吧，这那么多人……"

舍友接下来的话，温以凡没太听清。她的目光定在了某个方向。

男人背影瘦高，像是特地来参加谁的毕业典礼，穿着规矩的白衬衫和西装裤。此时他可能是在看手机，正低着头，往人群稀少的方向走，缓慢远离了这里的热闹喧嚣。

一瞬间，温以凡想起了四年前，那个细雨满天飞的雨夜。

尽管下着雨，空气依然是燥热的。

少年沉默地将她送到家楼下，眉眼间的骄傲尽数崩塌。那个从初见就意气风发的少年，像是被人在骨子里强硬地种下了卑微，再无法掩盖。

在那条漫长到像是没有尽头的巷子里，他沉默地背过身，一步一步地，走出了她的世界。

恍惚间，这两个身影像是重叠在了一起。

温以凡的大脑一片空白，不受控地往那头走了一步，下一瞬就被舍友拉了回去。

"小凡，你上哪儿去？"

拍摄者也在此刻说："学姐，再拍一张！"

温以凡茫然地收回视线，只觉得他这会儿肯定在南芜，不可能出现在几千公里外的宜荷。

他没有理由会出现在这里。

温以凡心不在焉地拍完照，再度往那个方向看。

前一分钟看到的画面像是幻觉。那个熟悉的身影早已消散在人群之中，再不见踪影。

温以凡从梦中醒来。

她口干得难受，起身打开了床边的台灯。明亮的光线刺得她眼睛生疼，温以凡皱了皱眉，感觉神志还有些恍惚。

梦里的记忆还格外清晰。可在此刻，温以凡也记不清，毕业典礼的那天，她是真切地看到了那个背影，抑或者只是梦境给她的记忆添加了一笔色彩。

温以凡发了会儿呆，良久后，闭了闭眼。

也许是受了梦境的影响，也可能是夜晚会将情绪放大化，温以凡此时的心情差到了极点。她没了半点睡意，干脆起了身，打算去倒杯温水喝。

怕吵到桑延，温以凡没穿拖鞋，打开房门，轻手轻脚地往客厅走。正打算走到茶几旁坐下的时候，身后响起了门打开的声音。

温以凡的脚步停住，回头，就见桑延也出了房间。他穿着休闲的短袖短裤，神色略带困倦，像是要起来上个厕所。

余光瞥见她的存在，桑延偏头，随口道："又梦游了？"

"……"

"你这梦游的触发点是什么？"可能是刚醒，桑延的声音又低又哑，"喝多了也能梦游？"

温以凡没吭声。看到他的这一瞬，刚刚的梦境再度涌起，温以凡的脑子全数被那个离人群越来越远的背影占据。

极为安静的空间，低暗的视野像是带了蛊惑。她的内心涌起了一股冲动，联想起先前桑延说的话。

——你突然跑出来抱住我。

反正他也不知道。他觉得她是在梦游，他不知道她是清醒的。

温以凡缓慢地朝他的方向走去。

桑延给她腾位，很欠地来了一句："这次不占我便宜了？"

就这一次。

她只冲动这么一次。

仿若回到高考后的那个盛夏。年少时的她，盯着那个少年渐行渐远的背影，克制着自己上前抱住他的冲动。她强硬地收回视线，慢慢地后退，也选择了退出他的世界。

此时此刻，就在这一瞬间，像是时光倒流。她想做出，那时候很想做出的一个举动。

温以凡的内心全被那时候的渴望和残存的醉意占据，理智半点未剩。她停在他的旁边，心脏在此刻跳得极快，几乎要冲出自己的身体。

桑延跟她的距离，只有一步之遥。

男人身上的味道，跟少年时没有任何区别，极其淡的檀木香在空气中扩散。

因为头一回做这种事情，温以凡屏住呼吸，动作稍顿了一下。

桑延继续道："赶紧回……"

没等他说完，温以凡低下眼，往前一靠，抬手抱住了他。

随着这个举动，温以凡碰触到他裸露在空气中的手臂，像是带了电流，让她想收回手，却又情不自禁地往前。

这个角度，她什么都看不见，只能察觉到，桑延似乎低下了头。胸膛微微起伏着，宽厚而温热。她的鼻息间，也全数被他身上的气息所占据，与周遭的世界隔绝开来。

这一瞬间，温以凡觉得自己心上缺了一块的地方，好像渐渐被什么东西填补了。安定感像是现了形，丝丝缕缕地将她包裹在内。

像是只有他能传递的温度，只一点就足够。

温以凡强行控制着情绪，让自己的呼吸平缓而规律。她也不敢抱太长的时间。毕竟假装自己不清醒，对别人做出这样的举动，本就不是什么光彩的事情。

温以凡正想松手，在这个时候，她用余光察觉到，桑延动作迟缓地抬起了手。她的神色微顿，情绪在顷刻间收敛，大脑闪过先前她对他说过的话。

——以后如果还有这种事情，你直接给我来一拳就行了。

心虚感也随之升到了顶端。

在他的"拳头"落下来之前，温以凡故作自然地收回手。她没看他的脸，缓慢地转了身，往主卧的方向走。

后头传来桑延的声音。他似乎是习惯了，语气听着没把这当成大事情，腔调松懒："今天就抱这点时间？"

"……"温以凡脚步半点未停，恰好走到主卧门口。

温以凡按照先前大学舍友给她描述的，尽量让自己的举动看起来机械而生硬。她缓慢地拉动门把，走进房间里。

直到关门声响起，温以凡的精神才稍稍放松下来。

温以凡走回床边坐下，神色呆滞。过了好一阵，她往后一倒，陷入软软的床垫，失神地盯着天花板看。

三秒后，温以凡像是终于反应过来了，抓起旁边的枕头捂住脸。她滚了一圈，又猛地坐了起来，整张脸以肉眼可见的速度变红。

她，刚刚，做了，什么？她刚刚真的假装梦游，抱桑延了？她真的占了桑延的便宜？

她怎么会抱他！！！

不敢相信自己会做出这样的事情，温以凡的心情有些崩溃。她盯着虚空，忽地开始自言自语："我喝醉了。

"对。

"我喝醉了。

"喝酒误事。

"我以后不会再喝酒了。"

"有机会的话，我希望这个酒能去跟桑延道个歉。"温以凡喃喃低语，"而不是把这个罪名推卸到我的身上。

"不能让我背这个锅。"

残存的酒精让精神格外亢奋，加之又做了亏心事，温以凡更加睡不着。她自顾自地找着理由，努力地说服自己。

良久，温以凡的心情平复了些，拿起旁边的手机刷起微博。没刷几条，就看到一条树洞博。

追了很久的男生昨晚喝醉亲我了，还说同意跟我在一起，我高兴了一个晚上。结果今天我开开心心地去找他，他却跟我说他喝醉了，什么都不记得。TAT。

温以凡眉心一跳，点进去看了下评论。

"估计下一回醉酒就把你搞床上去了，醒醒吧。"

"真好，喝醉真是个万能的理由。"

"渣男，呕。"

咣当一下，"渣男"两个字像是两块砖头，用力地砸到温以凡的脸上。她立刻退出评论，没再继续看下去。

温以凡把手机扔到一旁，刚刚自我催眠的话在此刻又没了半点功效。她极为艰难地继续掰扯着理由——

以前是喜欢的。过了那么多年了，早就不喜欢了。但对他愧疚，再加上酒精上头了……

这些理由很快就中断，被那个不可控的念头一一推翻。

温以凡将整个人埋进被子里头，强行把所有思绪抛诸脑后。

夜晚总容易想太多，醒来就好了。

想是这么想，但这事情实在给了温以凡太大的震撼，导致她翻来覆去都睡不着。再加上刚刚去客厅还没来得及喝水，桑延就出来了。

温以凡这会儿极其口干，但她也没胆子再出客厅，唯恐会让桑延察觉到什么不对劲。

隔天早上，温以凡调整好心态，当作一切如常。她按照平时的时间出了房间，一走到客厅，就看到桑延坐在餐桌旁，已经开始吃早餐了。

桌上就是很简单的白粥和鸡蛋。

两人对视了一秒。温以凡收回眼，平静地进了厨房，从冰箱里拿了瓶牛奶。她在冰箱前停了几秒，猜测了几个桑延接下来会问的问题。

做好充足的准备后，温以凡回到餐桌旁。

桑延随口说："喝点粥。"

温以凡顺势看了眼锅里大半的粥，安静三秒："好的。"

沉默下来。出乎温以凡的意料，桑延的神色淡淡的，看着并没有打算问她问题。仿若昨晚她"梦游"抱他的事情，对他并没有太大的影响。

他这个表情，温以凡也看不出他有没有猜出什么，内心志忑又不安。她温暾地喝了口粥，还是主动套点话："我昨天好像又梦游了？"

桑延眼也没抬："嗯。"

"那我这次，"温以凡故作淡定，"有没有做什么事情？"

"有。"

温以凡盯着他，耐心等着接下来的答复。

"就，"桑延话一停，抬眼，若有所思道，"抱了一下。"

"……"

桑延懒洋洋地道："昨天还挺节制呢。"

他的回答跟昨晚真实发生过的事情没半点出入，让温以凡联想起之前几次梦游后，桑延给她描述的那些情况。

她之前不太相信，但此时因为桑延的实话实说，想法也有点游移不定了。

不过这会儿温以凡也没时间去考虑那些。他这个模样和语气，看着确实是丝毫没察觉到不对劲。温以凡总算放下心，但取而代之的，负罪感也升上来了，总有种桑延被她占尽便宜，受尽委屈的感觉。

犹豫着，温以凡小声说："抱歉。"

桑延："怎么？"

虽然怕多说多错，但出于内心的自我谴责，温以凡还是硬着头皮说完："虽然我不清楚情况，但对你做出这样的行为，实在很抱歉。"

"这都多少次了，"恰好吃完早餐，桑延往后一靠，上下扫视着她，"你怎么这会儿突然觉得对不起我了？"

"……"

"之前不挺嚣张的吗？"

"我，"这词还能安在自己身上，温以凡极为无语，"很嚣张……吗？"

"不是？"桑延挑眉，慢条斯理地说，"之前跟你提起这个事情呢，只会诸多狡辩。仗着自己不清醒，我说一句，你顶一句，最后还想花钱了事。"

温以凡没想到从他的视角看来，自己是这样的形象。光是自己不清醒的状况，他的怨气都这么重，温以凡更不敢想，如果桑延知道昨晚她根本不是梦游，他会炸成什么样。

"那你以后，"温以凡讷讷地道，"要不晚上的时候就尽量待在房间里别出来，门上锁了，我总不会进你房间里。"

桑延没应她这话，反倒问："你这梦游还挺特殊，还有占人便宜的毛病。"

温以凡下意识解释："我以前好像不……"说到这，她又觉得这话很有歧义，及时改了口，"我不太清楚。"

"噢。"桑延却是听出来了，眉梢微扬，"只占过我的？"

"……"确实是这么个情况。

但直接说出来，总觉得哪里不太对劲。温以凡一时间不知道怎么回答，没有吭声。

"不是，"桑延笑了，"你这是什么新型的追人手段？"

"……"

"还有这种事儿？你让我有点儿怀疑了，"桑延坐直起来，手臂搭在餐桌上，往她的方向靠近了些，"真是梦游？"

这要换在平时，温以凡肯定要耐心跟他解释一下，但现在她实在是太没底气了，只能低头喝粥，含糊道："对的。"

"你今天话还挺少。"桑延直勾勾地盯着她，像是想看出点什么来，"之前跟你提这事儿，不是还挺能扯理由的？"

温以凡面不改色地用他的话回应："那不是都好几次了。"

桑延收回视线："也是。"

话题终止于此。桑延起了身，往厨房的方向走。

确定自己没露出什么破绽，温以凡的后背很明显地松了下来。在这一刻，她还有种被老师点名起来回答问题，应付完后的轻松感。

两人差不多同时出门。

进了电梯，温以凡习惯性靠着最里的电梯内壁。瞥见桑延又穿回平时的穿着，她有点想问问他找到什么工作了。但因为昨晚的事情，她总觉得不自在，连主动跟他说话的勇气都没有。

电梯下行。下到七八楼的时候，温以凡突然注意到桑延只摁了负一楼。她顿了一下，上前走了两步，打算自己去摁一下一楼的按键。

走到桑延身侧，温以凡的手刚抬起，手腕就被他握住。他的视线从手机上挪开，抬眼看她，像是个刚开始受到侵害的受害者，习惯性地做出抵抗的动作。

"想做什么？"

"……"温以凡说，"摁一下一楼。"

桑延松开她的手："噢，往后退几步。"

温以凡忍了忍："好的。"

"我今天心情不错，正好要去上安那边。"桑延松开她的手，大发慈悲般地说，"顺带捎你一程。"

"……"虽没骨气，但有免费的顺风车，温以凡也不太想去挤地铁。她露出个微笑，假意感恩戴德地回："那就谢谢你了。"

到达负一楼，两人出了电梯，走到地下停车场。

温以凡坐上副驾驶座，系上安全带，没主动说话。

跟桑延靠近的每一个瞬间，大脑都在时刻提醒着她昨晚那个拥抱，以至于她现在完全不知道该如何跟他相处。

车子发动，一路沉默。

过了一会儿，可能是觉得她今天不太对劲，桑延往她的方向瞥了好几眼。而后，他出声问："不舒服？"

温以凡趴在窗上，温暾地道："没有。"

这看着像是心情不好，又像是不太舒服。又安静一会儿。

桑延："你这是在梦游的时候把精力全花完了？"

温以凡："嗯？"

桑延语气吊儿郎当："昨晚掀我衣服的时候不挺热情的吗？"

眼睛还看着窗外的景色，温以凡思绪放空，下意识回："我昨晚哪有掀你衣服？"

说完这句话，过了好半晌，温以凡才后知后觉，车内氛围变得有些诡异。她忽地回过神，反应过来到自己刚刚说了什么，生硬地转头。

恰好是红灯，桑延把车子停下，侧过头，缓缓地与她的视线对上。他意味深长地看了她几秒，才道："你怎么知道没有？"

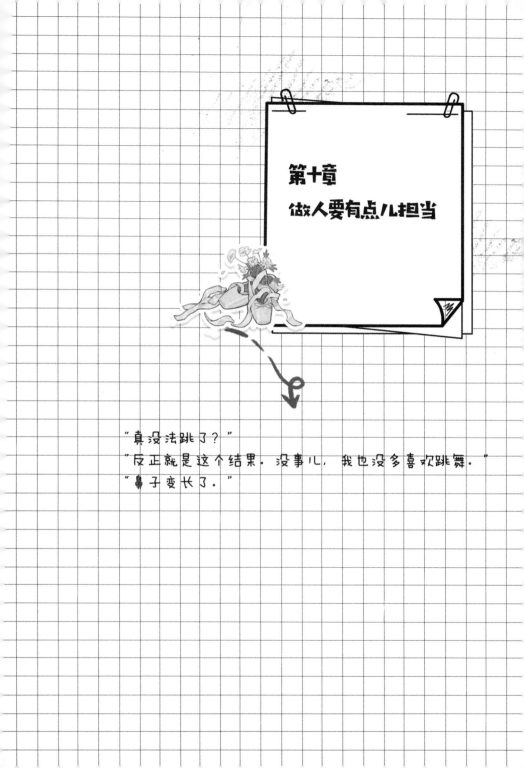

第十章

做人要有点儿担当

"真没法跳了？"

"反正就是这个结果。没事儿，我也没多喜欢跳舞。"

"鼻子变长了。"

"……"

温以凡没避让视线，神色淡定："嗯？"

桑延没重复，仍然高高在上地看着她，眼里审视的意味十足。温以凡还能用余光注意到，他的指尖在方向盘上轻敲着，一下又一下，迟缓又规律，像是在思考着什么。

从她的角度来看，也像是无声的凌迟。

温以凡在脑子里寻找着应对的话，面上神色稍愣，似是才反应过来。她弯起唇角，语气温和地解释："不是你刚刚说的吗？我昨晚只抱了你一下。"

敲方向盘的动作停住，桑延的眼皮动了动。看着是认同了她这个解释，他只淡淡地啊了一声，而后便收回了视线，没再追问下去。

冷场。

尽管温以凡现在并不是特别想说话，但秉着演戏演全套的原则，她还是反问了一句："所以我昨晚，掀你衣服了？"

桑延看着前方："记错了。"

"……"

"上次吧。"大约是不想让自己的话前后矛盾，桑延悠悠地解释，"毕竟也不是一次两次的事情了，我总不能每次都记得一清二楚。"

"……"温以凡想说自己应该做不出掀他衣服这种事情，但想到昨晚抱他时，桑延那认命到懒得反抗的姿态，又觉得在她先前的几次梦游里，可能确实是真的发生了不少让她无法想象的事情。

温以凡不敢脑补那些画面，只能点头："委屈你了。"

"……"

见他不说话，温以凡思考了一下，想让他觉得这种苦难的日子是有尽头的，又安抚般地补充了一句："等有时间了，我上医院看看吧。"

到南芜电视台楼下。

温以凡垂眸解开安全带。她也不清楚桑延这个点来上安是要去"加班"酒吧，还是有别的什么事情，但她也没问，只说："谢谢你了，那我先上去了。"

桑延懒散地嗯了一声。

温以凡正想打开车门："你路上小心。"

"温以凡。"桑延突然喊她。

闻声，温以凡的动作顿住，回头看："怎么了？"

他随口道："头发沾了东西。"

温以凡立刻抬手摸了摸脑袋，顺带问："哪儿？"

"左边一点。"

温以凡的手往左挪。

"再上点儿。"

手又往上。

"右边一点。"

她全数照做，却依然碰不到他所说的那个"东西"。

下一刻，温以凡听见桑延没耐心般地啧了一声。她头皮发紧，正想掰下面前的化妆镜看看时，就感觉到脑袋一沉，被什么东西碰触着。

她侧眼望去，就见桑延抬着手臂，此时手正搭在她脑袋上，似是要帮她把头发上的东西弄掉。而后还很不客气地揉搓了一下，将她的头发弄乱，像是在报复她的拖拖拉拉。

他收回手，开始赶客："别磨蹭了，我赶时间。"

因他的举动，温以凡犹疑地问："沾了什么东西？"

"不知道。"

"……"温以凡没再追问，只能道了声谢。

温以凡下了车，抬手把头发顺齐，往门口的方向走。恰好跟不知何时到的穆承允撞上，他主动打了声招呼："以凡姐，早上好。"

她朝他点头："早上好。"

走进楼里，温以凡又回想起刚刚桑延的举动，后知后觉地揉了揉脑袋。她的思绪有些飘，像是沉浸在自己的世界里，也没听旁边穆承允的话。

过了好一阵，穆承允喊她："以凡姐？"

"……"温以凡回神，"嗯？怎么了？"

穆承允的长相秀气，笑起来有些奶。他没有在意温以凡刚刚的忽视，好脾气地重复一遍："你跟桑学长在交往吗？"

温以凡稍顿："不是。"

穆承允微不可察地松了口气："我刚刚看到他送你来上班，还看到他揉你头，我还以为……"他没说完，不好意思地笑了笑，"是我太八卦了。"

揉？温以凡愣了一下。她收回手，回想着桑延那个力度。感觉，用"搅拌"来形容会更贴切一些。

但温以凡跟穆承允不太熟悉，觉得否认了就足够了，再多的问题也懒得再解释。她没有多言，只是笑了笑。

两人一块进了办公室。

回到位置，温以凡打开电脑。她随手翻了翻桌上的资料，隔壁桌的苏恬喝着咖啡，凑过来跟她说话："你今天咋跟这小奶狗一块来了？"

温以凡："刚好在门口碰上了。"

"这样啊。"苏恬舔了一下唇，神色带了些抱歉，"对了小凡，我昨天给你喝的那杯酒，酒精度数好像有点高。我本来以为是果酒才给你的。"

提起这茬，温以凡又想到了昨晚的事情。她的表情僵了一下，很快就恢复如常："没事儿，回家我就睡了。没什么影响。"

苏恬："没头疼吧？"

温以凡没觉得有什么不适，笑道："没有。"

苏恬打了个哈欠："我看今天好多人都萎靡不振的，昨天都浪太过了。我现在困死了，极其后悔昨天没跟你一块走。"

"难得出去轻松一下，"温以凡说，"玩得开心就行。"

这话题也没持续多长时间，没多久，苏恬跟她提起了另外一个事情："我之前不是想跟你介绍我那个朋友，让你们俩合租吗？然后你室友不搬了，她就自己在网上找了一个，是个男大学生。"

"大学生吗？"温以凡想了想，"怎么不住学校？"

"好像是个游戏主播还是啥的，不想影响舍友的作息。"苏恬说，"我朋友前段时间天天跟我抱怨，说这个大学生太不讲卫生了。"

"不讲卫生？"

"对，你室友会这样吗？"苏恬有些好奇，掰着手指一件一件地复述，"就是碗筷用完了都不洗，就堆着，搞得碗池里全是干了的油污。脏衣服两周洗一次，内裤袜子都丢洗衣机。从不打扫卫生，有时候连厕所都忘了冲……"

温以凡摇头："没有。"

这么一想，桑延还是非常爱干净的。她内心有些庆幸，补充了一句："我室友还挺好的。"

"那你运气还挺好。"苏恬笑了起来，继续说，"不过你可能想不到，前几天，我这个朋友来跟我说，她觉得自己好像喜欢上这个大学生了。"

这个转折让温以凡有些蒙："啊？"

"说是这大学生只是被家里惯坏了，什么家务活都不会干。但只要她提出来的事情，他都会听，之后都不会再犯了。"苏恬说，"反正就全是好话，让我完全没法想象这跟她之前跟我吐槽的是同一个人。"

"……"

"不过我觉得主要还是这大学生长得挺帅的。要能找到这么帅的，我也去合租了。"苏恬叹息，发表了句感言，"所以异性合租，相处久了，是不是都会产生点爱的火花啊？"

温以凡脱口而出："也不一定。"

苏恬看她："你怎么否定得这么快？"

"……"

"我好像也没问过你，"说着说着，苏恬突然想起个事，"你新找的合租室友是男的还是女的呀？我记得是王琳琳给你找的？"

温以凡沉默几秒，还是没撒谎："男的。"

"我去，"苏恬惊了，"靠谱吗？"

"嗯。"

可能是因为刚刚温以凡果断的反应，苏恬下意识觉得她这个室友肯定很丑："虽然不能以貌取人，但是你确定他没有对你心怀不轨吗？"

温以凡没吭声。

盯着温以凡的脸看，苏恬很不放心："我觉得异性合租是挺正常的。不过你自己也要注意点，什么事情都得有点防备。"

想到被她占尽便宜的桑延，温以凡的心虚感又疯狂涌起，觉得自己可能才是"心怀不轨"的那一方。她没敢说出来，面不改色地说："我知道的。"

温以凡本以为桑延只是住三个月。

想着在这短暂的时间里，他们之间也不会有太多的交谈。等时间一到，他自然会离开。对双方来说，彼此都只是一个连朋友都称不上的过客，这就只是一段不值得一谈的小插曲。如同先前的王琳琳。

但现在这个趋势明显不太对劲。

温以凡大致也能通过苏恬的话分析出来。大约是她这段时间跟桑延一直朝夕相对，相处的时间太多，才因此昏了头，产生了不该有的想法。

昨晚的拥抱像是个警示，时时刻刻安在温以凡的眼前。在这事情上，温以凡非常有自知之明。她没自作多情到会认为桑延对她还有那样的想法，也没无耻到能把从前的事情当作没发生过那般去接近他。

并且，温以凡很不喜欢这种习惯，也非常恐惧会适应另一个人的存在。

她的潜意识里，这无非就两个结果。对方可能会像父亲那样，会在毫无征兆的某天，永远离开她的身边；也可能会像母亲那样，为了自己能拥有更好的生活，选择舍弃她。

因为这种想法，外加在清醒的情况下对桑延做了亏心事，这之后，温以凡明确感觉到，再跟桑延相处时，她的情绪已经没法像之前那样了。

温以凡开始不甚明显地跟桑延拉开距离，试图将关系变回刚开始合租时的那样，就这么熬到他搬走的时候。

这态度转变得不大，桑延那边似乎也毫无察觉。他这段时间开始上班，工作量似乎很大，加之偶尔晚上还要去"加班"，有时候直接一晚都不回来了。

一个月下来两个人也没多少相处的时间。

温以凡的工作也忙，常常早出晚归，也没什么时间去考虑这些事情。

秉着不套室友近乎的原则，温以凡一直也没问桑延找到什么工作了。到最后，还是钟思乔那边跟她谈起了这个事情。

钟思乔："我昨天听向朗说。"

钟思乔："桑延好像去他们公司上班了。"

钟思乔："不过他俩不是一个部门，他之前没注意，好像才发现的。"

温以凡："向朗现在在哪上班？"

钟思乔："优圣科技。"

钟思乔："他在市场部，桑延在软件部。"

钟思乔："不过桑延的职位比向朗高，人家是经理。"

钟思乔："向朗真是个垃圾。"

钟思乔："他还跟我说，桑延肯定有后台。"

看到这话，温以凡突然想起桑延先前的话，这才意识到他不是在吹牛。她随意回复了几句，退出聊天窗，正想把手机放到一旁，却不经意点到了另外一个聊天框。

是赵媛冬的。

因为温以凡一直没回复消息，赵媛冬发消息的次数也少了。只偶尔会发几句让她注意换季，别生病之类的话。

温以凡随手滑了滑，看到清明前几天的聊天记录。

赵媛冬："你大伯母今天回北榆了。"

赵媛冬："那天是妈妈忘了考虑你的情绪，以后我不让她来了，行吗？"

赵媛冬："别生妈妈的气了。"

清明那天。

赵媛冬："阿降，今天要不要跟妈妈一块去看你爸？"

中途基本都是些杂七杂八的话。

三分钟前，赵媛冬又发来了话。

大段大段的文字。

赵媛冬："阿降，妈妈这段时间跟你大伯母聊了聊。之前那事情，当时我没在你身边，我不了解情况，所以没站在你那边，是妈妈对不起你。"

赵媛冬："我一直觉得他们把你照顾得很好，我这边也很放心。那个时候，我也一直很想把你接回来，但又怕频繁换环境会影响你高考。想着再过一段时间就好了，等你大学考来南芜，就回来跟妈妈一块住，妈妈也好照顾你。我也没想到你后来会报到宜荷那么远的地方去。"

赵媛冬："妈妈以后多多补偿你，好吗？"

温以凡盯着看了好一会儿，直接退出了微信。她重新看向电脑，脑子却有些乱，眼前的文字像是成了一串乱码，让她完全无法看进去。

她闭了闭眼，再度拿起手机，把跟赵媛冬的聊天记录清空。

接近晚上十一点，温以凡才完成工作回到家。她脱掉鞋子，看到桑延正抱着个笔记本电脑躺在沙发上，手指在键盘上飞快敲打着，也不知道是在做什么。

温以凡没影响他，习惯性过去喝了杯水。喝完之后，又装满一杯，打算回房间。

桑延在这个时候喊住了她："喂。"

温以凡回头："怎么了？"

"规矩忘了？"桑延瞪她，很快就收回视线，边敲键盘边说，"十点没回来得跟我说一声。"

温以凡愣了一下，慢一拍地说："哦，我忘记了。抱歉。"

她也没再说别的，继续抬脚往房间走。

"我怎么感觉，你最近对我的态度，有点儿，"桑延停顿，似是在斟酌用词，而后才慢慢吐了俩字，"怠慢。"

"……"温以凡又停住，"没有，我只是很困。"

桑延抬眼。

温以凡低声说："就想睡个觉。"

桑延手上的动作停下，定定地看着她，很快便道："去睡吧。"

听到温以凡关房门的声音，桑延腾出点精力回想着她刚刚的模样。沉默了一会儿，他收回思绪，又敲起了键盘。

接近凌晨两点，桑延拿上换洗衣物去洗澡。等他出来，想回客厅拿回电脑，就见不知从什么时候开始，温以凡又出了客厅。她已经换上了睡觉穿的短袖短裤，露出白嫩纤细的四肢。

此时温以凡正坐在沙发上，呆滞地盯着时钟。

"……"桑延头发还湿漉漉的，走到她面前。他用毛巾搓了一下头发，盯着她看了好一会儿。随后，他扯过旁边的板凳坐下，慢慢地道："所以你是心情不好，还有喝醉的时候会梦游？"

温以凡安静着没动。

桑延问："今天怎么了？"

温以凡一动不动的，像是只活在自己的世界里，感受不到周围的东西。要不是偶尔会眨一下眼，桑延都觉得她像是成了个雕塑。他也没再说话，只是坐在旁边，没干别的事情。

过了十来分钟，温以凡站了起来，慢吞吞地往房间的方向走。

桑延坐在原地，转身盯着她的背影。他偏头往前看，见她接下来要走的地方都没有能磕绊到她的东西，也没跟上去。他神色悠哉，懒懒地看着她的举动。

温以凡像个幽灵似的，直直地往里走，步伐缓慢又平稳。这次走到他房间时，她依然像先前几次那般停了下来，顺着往里看。

刚刚桑延回房间拿了衣服就去洗澡了，这会儿房门大大敞开着，没关上。

温以凡盯着看了半天，神色怔怔的。

"看什么呢，"桑延觉得好笑，"你怎么像个变态一样？"

话音刚落，温以凡像是受到了什么指示一样，重新抬了脚，走进了他的房间。

"……"像是觉得自己眼花了，桑延擦头发的动作停住。僵了好几秒，他把毛巾搭在一旁，起身跟在温以凡的身后。

这房间先前是温以凡在住，但桑延搬进来之后，稍微改了一下格局，加多了个电脑桌。床的位置被他从窗边挪到了中间，左侧是床头柜，右侧放着个立式台灯。

此时温以凡已经走到中间的位置。

不知道她想做什么，桑延走过去，挡在她面前。

"想去哪儿？"

温以凡的脑门撞到他的下颚，随之停下。她稍稍仰头，呆滞地看着他。而后，她慢吞吞地绕开他，想继续往前走。

桑延也挪了一步，继续挡着："走错地儿了。"

温以凡又看他，像是在琢磨他的话，又像是在等着他主动让开。

像跟小孩沟通一样，桑延耐着性子说："这不是你房间。"

温以凡没动。桑延也没碰她，只抬了抬下巴。

"门在那儿。"

温以凡发了好一会儿的呆，才像是听懂了他的话。她转了身，十分听话地往门口的方向走，像个得到指令的机器人。

怕她又走错地方，桑延这回没停在原地，跟了上去。

直到主卧的门彻底关上，桑延才回客厅拿上电脑。随后，他回到房间，躺在床上困倦地看了眼手机消息，很快便放下，把手机搁到一旁。

桑延困到眼睛生疼，刚合上眼，又想起温以凡刚刚像个无头苍蝇般地走进他房间的事情。

先前不都好好的，怎么这次路线还有了变化？还是说，是因为之前几次他房间的门都关着，她才没法进去。所以这次门是敞开着的状态，她就没了阻碍？

这是不是意味着，她梦游会做的事情没有规律性，只是会在没封闭的空间里随意乱窜？

桑延身体每个细胞似乎都在跟他抗议着疲惫。但想到这，他又睁开眼，起身出了房间，把阳台的落地窗和厨房的门都关上。

第二天。

温以凡睁开惺忪的眼，坐起来醒了会儿神。她的目光一动，注意到放在梳妆台前的椅子，反应了一会儿，才想起昨晚自己好像忘了用椅子抵住门了。

不过这段时间都没梦游，她也没太在意这个事情。

温以凡赖了会儿床，打开微信消息。看到正在群里聊天的向朗，她想起了昨天钟思乔说的话。她打开网页，搜索了一下"优圣科技"这个公司。

还没点进去，温以凡又反应过来，她没事儿查这个干什么？

温以凡收回思绪，立刻退出。

她起得晚，出房间的时候，桑延已经出门了。

桌上放着简单的豆浆油条。这玩意儿放不过夜，不吃估计就直接扔掉了。

"温垃圾桶"不想浪费，加上这事儿算是有来有往——她买早餐也会给桑延买上一份。她很自觉地把豆浆拿去加热，顺带打开手机看了眼消息。

桑延没找她说任何事情，温以凡松了口气。

那昨晚确实就是没发生什么事情吧？

不过也是，就算真梦游了，这三更半夜的也不可能次次都能碰见桑延。

工作一忙起来，温以凡就是想去趟医院，也腾不出时间。休息日一到，她也磨磨蹭蹭的，实在是懒得出门，只想在家里躺上一天养养精神。加上温以凡这梦游说实话也不太严重，久而久之也就把这事情抛诸脑后。

气温渐升，空气变得闷热而燥。

七月中旬，南芜迎来了一年中最热的时候。夜晚渐渐被缩短，阳光猛烈而毒辣，毫不吝啬。在外头稍微待长点时间，身体都能渗出一层细细的汗。

温以凡刚从编辑机房回到办公室，甘鸿远突然出来给她丢了个线索，让她这几天去跟个后续调查。

是几天前刚发生的交通事故。就在堕落街附近的马路上，一男子醉酒后驾车，直接闯了红灯，撞伤了一名正过马路的初中生，导致其右腿粉碎性骨折。

回到位置上，温以凡打开电脑，开始查资料、看报道、写采访提纲。写到一半，放在旁边的手机响了一声。

是桑延的微信。

桑延："今晚我妹会来家里吃饭。"

桑延："行不？"

温以凡迅速回："可以的。"

想了想，她又补充："以后你妹妹要过来就直接过来吧。"

温以凡："这个可以不用再跟我提。"

过了会儿，桑延发了个"OK"的表情。

温以凡也没加多久的班，七点一过便出了公司。

一进家门，温以凡就见到桑稚正坐在沙发上看电视。比起上一次见面，她似乎又瘦了些，脸小了一圈，下巴也越发尖。

见到温以凡，桑稚乖乖喊了一声："以凡姐。"

温以凡笑了笑，不动声色地往房子里看了一圈。这会儿，桑延正待在厨房里，看着是还在做晚饭。瞥见时间，她有点惊讶："还没吃吗？"

"嗯。"桑稚瞅了一眼，小声抱怨，"我哥好磨蹭，刚刚才去做。"

温以凡走到她旁边坐下，也觉得有点晚了。她指了指电视柜，提道："要不先吃点零食垫垫肚子？都快八点了，别给饿坏了。"

桑稚弯唇："不用，我也没有很饿。"

温以凡倒了杯水，往她脸上看了几眼："怎么瘦了这么多，高考压力很大吗？"

桑稚："还好，我吃得挺多的，也不知道为什么瘦了。"

"之后再吃多点补回来。考完了，多出去玩玩，放松一下心情。"温以凡随口问，"对了，只只。你录取结果出来了吗？之前不是说犹豫南大还是宜大吗？"

桑稚点头："对的。"

温以凡："那你最后选了哪个？"

桑稚老实道："宜大。"

"嗯？"温以凡倒是意外，"考虑好了吗？宜荷还挺远的。"

"想好了，我考虑了很久的。"桑稚小声说，"比起南大，我想报的那个专业在宜大会好一些。而且我不想一直在南芜，想去别的城市多转转。"

温以凡笑："也挺好的。"

桑稚心情有些憋屈："但我哥还挺生气的。"

温以凡："怎么了？"

"因为我报考这事情没怎么跟他说过，都是在跟我爸妈商量，他就一直以为我报了南大。"桑稚说，"他刚刚知道我的录取结果之后，把我骂了一顿。"

"……"

"那我录取结果上周就出来了，也没见他问啊。"桑稚觉得桑延很不讲道理，越说越不爽，"这都过了多久了，还是今天我要过来，他才随口问了一句。知道是宜大之后，才开始跟我算账，还说我翅膀硬了，现在做事情只凭冲动，什么都不考虑。"

温以凡安抚："你哥应该也是不放心你一个人去那么远。"

"他那个态度，就好像是我一开始填了南大，"桑稚说，"最后瞒着所有人改了志愿一样。"

听到这话，温以凡的动作一僵。

桑稚不敢说太大声，怕被桑延听见："我问他意见的时候，他就懒得理我，说这点破事也要考虑。现在我选好了，他又要说我。"

温以凡只是笑了笑，没吭声。

可能是觉得自己抱怨得太多了，桑稚很快就收敛，转了话题。她重新八卦起之前被桑延中断了的事情，问道："以凡姐，你知道我哥高中的早恋对象是谁吗？"

温以凡喝了口水，平静地扯谎："我也不太清楚。"

"我就还挺好奇他这种目中无人的狗脾气能看上谁——"说到这，桑稚觉得不太对劲，改了口，"哦，不对，是被谁看上。"

"……"

"不过，他好像还挺喜欢他那个早恋对象。"等饭等得百无聊赖，桑稚扯起了以前的事情，"我记得我哥之前成绩还挺差的，高二的时候突然就开始学习了。"

温以凡沉默地听着。

"他一直是不怎么学习的那种，还特别偏科，但那段时间也不知道是被什么附身了，除了学习，什么都不干。"桑稚托着腮，慢吞吞地说，"当时我爸妈都特别高兴，觉得他终于懂事了。我爸还问他想考哪个大学，但他也没答，就说只是想多点选择。"

温以凡垂下眼，安静地喝着水。

"反正后来他报了南大，录取结果出来那天他还很高兴。一直在那吹牛，说自己随便考考就能考上南大。没多久就出门了，然后那天很晚才回来。"桑稚想了想，猜测道，"我感觉他那天是被甩了。"

温以凡抬眼："为什么？"

"因为他出门前后的状态完全不一样。"桑稚说，"他没再提被南大录取的事情，我也从没见过他那个早恋对象。"

"……"

"到现在，我都没见过他谈恋爱。"像是想到什么，桑稚很无语，"他就整天吹他条件好，有很多人追，连舍友都抢着要泡他。"

"……"

恰在这个时候，桑延从厨房出来。瞥见她俩在窃窃私语，他眉头稍稍一挑，随口问："你俩说什么呢？"

　　说了一堆桑延的事情，桑稚有些心虚，反问道："好了没？"

　　"嗯。"桑延走到茶几旁，倒了杯水喝，"吃吧。"

　　桑稚扯住温以凡的手，主动说："以凡姐，你吃了吗？咱一块吃吧。"

　　温以凡摇头："你们吃吧。我吃过了，在公司吃完才回来的。"她没看桑延的表情，起身道，"我先回房间了。"

　　但没走几步，桑稚又揪住她："以凡姐，你就随便吃点儿，吃不下也没事，咱聊聊天……"说着，她往桑延的方向看了一眼，小声说，"要是就我和我哥，他肯定又要骂我。"

　　温以凡只好同意。她只装了碗汤，全程安安静静的。

　　整个晚饭，大多数时间都是桑稚在说话，说久了还被桑延不耐烦地打断："能赶紧吃吗？"

　　"……"桑稚觉得自己忍了他一晚上了，这次没忍住，跟他争起来，"你干吗一直这样，这事情我哪没跟你说？你自己听了当没听见，现在反倒怪到我身上来了。"

　　"我困死了。"桑延懒得跟她吵，神色倦怠，眼睛下方青灰色明显，"不然你一会儿自己打车回去，我要去睡觉了。"

　　他这模样看着确实是好一段时间没好好睡觉了，桑稚只好继续忍气吞声："知道了，马上就吃完。"

　　等他俩出门后，温以凡把桌子收拾干净便回了房间。洗完澡出来，她恰好听到玄关的动静，但也没出去外面。温以凡躺回床上，抱着被子，呆呆地回想着桑稚的话。

　　——录取结果出来那天他还很高兴。

　　——因为他出门前后的状态完全不一样。

　　胸口像是被块石子重重压着，让温以凡有些喘不过气来。她翻了个身，不想去回想以前的事情。

温以凡干脆拿起手机，翻了个恐怖片来看。她将注意力集中于电影，直到看到结束字幕才合上眼。在百般清醒中，她猛地揪到了一丝丝的困意，渐渐陷入了沉睡。

不知过了多久，温以凡坐起身，下了地。她慢慢地把抵在房门口的椅子推回梳妆台前，转身出了房间。一路往前，走到客厅，坐到沙发上。

在这昏暗的光线下，温以凡抬头，盯着转动着的秒针，眼睛一眨不眨的。客厅静谧至极，除了她轻到可以忽略的呼吸声，再无其他。

也许是比起前几次，少了些什么，这回温以凡只坐了几分钟便起身。她往过道的方向走，路过次卧的时候，再度停了下来。

看到紧闭着的房门，她盯着看了好一会儿。随后，温以凡的行为像是被什么东西驱使着，她迟疑地抬起手，握住门把，往下拧。

门没锁。

温以凡轻而易举地拧开，往前推。她光着脚丫子，走路无声无息，就犹如踩在了棉花上。她顿了几秒，轻轻地关上门，往床的方向走。

她机械地爬了上去，找了个空位躺下。狭小的房间里，空调的声音不轻不重。

男人呼吸的速度规律均匀，身上的气息很淡，檀木还夹杂着烟草的味道。他穿着深色的 T 恤，侧躺着，胸膛轻轻起伏着。被子只盖住了身体的一半。

温以凡怔怔地盯着他，忽地伸手拽住他身上的被子，盖到自己身上。

隔天一早，温以凡从梦境中醒来，迟钝地睁开眼。她盯着前方发了会儿呆，很快就察觉到了不对劲。看着四周莫名又有些熟悉的环境，她的表情有些茫然。

下一刻，像是感受到什么，温以凡垂眼，看到搭在自己腰上的手臂。

"……"她瞬间清醒，表情随之有了几丝裂痕。

温以凡迟钝地转过头，对上了桑延近在咫尺的脸，清晰到能看清眼皮上那颗妖痣。像是还在沉睡当中，他的眼睛闭着，对周围的异常毫无察觉。

我去。

啊啊啊啊啊啊啊！

我、去。

温以凡脑子里的弦好像要断掉了，只差一丝就要崩溃。她完全不知道发生了什么，大脑一片空白，头一反应就是检查自己的衣服。见到没任何不妥，精神才稍稍一松。

温以凡努力平复着自己的情绪，试图让自己冷静下来。

这是桑延的房间，所以似乎也不需要多想。

她一大早醒来，没在自己房间待着，而是出现在桑延的床上。这除了她半夜梦游走错地方，睡错床了，没别的可能性。

此时此刻，温以凡唯一能想到的解决方式，就是先离开这个地方，在桑延清醒之前。

温以凡屏着呼吸，像做贼一样，轻手轻脚地把桑延的手臂抬起。她动作极为缓慢，把他的手臂往侧边一挪，想搭回他自己身上。

与此同时，可能是被这动静吵到，桑延的眼睫动了动。这极为细微的变化，像是个炸弹一样，在温以凡的脑子里炸开。她有种下一刻就要被抓进牢里的感觉，动作随之停了下来。

温以凡祈祷着他不要醒来，哪知事永远与愿违。下一刻，她看到桑延慢吞吞地睁了眼，与她的视线对上。

定格两秒。

也许是还未从睡意挣脱，桑延的神色看着不太清醒。他似乎没察觉到任何不妥，又重新闭了眼，伸手将她往怀里扯。

温以凡的背撞到他的胸膛，全身都僵住，完全不知道该如何反应。她的身体被他铺天盖地的气息笼罩。

扑通。

扑通。

温以凡的心跳停了半拍，又飞快地加速起来。在这一瞬间，周围的一切都消失不见。温以凡的所有感官都被身后的男人强硬地侵占，带着极为浓烈的存在感，全数放大了起来。

男人的呼吸温热，举动还带着梦境中的缱绻。他的鼻尖在她后颈上轻蹭了一下，手臂再度搭在她的腰上，将她搂进怀里。

空气静滞住。

桑延的半张脸还埋在她的发丝里，右手抓住她的手腕，搁在身前。动作亲昵而自然，仿佛视若珍宝，却又像是禁锢，让她动弹不得。

抽丝剥茧地将她仅存的思绪撕扯开来。

温以凡的身体僵硬，虚握着拳头，这回连呼吸都不敢。她没跟异性这么亲密接触过，清晰感觉到自己的脸烧了起来，完全不受控制。

直到自己快憋不住气了，她才迟缓地回神，浅浅地吐了口气。

温以凡不敢再轻举妄动，也不敢回头看他此时的模样。生怕他已经醒了，自己会撞上他等候已久的，意味深长的目光，无法再持续这个安定的局面。

就像是自我欺骗，只要她不回头，他就永远不会醒。

温以凡把全身心的注意力都放在身后的桑延身上。她的脑子里塞不下别的东西，试图通过他呼吸的频率，推算出他现在熟睡的程度。

就这么过了好几分钟。

随着时间拉长，温以凡的心情渐渐焦灼，觉得也不能一直这么坐以待毙。她鼓起勇气，决定尝试第二次。

盯着被桑延握着的手腕，温以凡抬起另一只手，小心翼翼地把他的手指一根一根地掰开。直到把他的手放回原位，她的精神才放松了些。

她犹豫着，又往后看了一眼。

桑延额前发丝细碎，乱糟糟的，看着比平时少了几分锋芒。他的眼睛仍然闭着，细密的睫毛覆于其上，没再有任何动静。

温以凡瞬间有了种曙光在即的感觉。她收回视线，屏着气坐了起来，一点一点地往床边挪。

十厘米，五厘米，就差一点。

脚落地的同时，温以凡听到桑延略带沙哑的声音。

"温以凡？"

"……"温以凡脑子瞬间卡壳，停了好几秒，才机械地回头，撞上桑延的视线。

世界在这一刻安静下来。

不知从何时开始醒来，桑延的神色比刚才清明了不少，带着不知意味的探究。他也坐了起来，往四周看了一圈，又望向她："你怎么在这儿？"

没等她回答，桑延又出了声。他像是睡不够一样，眼皮略微耷拉着，声音低哑，话里还带着点起床气："解释一下。"

"……"温以凡闭了闭眼。她都快下床了，只差走几步路就出这个房间了，结果桑延偏偏就醒了。

温以凡觉得自己先前的胆战心惊都像是笑话，还不如一开始就破罐子破摔把他叫醒。

"你做梦了。"这次温以凡决定用缓兵之计，在他还没彻底清醒前暂时忽悠他一下。她压着情绪，面不改色地补充："醒来就正常了。"

"……"桑延盯着她，气乐了，"我长得像傻×？"

"嗯。"温以凡边说边往外走，心不在焉地安慰，"继续睡吧，醒来就不像了。"

"……"

镇定自若地出了桑延的房间，温以凡快步回到主卧。她把门锁上，立刻精疲力竭般地瘫坐在地上。她贴着门板，警惕地听了听外头的动静，没听到桑延跟出来的动静。

温以凡缓缓地松了口气。

没多久，温以凡又爬起来，进了厕所里。短时间内，她觉得自己没法跟桑延处在同一个空间里。她必须在桑延出房间前，抢先一步出门，等晚上回来再解决这个事情。

等她调整好情绪，再来平和地解决。

用最快的速度把自己简单收拾好，温以凡拿上包便出了房间。此时桑延房间的门紧闭，另一侧的厕所门倒是开着，隐隐能看到桑延站在洗漱台前，还传来了水流动的声音。

她脚步一停，硬着头皮往外走。与此同时，水声停了下来，温以凡刚巧走到厕所门口。

桑延侧头往她的方向看。他刚洗完脸，脸上还沾着水珠，顺着滑落。见状，他毫无预兆地伸手，揪住温以凡的胳膊，往自己的方向扯。

温以凡被迫停下，顺势朝他的方向走了好几步。

她仰头，撞上桑延吊儿郎当的眉眼。

"跑得还挺快。"

"……"温以凡面上情绪未显，平静地道，"什么？"

桑延没出声。

这情况也不能再装模作样，温以凡只能扯出个合理的理由："我不是要当作没事情发生，只是我现在有点赶时间。今早有个采访，快到时间了。"

桑延模样气定神闲，像是在等着她还能说出什么话。

温以凡温和地道："等我晚上回来，我们再来处理这个事情，可以吗？"

"嗯？"桑延笑，一字一顿道，"不可以呢。"

温以凡噎住。

桑延松开她的手臂，稍稍弯腰与她平视。他的眼睫还沾着水珠，唇角不咸不淡地扯着："先说说，你今天早上是什么情况。"

"梦游。"温以凡解释，"这行为我也没法控制。"

"之前不是还说不会进我房间？"

"这次我真不清楚是什么情况。"注意到他的表情，温以凡诚恳地说，"抱歉，这确实是我的问题。不会有第二次了。"

桑延懒洋洋地道："你这还让我挺害怕的呢。"

温以凡："啊？"

"毕竟我也不知道你会做到什么程度，说不定哪天醒来，"桑延咬着字句，语气欠揍又无耻，"我的贞洁已经被你无情地夺走了。"

"……"温以凡眉心一跳。

"你倒也不至于这么，"桑延很刻意地停顿了一下，"觊觎我。"

"……"你能不能讲点道理！

温以凡忍了忍，耐着性子，平和地说："我们就事论事，我只是在你的床上找了个位置睡觉。实际上，我完全没有碰到你。"

桑延："你怎么知道？"

"我醒得比你早。"这事情本就让她很崩溃了，再加上桑延还这么胡搅蛮缠，温以凡干脆破罐子破摔了，"反倒是你睡相不好，我要起来的时候你还把我扯了回去——"

说到这，温以凡的理智也瞬间回来，把剩下的话咽了回去。

"怎么？扯了回去，然后呢？"桑延玩味地看着她，像是不知道之后发生了什么似的，语气欠欠的，"你倒是说完。"

"……"

"总之，你在不清醒的情况下，也对我有了身体上的接触。"温以凡抿了抿唇，很公正地说，"所以我们就算是抵消了。"

桑延挑眉："抵消什么？"

温以凡淡定地道："之前我梦游抱你的那次。"

"……"

"噢。"桑延悠悠地道，"原来是这么个还法。"

他这么一说，温以凡也瞬间意识到，自己这话说得不太对劲。

"但这吃亏的不还是我吗？"桑延唇角一松，格外傲慢地说，"咱俩谁对谁有想法，这不是一目了然的事情？"

"……"温以凡这会儿脑子乱七八糟的，实在不知道怎么应付这个人。再加上，她之前听到他这样的话，只觉得无言，现在反倒多了几丝被戳破心思的心虚感，干脆再次借着还要赶着采访的名头，提出晚上回来再解决这个事情，她表情故作坦荡。

桑延上下打量着她，神色若有所思，似乎是想抓出不对劲的地方。过了须臾，他爽快地同意下来。

这话像是赦免，温以凡没再多言，立刻出了门。

离开了那个跟桑延单独相处的空间，温以凡也完全没有放松的感觉。她只觉得头疼，毕竟晚上回来之后还要正式商量解决这事。

主要是，温以凡也不知道有什么要解决的。又不是一夜情，也不是酒后乱性，就只是因为她梦游走错地方了，所以两人在同一张床上互不干涉地睡了一晚上。这充其量，也只能说是找他租了半张床。

唉。这还能怎么解决？难不成要她也租半张床给他吗？

惆怅了一路，回到电视台，温以凡把精力放回工作上，暂时把这事情抛诸脑后。她申请了设备和采访车，带着办公室里唯一有空的穆承允一块外出采访。

两人往停车场的方向走，温以凡低头看了眼手机消息。

旁边的穆承允跟她聊起天："以凡姐，你明天下班之后有空吗？"

"明天吗？"温以凡想了一下明天的事情，"我也不确定，怎么了？"

"我一个认识的学长刚生了个女儿。"穆承允挠了挠头，有点儿不好意思，"我想去给她挑个礼物，但我也不太懂这些。"

"女儿吗？"温以凡恍然，"那你可以找甄玉姐问问，她也有个几岁的女儿。"

"……"

穆承允沉默三秒："好的。"

就快走到车旁，穆承允忽地盯着她的脸，像是才察觉到："以凡姐，你脸上蹭到脏东西了。"他指了指自己脸上同样的位置，"这儿，好像是灰。"

"啊。"温以凡从口袋里拿出纸巾，往他说的位置蹭了蹭，"这儿吗？"

"再往下点……不是，左边。"见她半天都擦不干净，穆承允干脆接过她手里的纸巾，表情非常单纯，"我帮你擦掉吧。"

"……"温以凡还没反应过来，他就已经抬了手。

这么近的距离让温以凡有些不自在和抗拒。她下意识后退了一步，礼貌地笑笑："不用了，我一会儿再处理吧。"

穆承允表情一滞，有些尴尬地摸了摸鼻子："好。"

两人上了车。温以凡坐在驾驶座上，对着后视镜把脸上的污渍擦掉，而后发动了车子。她看着前方，随口提了一句："承允，你先检查一下设备。"

穆承允回过神，乖顺地道："好的。"

车内没人说话，只有广播放着新闻。显得安静，却又不太安静。

很快，穆承允打破了这沉默，笑着说："说起来，我这个学长就是桑学长的同班同学。他刚毕业就结婚了，这会儿孩子都有了。"

温以凡点头："挺好的。"

穆承允："以凡姐，你跟桑学长是怎么认识的？我记得你的母校是宜荷大学。"

温以凡言简意赅："高中同学。"

穆承允啊了一声："都认识那么久了吗？我看你们关系还挺好的样子。"

"嗯。"

"我先前还以为你们是情侣关系，因为我看桑学长对你还挺特别的。"穆承允有些羡慕，"那看来你们是关系很好的朋友啊。"

温以凡懒得解释，只是笑。

"那以凡姐，你知道桑学长高中的时候有个很喜欢的人吗？他好像追了那个人很久都没追到。"穆承允笑道，"我学长跟我说了好几次，但他没见过，也很好奇是什么样的人能让桑学长这么优秀的人喜欢那么久。"

温以凡觉得这个男生似乎比付壮还八卦，心不在焉地道："我也不太清楚。"

"我记得毕业典礼聚餐的时候，有人还说了一句，是不是因为得不到的总是最好的。"说到这，穆承允顿住，"啊，对。我想起来桑学长当时说的话了。"

温以凡抽空看了他一眼。

"他说——"穆承允眼眸清澈，笑容干净明朗，"'不然呢，你觉得我能是这么长情的人？'"

温以凡收回视线，没对这话发表评价，只嗯了一声。她也无从考据这话的真实性，唯一觉得疑惑的点就是，不知道他们为什么会在大学毕业典礼结束后的聚餐上，提起桑延高中时的事情。

毕竟他俩的事儿，似乎连苏浩安都毫不知情。

再加上，按照桑延那么骄傲的性子，他绝不会把自己的弱态随意展现在别人的面前，也懒得去跟别人谈心诉苦。所以温以凡也想不到这事是以什么为源头提起来的。

不过也有可能，是当玩笑话一样，很坦然地说出来的？毕竟也过了这么久了。

这么一想，似乎还挺合理。

温以凡没再多想，只觉得这事还挺神奇。她倒也没想过，自己会以这种方式成为"最好"的那个。

"后来桑学长还说，"穆承允侧头看她，适当地补充，"再遇到，他可能会重新追这个人，但心态肯定跟以前不同了。"

温以凡转着方向盘，没吭声。

说完，穆承允安静几秒，似是在猜测她的想法。他淡笑着，语气云淡风轻："不过应该也只是醉话，不一定是真实想法。"

这话落下，车内又陷入了沉默。

温以凡沉吟片刻，忽地冒出了一句："你之前不是说……"

"嗯？"

温以凡指出他话里的漏洞："他一整晚只说了一句话吗？"

"……"穆承允的笑意一僵，很快就恢复如常，"我之前是这么说的吗？我没什么印象了。那可能是我喝醉了吧，就说错了。"

"那你以后注意些，出去玩也不要喝太醉。我们做这一行的，随时都会有突发事件。"说到这，温以凡认真地提醒，"还有，平时八卦随便说一下可以，但你做新闻不可以用这种态度。"

"……"

"看到的、听到的是什么，出来的报道就该是什么样的。"像对待付壮一样，温以凡平和地道，"不能靠猜测，也不能用听错了、记错了、说错了当理由。全都得实事求是。"

穆承允的笑容完全收敛，他表情严肃起来，连忙应下："我明白的。"

把车子开到南芜市人民医院。

温以凡找了个位置停车，两人拿上设备下了车，按照指示牌，往医院的骨科科室走。借着这空隙，她低头看了眼手机，回复了几条消息。

来之前，温以凡联系了医院和伤者的母亲，经过对方同意才前来采访。她提前了解了情况，伤者是个刚上初一的小姑娘，名叫张雨。

张雨天生声带损坏，不能说话。

当天的情况是，张雨跟同学一块去附近吃东西，回家的时间比平时晚些。过马路的时候，肇事者将她撞倒后来不及刹车，从她的右腿上碾了过去。

这个情况让肇事者立刻清醒，下车叫了救护车。

两人进了张雨所在的病房。这是个三人间，这会儿住满了人。张雨正躺在中间的病床上，已经做完了手术，腿上打着石膏。她的模样稚嫩，眼眶红肿，明显是刚哭过。

张雨的妈妈坐在旁边，轻声哄着她。温以凡走过去主动打了声招呼，而后自我介绍了一番。

张雨的妈妈名叫陈丽真，看着一点都不像有个那么大孩子的母亲。模样保养得当，气质温婉至极。她格外配合温以凡的采访，全程没有甩脸色，也没有任何不耐烦。

怕再影响了张雨的心情，采访在病房外进行。温以凡边问问题边做着笔录，旁边的穆承允架着摄像机拍摄。

"最伤心的还是孩子，"陈丽真揉了揉眉心，说着说着，眼眶也发了红，"她才刚转进南芜艺术学校，现在也不知道怎么办。不知道这事会不会影响她跳舞。"

温以凡顿了一下，问道："小雨跳舞吗？"

陈丽真别过头，蹭掉眼泪："嗯，芭蕾舞。七岁开始跳的。"

听到这话，温以凡往病房的方向看了一眼。

小姑娘低着头，双手搁在身前交缠着。她的眼睫轻颤着，眼泪不知不觉又掉了出来，却没有任何发泄的途径，连哭起来都是无声的。

"因为不能说话，小雨一直很内向，也没什么朋友。"陈丽真边说边翻出手机，给她看照片，"之前发现她有跳舞的天赋，就给她找了个培训班。开始跳舞之后，她才渐渐开朗了起来。"

"医生说还要看小雨之后的恢复状况，现在也不能肯定会不会影响。"陈丽真的眉眼带了几分疲倦，"最近还在跟小雨爸商量，要不要给她转回普通初中。"

温以凡的目光未移，神色有些恍惚，想起了她高中的时候。那会儿，她也是因为类似的事情，从舞蹈生转回了普通生。

高一的那个暑假，温以凡参加了学校组织的校外集训。在那之前，她的膝关节一直隐隐发疼，在这段时间的练习当中也到了难以忍受的地步。

在赵媛冬的陪同下，温以凡上了趟医院，被查出是膝关节半月板二度损伤。医生给她开了药，让她静养三个月。其间不能有剧烈运动。

这虽并不算严重，但对于温以凡一个舞蹈生来说，影响也不算小。她虽觉得焦虑，却也没有别的办法。只能配合医嘱，希望能早些好起来。

等恢复好之后，再努力补回进度就好了。

但在新学期来临前，让温以凡猝不及防的是，赵媛冬在某个夜里来到她的房间，期期艾艾地问她愿不愿意转回文化生。

温以凡觉得荒唐至极，只觉得这种小病痛根本没到让她直接放弃她跳了近十年的舞的程度。她想都没想就拒绝，但在赵媛冬接二连三地提出这个想法后，她才渐渐察觉到，赵媛冬似乎并不是因为担心她的脚伤才说出了这样的提议。

后来，温以凡无意间听到继父和赵媛冬的对话。才知道，原来是因为她作为艺术生，假期集训的花销太大了。

不光是这次，接下来的每个假期都要集训，每次都要花钱，会让他们难以承担。

赵媛冬没有工作，手里的积蓄都是温良哲留下的，现在也成了新家庭的共同财产。

继父那边不太愿意出这个钱，便借着这个机会，提出让温以凡转回文化生。他的态度强硬，说出了无数个理由，加之赵媛冬没什么主见，听他说多了也就同意了下来。

接下来，温以凡的反对完全没了用处。

大人已经定下来的事情，小孩再怎么不愿意，再怎么反抗，都只是无用功。那微小的言语，就相当于透明的、看不见的东西。

高二新学期开始后，温以凡转回了文化生。

因为这个消息，班里的其他同学都非常震惊，觉得莫名其妙。这事情就相当于，高三临近高考时，一个成绩名列前茅的理科生，突然说自己要转成文科。

好几个关系好的同学轮着来问了她一遍。

温以凡根本说不出是家里觉得开销大，他们不想再承担这个费用这个原因。也因此，她对所有人都撒了谎，说重了自己的病情。

——因为脚受伤了，以后都没法再跳舞。

桑延是最后一个来问她的。

那个时候，温以凡正坐在位置上，安静地垂着眼。她没有看他，继续看着手里的课本，神色平静地复述了先前的话。

桑延沉默了好一阵，才问："真没法跳了？"

温以凡："嗯。"

桑延："你这受的哪门子的伤？"

温以凡失笑："反正就是这个结果。"

眼前的少年又沉默了下来。

温以凡翻了一页书，轻声道："没事儿，我也没多喜欢跳舞。"

没多久，温以凡用余光看到，桑延抬起手，轻碰了一下她的鼻尖，她抬眼。

桑延对上她的眼，扯了一下唇角："鼻子变长了。"

"……"撒谎鼻子会变长。

所有人都被她平静至极的态度忽悠了过去，唯有桑延将她的伪装戳破。

"没关系，咱再等等。"桑延半趴在她的桌上，也抬眸看她，"要是好转了，再转回艺术生也不迟。你看你现在成绩一塌糊涂，趁这个机会学点习也好。"

温以凡看着他，没说话。

"要真好不了，那偶尔跳一下应该也行？"

"……"

"还不行的话，"桑延笑，语气像是在哄小孩，"那我学了之后跳给你看呗。"

温以凡的思绪被陈丽真的话打断。

陈丽真笑了笑，又振作了起来："不过还是要看小雨自己怎么想，不管她做出怎样的选择，我和她爸爸都会支持她，尊重她的。"

温以凡又看向陈丽真，用力眨了眨眼，也笑。

"嗯，一定会好起来的。"

采访结束后，温以凡又跟穆承允跑了几个地方。

两人赶在四点前回到了台里。进了编辑机房，穆承允把素材导入系统里，偶尔问温以凡几个问题。她一一回答，听着同期音写稿。

等把新闻成片交去审核时，已经到了饭点。

温以凡收拾好东西，起身出了机房。穆承允跟着她一块出来，随意地问了一句："以凡姐，你今晚还加班吗？咱一块去吃个晚饭？"

"嗯，还有点工作。"温以凡其实没什么事情要做了，按道理她此时就该下班回家，但这会儿回去她怕会碰到桑延，"我不吃了，你去吃吧。"

穆承允挠了挠头，小声说："我看你好像一直不怎么吃晚饭，对身体不好。"

温以凡笑："我知道，饿了会吃的。"

"那我给你打包点吃的？"

"不用。"

"那……行吧。"穆承允也没强人所难，跟着她一块回办公室，"我一会儿去公司饭堂随便吃点，晚上也得留下来加班写稿。"

温以凡拿出手机，随意翻了翻消息："嗯。"

一整天温以凡都忙着工作，没工夫去想其他事情。但此时闲下来了，早上发生的场景又历历在目，不断地在她的脑子回放着。

温以凡依然没想好回去之后应该怎么处理这个事情。但有了一天缓冲的时间，她的心态也没一开始那么崩。

温以凡的思绪清醒了些，渐渐回想起今早起来之后，桑延睁眼看了她一秒，而后把她拉扯回床上抱着的举动。

她一顿，忽然觉得这里有些奇怪。

这个念头一起来，温以凡越想越觉得不可思议。一早起来看到一个异性躺在自己床上，怎么还能这么平静地继续睡觉？不像她那样瞬间清醒就算了，甚至还做出那样的举动。

温以凡有点儿怀疑人生。

也不知道是她这边出现了问题，还是桑延那边的问题比较大。她想找个人来问问，但这事情感觉也不好提。

就算她是以"我有一个朋友"的名义来问，对方也会直接默认是她。

那这个世界上就要有第三个人知道，她梦游爬上了桑延的床，她做出了这么无耻的事情。

倏忽间，温以凡突然想起了之前看到的那个树洞博。

温以凡犹豫着打开了微博，找到那个博主，慢吞吞地在对话框里打字。她不敢完全按照真实情况来说，唯恐就是这么巧，桑延也恰好关注了这个博主。

思考了半天，温以凡干脆改了个起因。

匿名打码，我前段时间跟一群朋友出去聚会。我们去唱K，开了个包间，大部分人都喝醉了，所以直接在包间里过夜。醒来之后，我发现我跟一个男性朋友躺在一块，他还抱着我。我想坐起来的时候，他就醒了，看了我一眼，看着不太清醒的样子。然后又抱着我继续睡了。想问问，正常人醒来之后看到旁边有个异性，正常反应会是这样吗？

敲完前因后果后，温以凡又看了一遍，看着那两个"抱"字，总有些不自在。她迟疑着，过了好半天才发了过去。

与此同时，她收到了条微信，温以凡点开。

是桑延的消息："什么时候回？"

这语气看着是终于有空了，要开始跟她追究后果了。温以凡想到这事就头疼，她看了眼休息室的沙发，下定决心："我今天还有点工作。"

温以凡："不一定能回去。"

温以凡："你要不直接锁门吧？"

过了半分钟。

桑延："温以凡。"

然后停住。这个只喊全名，别的什么都不说的做法，让人有种未知的恐惧。

温以凡忐忑不安地等了五六分钟，那头才非常迟缓地，接着来了一句。

"做人要有点儿担当。"

"……"

桑延都这么说了，温以凡也觉得自己这行为格外卑劣无耻。而且她仔细一想，她也不可能一直这样住在公司里不回去，迟早得面对。

逃避没有任何用处，干脆尽早解决。

看到这条消息后，温以凡淡定回了一句："那我尽量早点完成工作回去。"

为了让自己的话可信度高一些，这话发送过去后，温以凡过了一小时才起身出了公司。一路上，她都在思考着一会儿回去该说的点，打算先斟酌好措辞。

在脑海里想完还不够，温以凡决定做好充足的准备，唯恐自己会忘词。她拿出手机，打开备忘录，像写稿子一样，一一往上敲着打。

等温以凡到家时，她已经想好了一套非常有诚意的说辞。

温以凡换上室内拖，往客厅看了眼，没看到桑延的身影。她稍稍松了口气，抬脚走到沙发前坐下。她往杯子里倒水，顺带注意了一下周围的动静，听到厕所里传来淅淅沥沥的水声。

哦。在洗澡。

温以凡喝了口水，镇定了一下心情。她再度点亮手机，盯着备忘录里自己刚字斟句酌的话，默默地在内心读了几遍。

听到厕所门打开的动静，温以凡才放下手机。耳边传来桑延的拖鞋与地面拍打的声音。

下一刻，桑延就出现在了温以凡的眼前。

桑延脑袋上搭了条毛巾，上半身赤裸着，只套了条短裤。他的身材健壮，露出块状分明的腹肌。见到温以凡时，他也不慌不忙，只挑了一下眉："还知道回来？"

这个场景，让温以凡的脑袋立刻充了血。她猝不及防地别开眼，感觉刚刚堆起来的镇定都被他这个行为弄得丝毫不剩。她忍了忍，提醒道："桑延，我们先前说好的。在公共区域，穿着不能暴露。"

"噢。"桑延扯过旁边的短袖套上，"我这不是认命了吗？"

余光见到他穿好了，温以凡才抬眼："什么？"

这次桑延没坐在他以往坐的位置，而是在她旁边坐下。他也倒了杯水，拖着腔调说："亲也亲过了，摸也摸过了。这会儿穿上衣服，在你面前跟没穿还有区别吗？"

"……"距离拉近，温以凡瞬间闻到他身上的檀木香，以及混杂着的淡淡酒气。她抿唇，强行扯开话题："你喝酒了？"

桑延侧头，懒懒地应道："嗯。"

"那我也不打扰你太多时间。我们尽快说完这个事情，让你能尽早休息。"这个距离让温以凡莫名有些紧张，她对上他的眼睛，泰然自若道，"是这样的，今早这个事情出来之后，我才发现我梦游是没什么方向感的。"

桑延眼眸漆黑，直勾勾地看着她。

"我用椅子挡着门也没什么大的用处，这段时间，你记得锁门睡觉就好了。"不想让他觉得自己心虚，温以凡没躲开视线，"我也会尽早去医院——"

没等她说完，桑延忽地抬起了手。

盯着他的举动，温以凡剩下的话卡在了喉咙里。

桑延的动作像是放慢了无数倍，神色漫不经心又闲散。他慢条斯理地碰了一下她的脸颊，指尖的温度冰冰凉凉的，只一下就收回。

"你脸红了。"

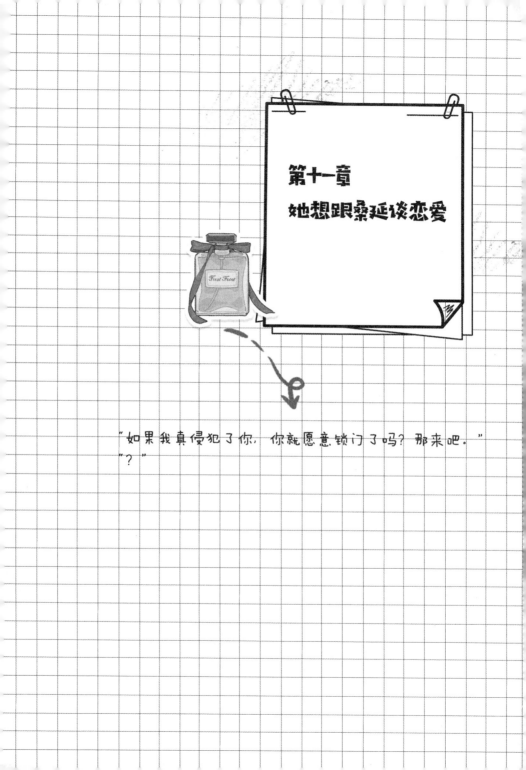

第十一章
她想跟桑延谈恋爱

"如果我真侵犯了你，你就愿意锁门了吗？那来吧。"
"？"

温以凡的呼吸停住，脑子在顷刻间断了线，空白一片，耳边嗡嗡地响着。觉得被他触碰到的位置，似乎加了倍地，再次烧了起来。极为强烈。

　　"哦。"温以凡装作没把这当回事，直接忽略，把话题扯了回去，"我也会尽早去医院，配合着医嘱治疗的。"

　　桑延目光仍放在她身上，若有所思，又嗯了一声，却像是完全没听她说的话，跟她压根不在同一个频道："为什么脸红？"

　　"天气太热了。"温以凡收回视线，掰扯了一个理由，"最近都快四十摄氏度了。"

　　"噢。"桑延往后靠，朝空调的方向瞥了一眼，"这不是开着空调？"

　　"……"

　　"刚回来没见你脸红。"桑延笑，没给她台阶下，语气带了几丝玩味，"这吹了一会儿空调反倒还红起来了。"

　　"……"他这么不依不饶，温以凡很无奈，干脆实话实说，"桑延，我没见过男人的裸体。"

　　桑延扬起眉。

　　温以凡试图让他明白，这事情完全就是他的责任。她这个脸红，是非常合理的，绝对不是有别的心思："我们合租之前，我提过穿着不能暴露的要求。你当时同意了，给我的回答是'你想得美'。"

　　"我确实说了这话。"桑延吊儿郎当地道，"不过呢，我今天心情好。"

　　"？"

"乐意给你点甜头吃。"

温以凡差点噎到："……"

她就没见过，这么不要脸的人。

盯着他那嚣张至极的眉眼，温以凡没跟他计较，忍气吞声道："那大概就是这样。我尽量避免这样的事情再发生，也麻烦你那边多多防备。"

桑延指出来："你这处理方式，每回说辞都一模一样。"

"……"

"这不就是换了个说法和顺序，"桑延闲闲地道，"说完不依然照犯？"

"……"温以凡沉默几秒，耐着性子说，"那你提一下你那边的想法，我这边能配合的话，都会配合的。"

"我就一个要求。"桑延靠在椅背上，无所谓地瞧她，"在你给出能真正解决这个事情的方式前，麻烦你呢，跟其他男人保持点儿距离。"

温以凡顿住。

"不要一边在那边潇洒，一边在这边，让我成为能被你上下其手的，"桑延很刻意地停了两秒，又咬着字句吐了三个字，"小、可、怜。"

"……"

总算应付完，温以凡回到房间。

先是到梳妆台前照了照镜子，瞅见自己确实红了几分的脸，温以凡下意识抬手碰了一下桑延刚触碰的位置。她抿了抿唇，忽地吐了口气。

联想到今天穆承允要帮她擦脸的举动，温以凡对此格外清楚，如果她觉得不自在、不喜欢，想要避让的话，是有足够的时间的。

可这次，温以凡没有避让。她似乎一点都不介意桑延的碰触。跟对其他人完全不同。也不知道桑延会不会察觉出什么来。

温以凡拿起遥控打开空调，试图让自己脸上的温度降下来些。她坐到床边的地毯上，拿出手机随意翻着内容。

心不在焉地回想刚刚的对话，温以凡想到桑延那句"跟其他男人保持点儿距离"。总觉得这话怪怪的，似乎带了点暗示的意味，又可能只是她多想。

温以凡打开微博，百无聊赖地刷了一下主页，恰好刷到那个树洞博。她回家前私信的那段稿子，这会儿已经被博主截图，发了出来。此时已经有了几百条评论。

见状，温以凡做好心理准备，点了进去。第一条就惊得她的表情有了裂痕。

"好奇，对方晨勃了吗？"

"……"她直接退了微博。

温以凡的脸再度烧了起来，自顾自地打开别的 App，看了点正直纯洁能让人内心净化的东西。过了好一阵，她平复了心情，才重新打开那条微博。

所幸，除了第一条，其他的评论都很正常。

"可能把你认成女朋友 or 前女友了。"

"想撩你吧。"

"是不是暗恋你啊，可能这种事情他梦到过几百回了。以为自己在做梦呢。"

"讲真，再怎么不清醒；看到自己旁边多了个活人都肯定会被吓到吧。要么就是他有对象，早习惯睡觉的时候旁边有个人，要么就是他故意的，想占你便宜。"

"你确定他喝醉了？"

"怎么不见别人抱一块？两个里肯定有一个是装的。"

剩下的评论基本都是相同的话。温以凡又往下滑了滑，没再继续看下去。

放下手机，温以凡发了会儿呆，把这段时间发生的事情都串了起来。她突然觉得，桑延对她的态度，好像也是有点儿不同的。

就算她的那些举动是无法控制的，但以桑延的性格，要是真觉得厌恶，觉得无法接受，应该也不会继续忍耐，估计早就搬走了。而且都这么长时间了，他的房子应该也早就装修好了吧。

联想到今天穆承允的话，以及桑稚说的，录取结果下来之后桑延的前后态度。温以凡也不知道，自己算不算是桑延眼中的一根刺，让他耿耿于怀了多年。所以再遇见的时候，会想要尝试将之拔除。只有先捏住，再往外扯，之后才能够舍弃。

想到这，温以凡突然想起很久以前，听同班一个女生吐槽桑延的一句话。

过了那么长时间，她也不太记得原话了。只记得意思差不多是，看到桑延那副骄傲狂妄的样子就不顺眼，希望他会有做不到的事情，会遇到得不到的东西，挫挫他的这股锐气。

那个时候，温以凡只是听着，什么都没说。她内心却莫名冒出了个完全不一样的想法。

那么骄傲耀眼的一个少年，他就应该，什么都如愿以偿。

想要什么，就给他什么。

就算是想要天上的星星，都应该给他摘下来。

让他永远保持，现在这般的意气风发。

接下来的时间，两人接连出差加班，在家里遇到的时间也不算多。其间，温以凡只梦游过一次，醒来发现自己在桑延的房间里。

但那天桑延回来得晚，温以凡出客厅的时候，就发现他在沙发上睡了一晚。那一瞬间，温以凡非常明确地觉得，自己这种状态，完全不适合跟人合租。她应该尽早搬走，找一个一居室，独自一人居住。

前几个月温以凡就已经转正，工资按稿件来算。她计算过，只要她努力点干活，找个一居室应该也不是什么大问题。

可找到觉得合适的房子了，温以凡也没下定决心来。温以凡不是很想搬走。只觉得要是她搬走了，两人不再合租，没有硬性条件逼迫他们每天都要见面的话，之后她跟桑延大概也不会有任何交集。

尽管这是迟早会发生，并且理所当然的事情，但温以凡不自觉地拖延着，也再没跟桑延提起他什么时候搬走的事情。

只是格外希望，那一天的到来，会晚一些。

九月中旬，某次去医院采访结束后，温以凡顺带去精神内科挂了个号。在医生的要求下，她做了一系列检查。

温以凡的梦游是遗传性的，在宜荷的时候就看过好几次医生，但也没多大效果。再加上她梦游的次数并不频繁，久而久之她就懒得管了。

这次的情况也差不多。

医生给她开了点安定养神的药，让她注意饮食，多多休息。温以凡道了声谢，到一楼取药，很快便离开了医院。

路上，温以凡琢磨着，好像是跟桑延住在一块之后，梦游就频繁了起来。但具体算算，次数也不算太多，以她的观察来看，这么长时间加起来似乎也不到五次。只是每次都很巧，在梦游的时候跟桑延有接触。

唉。她为什么有这破毛病？

温以凡有些无奈和疲惫。想想确实也觉得吓人，但她不想搬走，只能把自己该做的做了。其余的，她也没什么办法。

渐渐地，气温又转凉了，入了秋。

因为国庆调休，温以凡连着休息了三天。她抽出一天跟钟思乔外出，两人没什么事儿干，只是出来见见面，顺带聊聊最近发生的事情。找了个甜品店便待了一下午。

聊了一阵子，钟思乔突然问："你最近跟桑延咋样？"

温以凡没反应过来："嗯？"

钟思乔："你俩真没可能了啊？"

"什么？"不知道她为什么会扯到这，温以凡好笑道，"我俩就是合租，但工作都很忙，在家见面的次数都很少。"

"我就是随便问问。"钟思乔说，"最近向朗跟苏浩安玩得还挺好，我听他说，桑延最近好像一直被家里安排相亲。"

头一次听到这事，温以凡表情稍愣，唇角的弧度也不自觉敛了几分。

"相亲？"

"是啊，好像去了几次了，还挺神奇的，他这条件相什么亲？不过我之前还想着你俩男未婚、女未嫁，以前还情投意合，朝夕相对这么久估计能擦出什么火花。"钟思乔叹息道，"结果这么久了什么都没有。"

"……"温以凡低眼喝了口奶茶。

"不过桑延那脾气臭成那样，你也算是逃过一劫了。"这话题只短暂持续了一下，钟思乔便扯到另一个话题上，"对了，我国庆的时候去联谊认识了个男生，贼帅，我要换目标了。"

不知道在想什么，温以凡没回话。

钟思乔喊了她一声："点点。"

温以凡立刻抬头："啊？"

钟思乔奇怪："你在想啥，怎么不理我？我说我换男神了！"

"哦。"温以凡笑，"之前那个呢？"

"之前那个太渣了，他是雨露均沾的那种，跟我聊天的同时还在跟三四个女的聊天。"钟思乔撇了撇嘴，"我这回要擦亮眼睛看人。"

温以凡点头。

钟思乔托着下巴，又有些惆怅："不过我也不知道他对我感不感兴趣，我先试探一下吧。我可懒得追人。"

温以凡："怎么试探？"

听到这话，钟思乔乐了："你没撩过人吗？"

"……"

"你说你长这张脸有什么用，这不是暴殄天物吗？"钟思乔说，"就言语暧昧一些，他说话的时候，你可以接一点，你觉得能表现出你对他有那个意思的话。但不能太明显。"

感觉这说了跟没说一样，温以凡问："你能举个例子吗？"

"例子？"钟思乔想了想，一本正经地说，"就先随便聊天，等话题深入了，问他是什么星座的，然后说点类似你只喜欢这个星座的男生这样的话。"

温以凡茫然："这不是挺明显的吗？"

钟思乔也沉默了："行吧，我也不是特别会。"

"……"

"唉，我也没怎么撩过人。"钟思乔拿起手机，翻了翻相册，给她看照片，"我联谊认识的就是这个，比我大一岁。然后性格什么我都很喜欢。"

温以凡往她手机屏幕扫了一眼，男人模样英气，笑容却显得斯文温和。

钟思乔把手机收回来，也看了一眼，咕哝道："算了，要是他对我没意思，我也追追看吧。要不然我感觉我会挺后悔。"

听到这话，温以凡搅拌饮料的手停了半拍。

"感觉他肯定挺受欢迎的。"钟思乔非常自信，"但我一定是追他的女孩子里长得最好看的，要是我不追，他因此被别人追上了，我岂不是很吃亏？"

聚会结束，温以凡到家时，天已经彻底黑了。

刚巧是休息日，这会儿桑延也在家里。此时他正打着电话，模样看着有些头疼，像是强忍着不耐烦："又来？"

"……"

见她回来了，桑延只瞥了她一眼。

温以凡换了室内拖，往厨房的方向走。还能听到后头的桑延应付般地说着："不是，妈。您怎么就发脾气了？"

"什么叫等我半天？我什么时候同意了？"桑延说，"行行行，有空再说。

"不知道，我看看吧。

"挂了。"

很快，客厅便彻底安静下来。温以凡从冰箱里拿了瓶酸奶，用吸管戳开，喝了口。她站在厨房里，思绪有些飘，没出客厅，也没立刻回房间。

这通电话，应该就是在提他相亲的事情吧。脑补了一下桑延跟另一个女生坐一块聊天的画面，温以凡垂眼，唇线渐渐拉直，心情莫名有点闷。

温以凡慢吞吞喝完酸奶，又站了一会儿，才回到客厅。

桑延正玩着手机，眼皮轻轻抬了一下，随口道："跟你那小竹马约会回来了？"

"嗯？"温以凡解释，"我不是跟向朗出去。"

"噢。"

冷场。

温以凡有点想问他是不是去相亲了，却又觉得自己也没什么立场问。她坐到沙发上，想到他周围会出现另外一个异性，思绪在顷刻间被钟思乔说的"后悔"包围，伴随着淡淡的不安。

随后，温以凡的脑海里浮现起刚跟钟思乔的聊天内容。

——先试探一下。

——就先随便聊天。

温以凡思考着，又看向桑延。

桑延半躺在沙发上，穿着宽松的短袖，松松垮垮的，露出大半的锁骨。她迟疑几秒，主动喊他："桑延。"

"嗯。"

"你最近在公共区域穿得有点，"温以凡强行扯了个话题，"暴露。"

"怎么？你还挺多意见。"桑延抬眼，懒洋洋地道，"怕你把持不住？"

"……"

"就不能控制着点？我知道我这张脸引人犯罪，"桑延气定神闲地收回视线，语气格外欠揍，"但都是成年人了，总得有点定力吧？"

温以凡沉默两秒，轻声道："真没有。"

这回应让人有点意外，桑延挑眉，又看了过去。

"你尽量穿得整齐点，不然，"温以凡的脑子全部被"言语暧昧"四字占据，想出了句最合适的话，诚恳地说，"我怕我会犯罪。"

"……"

话落，桑延的眉心一跳，把玩手机的动作也停住。

气氛凝固下来。温以凡突然意识到自己这话，似乎比钟思乔举的那个例子还要直白。盯着他漆黑的眼眸，停了两秒后，她淡定地收回视线。

上一回有类似的事情，还是他们第一次在"加班"酒吧见面的时候。

不过那会儿，温以凡以为桑延认不出她，再加上觉得局面也难以解释清，干脆破罐子破摔，抱着再不会见面的心情冒出了那句——"那还挺遗憾。"

但这回，两人都是清醒且知根知底的。毫无掩饰。

不知道自己这试探算成功还是翻车，温以凡觉得必须就此点到为止。她站了起来，面色如常地说："那你以后多注意一下，我先去休息了。"

走了几步，身后的桑延冒出了一句："等会儿。"

温以凡抿唇，调整好情绪后才回了头。

"说来听听。"桑延看着她的眼，坐直了起来，语气不太正经，"你怕你会犯什么罪？"

"……"温以凡硬着头皮说，"我只是接你的话。"

言下之意就是，我也不清楚你所说的引人犯罪是犯的什么罪。

"噢。"桑延了然，"你想侵——"

"……"亲？

温以凡的眼里闪过一瞬间的不自然。

她没想到这么长远的方面去，只是想借着桑延的话，看看他现在对她大概是抱着怎样的一个态度。

她正想反驳，又听到桑延接着说完："……犯我。"

"……"

哦。不是亲，是侵。

你想侵犯我。

温以凡："……"

就像是突然有个巨石般的大锅压在了她的身上。

温以凡蒙了，在脑子里疯狂寻找着搪塞应付的话，试图让他明白，她所说的这个犯罪，并没有到这么严重的地步。

没等她想到措辞。

下一刻，桑延忽地把手机扔到一旁，又靠回椅背上。他扬起头，直直地盯着她。细碎黑发散落于额前，漆瞳倒映着客厅的光。模样似挑衅，又似明目张胆的勾引。

"敢就过来。"

回到房间，关上门，温以凡靠在门板上，缓缓地松了口气。她平复了一下呼吸，进到厕所里去洗了把脸，感觉耳边只剩下心脏跳动的声音，半天都缓不过来。

温以凡关掉水龙头，扯了张纸巾擦脸。她盯着镜子里的自己，莫名又神游了起来。桑延那最后四个字像在脑子里粘了胶水似的，怎么都挥之不去。

——敢就过来。

她哪敢？她哪有这熊心豹胆！！！

想到这，温以凡又洗了把脸，努力让自己的理智回来一些。

温以凡记得自己只勉强说了句"我不是这个意思"，而后便转头回了房间，步伐没半点停留。只是几分钟前的事情，她却已经完全想不起自己这次情绪控制得如何，是依然镇定自若，还是像在落荒而逃。

温以凡叹息了一声，也不知道自己刚刚的行为，算不算是一时冲动。

从跟钟思乔分开，在回家的路上，温以凡的脑子里就一直想着桑延相亲这个事情。尽管这跟她并没有任何关系。这都只是桑延的事情。

他家人觉得他年纪到了，给他安排对象认识，都是非常合情合理的事情。她应该像以前那样，听了就过，并不用去询问，也不用太过干涉。

但因为今晚的事，温以凡突然意识到，原来很多行为是不可控的。

就算一直觉得这样不好，不可以这样，却还是会因为一些事情将那层安全距离打破。原来她的一言一行，所展现出来的情绪，不可能全部都理智。

她也有情绪，也有意想不到的独占欲。她也有点儿想，往他的方向靠近一些。可又怕这距离遥不可及。

桑延家境好，又生得极好。年纪轻轻就开了家酒吧，现在的工作也比同龄人更好。只要是他想做的事情，他都能轻而易举地做到，从未遇到过任何挫败。

生来的条件就格外优越，傲气的资本也十足，而她却完全不同。

温以凡虽对长相没有太大的概念，却通过旁人的话来看，也知道自己确实是长得挺好的。可她并不觉得这是什么太有优势的条件。毕竟长得好看的人多了去了。

除了个正经的工作，温以凡什么都没有，日子都是省吃俭用着过的。曾经唯一能称道的舞蹈早已放弃，就连性格都平平淡淡，无趣得乏善可陈。

温以凡从不觉得自己这样，会值得旁人念念不忘多年。

她不知道桑延现在对她这些许的不同，是因为重逢后的相处，抑或者只是因为，她是他一道还没跨过去的坎。

光从今晚的试探，温以凡也看不出桑延的想法。但他似乎没有太抗拒，也没有刻意岔开话题，反倒还有些"迎战"的意思。她也不知道他能不能听明白自己表现出来的想法。

温以凡实在分不清，他现在是觉得自己在学他说话，还是真切察觉到了异样的地方。难道还得试探几次吗？

在这方面，温以凡也只是个菜鸟，完全没经验。她叹了口气，又想起了桑延说最后一句话的表情和语气。

唉。确实还挺头牌。

每年的霜降在十月二十三到二十四日交节，不一定是同一天。

今年温以凡的生日在霜降后一天。往年她要么是在家里躺一天，要么是下班之后跟同事吃顿饭，简单庆祝一下。

恰好在这天结束了休息日，温以凡早早地出门上班。等她加班结束，坐上地铁回家时，已经接近晚上十一点了。

她提前跟桑延说了会晚归，桑延只回了个："嗯。"

除此之外，消息列表里还有不少未读消息，都是生日祝福。温以凡一一道谢，只剩下赵媛冬的没点进去。她扯着吊环，看着窗户倒影里自己不太清晰的面容。过了好一会儿，才意识到自己又老了一岁。

不知不觉就二十四岁了，桑延跟她同龄。

二十四岁这年纪应该也不算大吧，他怎么就开始相亲了？也不知道有没有遇到觉得合适的女生。

温以凡胡思乱想了一路，直到回到家，才稍稍回过神。时间已晚，怕吵到桑延，她轻手轻脚地关上玄关的门，顺带把门锁上。转头往沙发看的时候，才发现桑延此时还在客厅，正垂着眼看手机。

温以凡没打扰他，打算直接回房间。

下一刻，桑延喊住她："温以凡。"

温以凡："嗯？"

"帮个忙。"桑延慢条斯理地道，"拿一下冰箱里的盒子。"

"好。"温以凡把包挂在一旁，转头进了厨房。她打开冰箱，往里头扫了一圈，看到最顶上有个蛋糕盒。她愣了一下，伸手拿了出来。纸盒有包装，看不到里头的东西，像是个生日蛋糕。

温以凡看了一会儿，抱着蛋糕盒，走回客厅。她把盒子放到茶几上，也不太确定这蛋糕是不是给她买的，迟疑了几秒："那我去休息了？"

"……"桑延抬眼，定定地看着她，"一块吃。"

温以凡哦了一声，坐到沙发上。她有些不自然地挠了挠头，往他的方向看了一眼，故作平静地问："你这是给我买的吗？"

桑延倾身，把蛋糕盒拆开，散漫地道："随便买的。"这好像是默认了的意思。

温以凡眨眼："谢谢。"

里头是一个草莓蛋糕，约莫六寸大。模样格外好看，白色的奶油上缀着一圈草莓，还有像玫瑰一样的碎花散落其上。旁边有个小牌子，上边写着"生日快乐"。

桑延抽出蜡烛，安安静静的，没说什么话。

好些年没收到生日蛋糕了。温以凡盯着蛋糕，又抬眸，小声问道："我能拍个照吗？"

桑延瞧她："拍。"

从口袋里拿出手机，温以凡认真地对着蛋糕拍了几张照片。

旁边的桑延看着她的举动，等她拍完，往蛋糕上插了一根蜡烛。他从口袋拿出打火机，往蜡烛上点火，说话的语气很淡："许愿。"

温以凡把思绪拉回来，歪头思考了一下，很快就吹灭了蜡烛。

桑延随口问："许了什么愿？"

温以凡："不是说了就不灵了吗？"

"你不说，"桑延笑，"我怎么帮你实现？"

"……"看着他此时的模样，温以凡的心跳有些快。她舔了舔唇角，自顾自地收回视线，拿起蛋糕刀胡乱说了一句："是跟我工作有关的。"

"噢。"桑延从袋子里抽出纸盘，语调欠揍，"我还以为是想让我当你对象呢。"

"……"

听到这话，温以凡的动作停了一下，没看他。像没听见似的，她也没接这话，只是往纸盘上放了块蛋糕，放在他面前："那我就给你切这些了？这么晚吃太多蛋糕不好。"

盯着她的表情，桑延神色若有所思。良久，他只嗯了一声，也没再继续说话。

时间逼近十二点，温以凡把手上的蛋糕吃完，而后将桌子收拾干净。她把剩余的蛋糕塞回盒子里，抱着起了身："快十二点了，你早点休息。"

桑延："行。"

又回到厨房，温以凡把蛋糕盒归位，唇角稍弯。她走到客厅，恰好撞上这会儿打算回房间的桑延。

桑延的脚步停了下来，挡住了她的道路，温以凡也顺势停下。

桑延又喊她："温以凡。"

温以凡："怎么了？"

沉默三秒，桑延往挂钟的方向看了一眼。

"礼物在茶几下边。"桑延抬了抬下巴，懒懒地抛了一句，"自己去拿。"

温以凡没反应过来。

下一秒，桑延忽地弯腰，与她平视。两人的目光对上，定格两秒后，他漫不经心地抬了手，用力揉了一下她的脑袋。

"生日快乐。"

说完，桑延收回手，转身回了房间。

刚关上门，口袋里的电话就响了起来。他拿了出来，大步走到床边坐下，而后才随意看了眼来电显示，是苏浩安。

桑延接了起来。

"明晚出来喝酒，老子恋爱了。"苏浩安笑嘻嘻的，"我对象那几个闺密长得也还行，来，爸爸介绍给你，让你趁早也脱个单。"

"噢，关我屁事。"桑延说，"挂了。"

"你是不是人？你告诉我你最近在干什么！你多久没来'加班'了！"苏浩安很不爽，"赶紧的，明天不出来我就杀去你家了。"

"我最近在确认一个事儿。"想到刚刚的事情，桑延心情很好，"短时间内都没空。你呢，爱恋爱就恋爱，爱喝酒就喝酒，别来烦我。"

苏浩安："啥玩意儿？"

桑延扯唇，没再多说。

"确认啥？"苏浩安被他吊了胃口，"说来听听呗，让兄弟给你点儿参考意见。"

桑延依然一句没说。

苏浩安又问了几句，一直得不到回应也火了："你说不说？"

"行。"桑延勉强说了一句，"那就随便说几句吧。"

"？"

"最近呢，有个姑娘想泡我。"桑延拖着尾音，慢悠悠地说，"我没时间应付别人，懂？"

他揉脑袋的力道毫不温柔，像在揉搓抹布一样，这会儿似乎还残留着温度。随着门关上的声音，温以凡后知后觉地摸了摸自己的脑袋。

温以凡在原地站了一会儿，半晌后，才看向茶几的方向。这蛋糕已经让她觉得意外了，压根没想到还有礼物。

客厅的灯还没关，白亮的灯有些晃眼。茶几上被收拾得干干净净，只放着热水壶和几个水杯，旁边还有报纸和几本杂志。从这个角度看，看不到茶几下方放了什么东西。

温以凡走了回去，蹲在茶几旁往里看。里头东西很多，摆放得也不算整齐，混杂在一起。一堆奶粉和水果麦片里，粉蓝色的袋子被放在最外头，显得格外突兀。

礼品袋不是纯色的，缀着点点白色小花，疏疏松松，不太密集。盯着看了两秒，温以凡伸手拿出来。

温以凡顺着袋口往里看，里头有个深黑色的盒子。她站起身，莫名觉得手里的东西像个烫手山芋，有种拿了自己不该拿的东西的感觉。她没立刻拆开，先是到玄关把灯关上，而后回到房间。

温以凡把袋子搁到床上，拿出里头的盒子。

质感略显厚重，约莫比手大一圈。还没打开，她就能闻到淡淡的香气，特殊至极，凛冽中夹杂着几丝甘甜。

迟疑几秒，温以凡小心翼翼地打开。

是一瓶香水。透明偏粉的四方瓶，瓶口绑着个暗色的蝴蝶结，上边用黑色字刻着两个英文单词。

——First Frost。

霜降。

她的小名。温以凡的心脏重重一跳。

不知道这是巧合还是别的什么，但温以凡不可避免地想到了桑延以前喊她"温霜降"的事情。她舔了舔唇，从口袋里抽出手机，上网查了查这个牌子。

这牌子的香水很小众，不算特别有名。

温以凡不太了解这方面的东西，大致翻了翻，也没继续看下去。她的目光又挪到香水瓶上，上边的字迹清晰明了，犹如刀刻过的痕迹。

温以凡指腹在其上轻蹭了几下，因此想起了以前的事情。

好像是高一上学期的时候。

在某次跟同学聊天时，温以凡随口提了一下，因为自己在霜降出生，所以小名也叫霜降。当时在场的同学都只是听了就过，没把这当回事。

她对此也没太在意，好像只有桑延听进去了这个事情。也不记得是从哪天开始，两人私底下相处时，桑延不再喊她"学妹"，也不再直呼她的原名，改口喊了"温霜降"。

这还是第一次有人喊她小名的时候，连姓都带上。

一开始温以凡不太习惯，但桑延想怎么喊是他的自由，她也没有太管这个事情。听他喊久了，也适应了起来，偶尔还觉得这么叫起来也挺好听。

重逢之后，温以凡就再没听过桑延这么喊她。本以为他早就把她这小名忘了。

把盖子扣了回去，温以凡抱着盒子，往后一倒，整个躺在了床上。她盯着白亮刺目的天花板，过了好一会儿，又腾出手摸了摸自己的脑袋。

男人的举动粗暴又显亲昵。

温以凡想起了刚刚桑延跟她平视的眼。在这一瞬间，温以凡的脑子里，冒起了一个很强烈的念头。

她突然很想谈恋爱，跟桑延。

她想，跟桑延，谈恋爱。

温以凡翻个了身，想静下心来，却完全无法将这个念头抛却。她今年的生日愿望，其实也没有许得太大。

很多事情，温以凡觉得不该属于她，就不想这么强硬地求来。她只希望自己能够拥有足够的勇气，希望能够奋不顾身一次，希望能够不考虑任何事情地去奔向那个人。

如果那个人是桑延的话，温以凡觉得自己可以努力一下，也尽可能地成为热烈的那一方。

如果因此，能得到自己想要的那个结果，那当然很好。但如果不行，那她就重新走回来，好像也没有什么关系。

就如同钟思乔所说的那般。她想追他，她想尝试一下。

温以凡坐了起来，拿起手机。

透过黑色的屏幕，注意到自己不知从何时弯起的唇角。温以凡稍愣，收敛了几分，打开微信列表，找到跟桑延的聊天窗。

思考了半天，温以凡也不知道说什么好，只敲了句："谢谢你的礼物 ^_^。"

但又觉得后面那个表情有点儿傻，温以凡抬手删掉。最后只留了"谢谢"两个字。

那头回得很快。

桑延："？"

桑延："几点了。"

桑延："睡觉。"

温以凡："好的。"

想了想，她又回了句："等你生日，我也会回礼的。"

是明年一月份的事情了。如果他同意下来，这话就相当于，就算中途桑延要搬走，温以凡也可以将跟他的关系拉长到那个时候。再之后，她也有找他说话的理由。

桑延："噢。"

他就回了这么一个字，瞬间冷场。

温以凡也不知道该回什么，指尖在屏幕上动了动，最后还是作罢。她把手机放到一旁，打算起身去洗个澡。

在这个时候，手机再度响了一声。她拿起来一看，桑延又发来一条语音。腔调懒洋洋的，声线微哑，话里带着浅浅的倦意。

"还有 69 天。"

温以凡听了好几遍，还挺喜欢他这么给自己发语音。纠结了须臾，她试探性地敲了句："如果可以的话，你能每天都给我倒计时吗？"

桑延："？"

温以凡扯了个理由："我怕我忘了。"

又是三条语音。

桑延似是气乐了："哪来那么厚的脸皮？"

桑延："能有点儿诚意吗？"

桑延："这事儿你就应该时时刻刻记挂在心上，而不是让我每天提醒你一次，懂吗？"

"……"因他的话，温以凡立刻意识到她这个要求是有点离谱，改口道，"抱歉。"

温以凡："我会记挂着的。"

把手机放下，她又自顾自地思考了一会儿。

虽然温以凡已经确定想要追桑延的这个想法，但她从没做过这种事情。所以具体该怎么做，该从哪方面切入，她也完全没有头绪。

如果只是用言语试探，循序渐进地表露出自己的意思，温以凡觉得这似乎没有多大的用处。毕竟这种话桑延说得也不少了，或许只会让他觉得，自己是受够了他的话，忍不住用相似的方式回撑。

那如果直接用行为接近……温以凡又怕桑延觉得她在性骚扰。

尽管先前通过桑延的话得知，她在梦游时也已经做出了不少近似性骚扰的行为。但在清醒时干出这种事情，温以凡并不觉得桑延还能那么轻易地放过她。

再按照高中时，桑延对崔静语的态度来看，他好像不太喜欢热情外放的类型。

想了半天，温以凡还是没想出个所以然。

隔天早上八点，温以凡自然醒来。

按往常一样，她习惯性起身洗漱换衣服。正打算出房间，她突然瞥见梳妆台前的镜子。温以凡的目光定住，盯着镜子里头的自己。

女人皮肤白净，眼睛内勾外翘，唇红似胭脂。素面朝天，不施半点粉黛。头发扎成个马尾，身着简单的运动外套，以及修身长裤。模样看着随意，却又显得妖艳而锋利。

温以凡默默地坐到梳妆台前，简单化了个妆。看到昨晚被放在一旁的香水，她拿了起来，犹豫着，往耳后和手腕处喷了一下。

等味道挥发了一些，温以凡才走到客厅。

今天是周末，桑延不用上班。但这会儿他已经起来了，穿着简单的休闲服，正在厨房里煮早餐，仍是一副困到生人勿扰的状态。

察觉到温以凡的动静，他轻瞥了眼，很快就停住。

桑延目光毫不掩饰，明目张胆地打量着她。他的手搭在流理台上，轻敲了两下，随意地问："今天干什么去？"

温以凡往锅里看了一眼，诚实地答："上班。"

桑延挑眉，又盯着她看了一会儿。没多久，他似是明白了什么，唇角轻勾了一下。他收回视线，十分刻意地、拖腔带调地噢了一声。

温以凡神色淡定，没表现出半点不自在，仿佛也觉得理所应当。

桑延把火关了："拿碗。"

"哦。"温以凡打开一旁的碗柜，顺带说，"那明天的早餐我来煮？"

"你起得来？"

"起得来……吧。"温以凡也不太确定，提了句，"你作息还挺健康。我认识的人里，只有你是每顿早餐都要吃，没一天落下的。"

桑延侧头，语气闲散又意有所指："你说我为什么健康？"

觉得他这问题似乎跟刚刚她说的话重复了，但温以凡还是耐着性子，非常配合地回答："因为你每天都吃早餐。"

"……"桑延只简单煮了粥和鸡蛋。

刚煮完还有些烫，温以凡吃得慢吞吞的。桑延比她吃得快，吃完便起身回房间换了身衣服。等他出来后，她抬眸看了一眼。

又是一身漆黑，看着高冷又寡情，像个要出去做任务的杀手。

把最后一口粥咽下，温以凡问："你要出门吗？"

"嗯。"桑延说，"见个朋友。"

温以凡没多问，注意到时间差不多了，也起了身。她跟在桑延身后，走到玄关的位置。在他穿鞋的时候，她拿上衣帽架上的鸭舌帽，扣到自己的脑袋上。戴上的那一瞬，她就察觉到了不对劲的地方。这似乎不是她的帽子，宽松了不少。

与此同时，温以凡对上了桑延的脸。他先是盯着她脑袋上的帽子，定格几秒后，下滑，与她对视，仿若带了谴责的意味。

温以凡忽然明白了什么。她又往衣帽架的方向看，果然在那上边还有一顶黑色的帽子。她沉默了一会儿，伸手把帽子摘下。

抱着物归原主的想法，温以凡仰头，迟疑地把帽子戴回他的头上。

随着她的举动，桑延的身子顺势下弯，距离在一瞬间拉近。

周围的一切都虚化了起来。他的眼睛是纯粹的黑，见不着底，带着极端的吸引力。温以凡的眼睛一眨不眨，能清晰感受到他温热的气息。

有暧昧掺杂进空气中，不受控地发酵，丝丝缕缕地向外扩散。

也许是受到了蛊惑，某一瞬，温以凡挪开眼，鬼迷心窍地抬了手，替他顺了顺额前的碎发，再与他的眼撞上时，动作才一停，而后缓缓收回手。

温以凡往后退了一步，故作镇定地说："你头发乱了，我帮你整理一下。"

桑延的喉结轻滑。

没等他开口，温以凡垂眼穿鞋，又憋出了一句："不客气。"

又沉默了一会儿。

"噢。"桑延忽地笑了，"所以这是，我还得感谢你的意思。"

"……"温以凡当作没听见，拿上一旁的钥匙，神色从容，"那我去上班了。"

但不等她往外走，桑延突然站直身子，堵在她身前。他往侧边看了一眼，散漫地拿起衣帽架上剩余的那顶帽子，礼尚往来似的扣到她的头上。

动作利落又干脆，温以凡的脑袋扬了起来。

桑延盯着她的脸，慢条斯理地将她脸侧没绑好的碎发缩到耳后。明明只是几秒钟的事情，却像是拉长到几分钟。完事儿后，他垂睫，语气踺又吊儿郎当："怎么不说话？"

"……"

"还不知道该说什么？"

温以凡回过神："……谢谢。"

两人一块出了门。

桑延顺带把她载到了南芜电视台。

下了车，温以凡将心情整理好，回到办公室。刚坐到位置上，她就看到桌上放了瓶草莓牛奶，旁边是一块小蛋糕。

温以凡转头看苏恬："小恬，这是谁的？"

"能是谁，"苏恬小声说，"那小奶狗给你的。"

"……"

"你俩现在是在暧昧阶段吗？还是他单方面的？他对你的心思可越来越明显了。"苏恬说，"要不然你就试试呗，这小奶狗还挺听话的，而且这长相也不亏。"

温以凡没说什么，直接起身，往穆承允的座位走，这会儿办公室里没什么人。

穆承允笑着跟她打了声招呼："以凡姐，早上好。"

"嗯，早上好。"温以凡把早餐放回他桌上，温和地道，"谢谢你的早餐。不过我每天都是吃完早餐才来上班的，这会儿也吃不下了。"

穆承允嘴唇动了动。

温以凡笑："你吃吧，以后不用再买了。谢谢你。"

说完，温以凡回了座位。

苏恬又凑了过来，好奇地道："你说了啥，这小奶狗怎么立刻蔫巴巴的？"

温以凡摇头："没说什么。"

"不过他真的太不主动了，还能这么追人——欸。"像是发现了什么，苏恬吸了吸鼻子，扯开了话题，"以凡，你今天喷了香水吗？这味道还挺好闻。"

温以凡摸了一下耳后："嗯。"

苏恬盯着她："你有点儿不对劲。"

"……"

"你谈恋爱了？"

"不是。"温以凡否认。思考了一下，想着苏恬不认识桑延，估计也猜不出来，她干脆老实说，"我在追人。"

苏恬蒙了："啊？你追人？"

温以凡："对的。"

"……你确定你用得着追吗？"苏恬说，"以凡，你要知道，男人都是视觉动物。你只要勾勾手指头，不用你追，对方就直接舔上来了。"

温以凡："不会，他长得很好的。"

苏恬："能多好？"

这附近就是堕落街。怕苏恬也听过"堕落街头牌"的称号，温以凡想了想，决定换个方式说："好到，能做——"

苏恬："嗯？"

"鸭中之王的水平。"

"……"

温以凡到家的时候，桑延还没回来。此时还不到八点，她走进厨房，刚巧收到了桑延的微信，说是他今晚回来会晚。

她回了个"好的"。

随便煮了个泡面，温以凡坐到餐桌旁，边咬着面，边琢磨着今天发生的事情。

按桑延今天的行为来看，温以凡觉得，他对她应该也是有好感的，但具体有多少，她也不太清楚。毕竟这个人，是她见过的最不按常理出牌的人。

甚至，再细想，温以凡又觉得今天的事情，也可以用桑延觉得"你占了我便宜，我做人就没有吃亏的道理"这个想法解释过去。

她想要万无一失一点。

毕竟如果明确说出来了，对方实际上并没有这个意思的话，他们两个估计也没法再合租下去了。不知为何，温以凡也还挺喜欢现在这种状态的。

吃完后，温以凡将碗筷洗干净，回了房间。做好一切睡前工作，她躺到床上，百无聊赖地翻着各个新闻 App。过了好一阵，温以凡才打开微博。

不小心点到了消息列表，看到那个树洞博时，温以凡神色稍滞，又伸手点开。盯着自己上回投稿的内容，她纠结了一下，开始在输入框敲字。

匿名打码，怎么追自己得罪过的人？

发送成功后，温以凡便退出了微博。

把手机放到一旁，她又胡思乱想了一堆。温以凡侧身，蜷缩成一团，睡意渐渐升了上来，将她整个人笼罩。

即将陷入梦境当中时，温以凡听到手机振动声，在安静的房间里格外清晰。她迷迷糊糊地睁开眼，伸手拿起手机，随意地瞥了一眼。

此时零点刚过几分钟，是桑延发来的一条语音。也不知道他这个点给她发消息做什么，温以凡半闭着眼，趴在枕头上，随手点开来。

桑延似乎是还在外面，语音里的背景音有些吵，噼里啪啦的。他的声线低沉，带了点磁性，混杂在其中，却显得格外清晰。

"还有 68 天。"

听到这句话，温以凡一时没反应过来，还以为自己不小心点到了昨天的那条语音。她的眼睫动了动，指尖下意识往下滑，但已经到底了。

温以凡的神志清醒了些，再度点了一下最新的语音条，同样的话又重复了一遍。

有个猜测呼之欲出，温以凡皱着眼，慢吞吞地往回拉。又点开前几条语音听了一遍，顺着往上，直到听到那条——"还有 69 天。"

68、69。

哦。数字不一样。

温以凡正想习惯性地回复个"好的"，刚敲了一个字，忽然就回过神来。她用力眨了眨眼，坐了起来，直直地盯着屏幕。

还能看到她前边发的那句——"你能每天都给我倒计时吗？"

当时昏了头，只想趁机找个理由，让他能每天都给自己发条语音。但现在再看这个要求，突然觉得自己这话确实很无耻，看着荒唐又闲得慌，还要拉上对方一起闲得慌。

不过桑延不是拒绝了吗？还很直接地吐槽她这人脸皮很厚。

温以凡舔了舔唇，抱着被子迟疑地回："你不是让我自己记着吗？"

可能是在外边，没看手机，桑延一直没回复。

过了好一阵，温以凡又快睡着的时候，他才发了几条语音过来。似乎是换了个位置，桑延那头背景声明显弱了不少，显得安静许多。

温以凡一直觉得他说话的腔调很特殊，也不知道是谁教的。语速不快不慢，平得无波无澜，说到最后总会带点惯性的拖腔，自带痞劲儿。

桑延："嗯？是。但是呢，你这人太会浑水摸鱼了。"

桑延："之前说了好几次的饭，到现在都没还。要是不提醒你的话，你估计会以同样的方式把自己说过的话当成空气。这吃亏的不还是我吗？"

桑延："行了，赶紧睡吧。"

温以凡确实很困。她这段时间的睡眠质量好了不少，不像之前一样连入睡都困难。梦少觉也沉，经常能一觉到天明。她强撑着眼皮，回道："我给你做了挺多次饭。"

温以凡："也算是还了？"

桑延："？"

温以凡打了个哈欠："好吧。"

温以凡："那你看看你想吃什么。"

温以凡："我都会还的。"

思考了一下，温以凡认真补充："不会让你吃亏的。"

等了片刻，那头没再回复，温以凡不知不觉就睡着了。

隔天醒来，温以凡第一反应就是摸起旁边的手机，看有没有未读消息。在她睡着没多久后，桑延回复了她，依然是干脆利落的语音条。

"你这话倒是新鲜，像黄鼠狼给鸡拜年。"男人语气带了困意，闲闲散散，"我仅有的便宜都早被你占完了，哪还有吃亏的余地？"

温以凡："……"

听到这话，温以凡再一琢磨，反倒觉得自己这边有点儿吃亏。毕竟桑延所说的事情，她一点印象都没有，就比如所谓的亲和抱。但这些事情，在桑延的视角是确切发生过的，也因此会有各种情感上的起伏。

就等同于，另一个自己跟他做过这样的事情。还没追到人，温以凡就开始杞人忧天。她有点儿担心，如果真那么好运，最后她真的追到桑延了，他俩再做这种事情的时候，他会不会早已没了新鲜感。

这让温以凡对梦游这事情更加抗拒。

虽然从一开始，温以凡就觉得自己做不出这样的事情，但因为这段时间，她终于意识到，自己对桑延确实是有那方面的心思。

也因此，温以凡又开始觉得，她可能是真做了这些事情。这些也许都是她潜意识里想做的事情。

这么一想，温以凡觉得自己还挺可怕。

从桑延那边来看，自己的形象就是一个半夜会梦游，起来对他又亲又抱的流氓，甚至还在清醒时刻恐吓他要把衣服穿好，不然她可能会做出侵犯他的犯罪行为。

"……"温以凡莫名觉得这追人之路有点儿困难，已经直接输在起跑线上了。这会儿要出现一个强力的竞争对手，她就根本没胜算。

因为温以凡的话，接下来的一段时间，苏恬时不时就会问问她的进展如何。她每次都言简意赅地回答相同的六个字："还在努力当中。"

次数多了，苏恬作为旁观者也急了："对方是不是吊着你啊？"

"不是，他应该不知道我在追他。"说到这，温以凡有些不确定，"这个要先说出来的吗？"

"当然不要！"苏恬立刻道，"你可以适当地表现出对他的好感，但不能一上来就把自己放在感情弱势的一方。你得对自己自信点，在他有空的时候找他聊聊天，不要表现得太缠人。或者从他的爱好切入，偶尔约他出来一趟什么的。"

"这样啊。"温以凡若有所思，"我知道了。"

"所以你追得如何了？"苏恬看了看时间，回忆了一下，"距离你第一次跟我说你要追人，都过了一个月了，你这感情没升温一点吗？"

温以凡想了想："我也不太清楚。"

苏恬："那你打算什么时候追到？"

"不急。"温以凡收回思绪，继续敲键盘，"我再想想。"

苏恬愣了一下："想什么？"

温以凡："想怎么追。"

"……"

这段时间，温以凡确实是一边思考着这个问题，一边暗戳戳地在桑延面前找存在感。

先前发给树洞博的问题，可能是没先前的劲爆，这回温以凡一直没被翻牌。她毫无经验,所有追人行为,都是根据自己对桑延的了解,努力琢磨出来的。

但苏恬说的,从爱好这方面切入,她觉得这个建议还挺可取。

桑延的爱好,按温以凡所了解到的,他似乎一直在玩一款手游,而且玩得还很好。在家的时候,温以凡常常能听到他用傲慢的语气吐槽队友:"你这什么垃圾操作?"

温以凡对游戏的兴趣不大。大学刚开始时,她跟着舍友玩过一段时间的网游。只有最开始玩的时候上线比较频繁,到后来就隔一段时间才上去一次。工作后更是没时间碰这些东西。

到现在,温以凡基本没玩过什么游戏。电脑里也早就卸载了这个网游。

但温以凡觉得,既然要追人,当然要为了对方做出一些自己不感兴趣的事情。当天晚上,她回到家后,便往手机上下载了这款手游。

温以凡上网查了攻略,接连研究着玩了几天,才渐渐上了手。

几天后,注意到温以凡困倦萎靡的状态,苏恬随口问了句:"你这是怎么了?"

"嗯?"温以凡诚实地说,"听了你的建议,我最近打算从爱好切入。在玩我喜欢的人喜欢玩的一个手游。"

"怎么样?"

"还挺好玩的,就是有点费时间。这几天都没怎么睡觉。"

苏恬随口问:"你自己玩还是……"

"我自己玩。"

苏恬惊了:"不是,你当然得找他一起玩!你自己玩有什么用?!"

"我玩得太烂了,不敢找他玩。"想着桑延骂人的模样,温以凡的顾虑很多,"怕被骂。"

"……"苏恬觉得好笑,"放心吧,你跟男生一块玩游戏,他们都会有种带妹的成就感,就算你玩得再差,也不会说什么的,都非常怜香惜玉!"

温以凡摇头："他不会。"

"……"

"而且我觉得不一起玩也有用，"像是不能接受她这个建议一样，温以凡自顾自地找着理由，"这样就多了个共同话题。"

苏恬沉默了几秒："也行吧。"

"就是有个弊端。"温以凡叹息了一声，"我没什么时间找他聊天了。"

"……"苏恬一噎，总觉得她追人的方式格外奇特，"不是，以凡。你就算以前没追过人，但总被人追过吧？"

温以凡嗯了一声。

苏恬："那你可以参考一下别人的方式。"

"啊？但我觉得这些人的方式没什么好参考的。"温以凡似乎压根没考虑过这方面，直白地道，"不都是失败案例吗？"

"……"

另一边。

加完班后，桑延本想直接回去，但在苏浩安的再三催促下，他还是去了一趟"加班"。他上了二楼，进了最靠里的包厢。里头有六七个人，一班人的关系都不错。

一进门，苏浩安那大嗓门就像是开了扩音似的，阴阳怪气地道："哟，这是哪位？稀客啊，这会儿想得起我们这班兄弟了？"

桑延瞥他一眼："你说话能别像个娘炮一样吗？"

"……"

另一边的钱飞摇摇头："苏浩安，你能不能收收？跟个怨妇一样。桑延这人就是不能惯，你瞧他那嘴脸，我真是看不下去了。"

桑延找了个位置坐下，唇角轻扯："钱老板，你对我还挺多意见。"

"你最近干什么去了？"钱飞说，"说来听听。"

"这不是不好说嘛。"桑延拿了听啤酒，单手打开，语气不太正经，

"我怕你们听完，一个个心里不平衡，嫉妒得面目全非呢。"

钱飞："？"

"我服了。"苏浩安翻了个白眼，在钱飞旁边坐下，"他说最近有个姑娘在追他，没时间应付我们，懂吗？"

"你有病？"钱飞盯着桑延气定神闲的模样，极为莫名其妙，"你第一次被追？以前怎么不见你到处吹？你是不是也对人家有意思啊！"

桑延挑眉："是又怎样？"

这回答像一声惊雷在房间里炸开。

"真的假的？"

"谁啊？！"

"铁树开花？"

"不是，所以你这是对人家有意思还等着人追？你说你能别那么狗吗？你是不是吊着人家？"钱飞吐槽，"你这啥心理，大老爷们儿矜持什么呢！"

闻言，桑延的眼皮动了动，似笑非笑地喊他："钱飞。"

钱飞："干吗？你有屁就放。"

"我也不多说，你说你要有我千分之一的情商，"桑延悠悠地道，"你大学的时候，至于追了半个世纪，还在给那什么系花当备胎？"

沉默三秒。有人扑哧地笑出了声。

"老子早有对象了！几百年前的事情你一定要动不动就提一次是吧？"钱飞忍了忍，还是觉得忍不了，他站起身，开始捋袖子，往桑延的方向走，"……妈的，老子要跟你同归于尽。"

被旁边的男人忍笑拦住："算了算了，咱别跟狗计较。"

很快，又有人出声调侃："所以是哪个神仙，能被我们这眼睛长头顶的桑大少看上？"

提到这，苏浩安想起个事儿："哦。是不是你公司新来的那个实习生？大三还是大四来着，长得确实还挺漂亮。"

"可以啊桑延，老牛吃嫩草？还大学生啊？"角落的男人笑嘻嘻地说，"哎，我突然想起，这不是跟你妹差不多大？"

"所以你喜欢小你这么多岁的？"

桑延直接拿起桌上的烟盒扔了过去："说话注意点。"

钱飞对他这种偏见很无语："这话咋了，爱情不分年龄好吗？小个五六七八九十岁又咋了！对方成年不得了！我妈一朋友还找了个比他小十三岁的呢。"

桑延冷笑："还有这种畜生。"

"……"

他这反应，明显是苏浩安说的人不对。又有人陆续猜了几个名字，桑延都不置可否，完全不透露半点风声。最后他被问烦了，还不耐烦地说了句："你们这群大老爷们怎么那么八卦？"

其他人丝毫不受影响。

苏浩安继续猜："可能是相亲认识的？"

"说到这，我突然想起来，段嘉许最近是不是也在相亲啊？他那老板给他介绍的。这会儿还在住院呢，割了个阑尾。"钱飞啧啧两声，"你说我们这南芜双系草，现在怎么都混成了这个样子？"

桑延喝了口酒："别带上我，谢了。"

话题越扯越远。到最后，桑延差不多准备回去时，不知是谁突然问了句："所以你对这姑娘是什么打算？"

桑延看过去。

"什么什么打算，人不是想泡我吗。"桑延笑了，把易拉罐磕在桌上，模样漫不经心又懒散，"那我能怎样？"

"……"

"等着她来泡呗。"

回到家，桑延往空荡的客厅看了眼，而后又看向主卧房门，动作放轻了些。他脱掉外套，回到房间，正想打开灯的时候，突然注意到床上多了个东西。

桑延的动作停下。顺着外头的光线，能看到被窝隆起，微卷的长发散落在枕头处。温以凡睡觉时总安安静静的，呼吸声浅到可以忽略不计，喜欢蜷缩成一团，像颗小球。

桑延走了过去，半蹲下来，盯着她被被子遮挡了一半的脸。他觉得好笑，轻声说："你是哪儿来的恶霸？两个房间都要占。"

也没打算把她吵醒，桑延正打算起身，拿上衣服就出门洗澡时，突然想起了钱飞刚刚的话。他垂睫，看着毫无心理负担地睡在他床上的温以凡。

"喂，温霜降。"

静谧至极的房间内，随便说句话都像是有回音。

"你能再明显点不？"像是怕吵醒她，桑延的声音低到像是在用气音说话，"不然我心里也没底。"

毕竟，以前他也觉得，就算没有很多，她对他应该至少也有一点好感。但后来他才知道，情感是最难以猜测的东西。他认为的，不一定就是真实发生的。

他想要赠予她的一腔热忱，即使是单方面的，她也不一定想承受，所以这回他必须等。

等到她愿意主动朝他伸手，他才会把所有一切，再度交到她的手上。

醒来后，温以凡往四周一看，发现自己又半夜梦游，跑到桑延的房间内睡了。可能是因为最近没怎么睡觉，睡眠质量又差了起来。她有些头疼，往另一侧看了眼，没看到桑延的身影。

温以凡松了口气，但也不知道这次的情况跟上次是否一样。

是她梦游的时候桑延还没回来，还是她过来他房间睡，导致他半夜醒来，只能忍气吞声地跑到客厅去睡？

温以凡希望是前者。因为她真的一点都不想再在无意识的状态下占桑延的便宜。她挠了挠头，起身下了床，轻手轻脚地往外走。

刚出房间就跟客厅沙发上的桑延撞上了视线。他正盖着条小毯子，靠着抱枕，似乎也刚醒没多久。此时就直直地看着她，一声不吭。

"……"温以凡停下脚步，鸠占鹊巢的感受极为强烈。犹豫着，她往桑延的方向走，问了句："我昨天梦游的时候你回来了吗？"

桑延嗯了一声。

"……"温以凡又问，"所以你是半夜跑出来睡？"

桑延打了个哈欠，又敷衍地嗯了一声。

温以凡扯过一旁的外套套上，斟酌了好一会儿后，决定再跟他谈谈这个事情："要不这样吧，以后你睡前都锁门，行吗？那我肯定没法进你房间了。这样也不会影响你的睡眠。"

桑延不以为意："你会撬锁。"

温以凡耐着性子说："我哪有那本事？"

"为了侵犯我，"桑延缓缓抬眼，散漫地道，"你有什么做不出来的？"

"……"

温以凡闭了闭眼，有点儿崩溃。

所以，她梦游的时候真的想侵犯他吗？她真的做出过这样的举动吗？

温以凡有点不能理解桑延了。如果真有这种事情，那他为什么还不锁门？！一定要事情到最危急关头的时候，他才知道长点儿教训吗！

沉默两秒。

为了防止这种事情再度发生，电光石火间，温以凡想到了个主意，面色诚恳："如果我真侵犯了你，你就愿意锁门了吗？"

听到这话，桑延眉心一跳。

下一刻，温以凡开始脱外套："那来吧。"

桑延："……"

桑延："？"

图书在版编目（CIP）数据

难哄 / 竹已著. —— 南京：江苏凤凰文艺出版社，
2021.1
ISBN 978-7-5594-5278-8

Ⅰ.①难… Ⅱ.①竹… Ⅲ.①长篇小说 – 中国 – 当代
Ⅳ.① I247.5

中国版本图书馆 CIP 数据核字 (2020) 第 198416 号

难哄

竹已 著

责任编辑	张 倩
特约编辑	李 彤 席 风
封面设计	吴思龙 @4666 啊
出版发行	江苏凤凰文艺出版社
	南京市中央路 165 号，邮编：210009
网　　址	http://www.jswenyi.com
印　　刷	天津旭丰源印刷有限公司
开　　本	880mm×1230mm　1/32
印　　张	11
字　　数	295 千字
版　　次	2021 年 1 月第 1 版
印　　次	2021 年 3 月第 4 次印刷
书　　号	ISBN 978-7-5594-5278-8
定　　价	48.00 元

江苏凤凰文艺版图书凡印刷、装订错误，可向出版社调换，联系电话 025-83280257